大学语文⊙经典诵读

大学生必读的中华经典诗歌100首

俞晓红　芮瑞◎主编

安徽师范大学出版社
ANHUI NORMAL UNIVERSITY PRESS
·芜湖·

图书在版编目(CIP)数据

大学生必读的中华经典诗歌100首 / 俞晓红，芮瑞主编. — 芜湖：安徽师范大学出版社，2021.6（2024.1重印）

ISBN 978-7-5676-4989-7

Ⅰ. ①大… Ⅱ. ①俞… ②芮… Ⅲ. ①古典诗歌 - 诗歌欣赏 - 中国 - 青年读物 Ⅳ. ①I207.2-49

中国版本图书馆CIP数据核字(2020)第272400号

DAXUESHENG BIDU DE ZHONGHUA JINGDIAN SHIGE 100 SHOU

大学生必读的中华经典诗歌100首 俞晓红 芮瑞 主编

责任编辑:李克非 责任校对:胡志恒

装帧设计:王晴晴 责任印制:桑国磊

出版发行:安徽师范大学出版社

芜湖市北京东路1号安徽师范大学赭山校区

网 址:http://www.ahnupress.com/

发 行 部:0553-3883578 5910327 5910310(传真)

印 刷:安徽联众印刷有限公司

版 次:2021年6月第1版

印 次:2024年1月第6次印刷

规 格:787 mm × 1092 mm 1/16

印 张:19.5

字 数:340千字

书 号:ISBN 978-7-5676-4989-7

定 价:47.00元

编　写　说　明

本书是针对高校非中文专业大学生的学习特点和接受水平而编写的中华经典诗歌读本。

2010年6月，教育部、国家语委、中央文明办下达通知（教语用函[2010]6号），决定从2010年起共同实施“中华诵·经典诵读行动”。其指导思想是：以邓小平理论和“三个代表”重要思想为指导，认真贯彻科学发展观，全面落实党的十七大精神，以相关课程、课外活动及校园文化建设为载体和平台，在全国各类各级学校中开展中华古代经典及现当代优秀诗文的诵读、书写、讲解等行动。《通知》要求全国高校广泛深入开发、建设课程体系，充分利用现有课程资源，借助“大学语文”等课程平台，结合学生文化素质教育，开设经典诵读的专门课程。

为配合实施《通知》精神，在省语委办的指导下，我们成立了编委会，编选这一经典诵读读本，并将结合《大学语文》等相关素质教育课程推广使用。我们希望通过这一过程，激发在校大学生诵读中华经典的热情，促进文理渗透，增强学科间的融合，探索文化育人的模式，提高大学生的人文素质，使大学生变成历史意义上、文化意义上、情感意义上、道德意义上的人，达到精神成人的目的，以适应现代社会的需要；并力求在弘扬优秀文化传统、传承民族精神和树立社会主义核心价值体系等方面发挥应有的作用，为推进素质教育、促进在校大学生全面发展作出积极的贡献。

本书的编选原则有以下三条。

首先，选取中华古代经典诗歌和现当代优秀诗歌100首，其中古代诗歌65首，现当代诗歌35首。经过历史长河的千年积淀，诸多古典诗歌已成为经典；20世纪以来的诗歌作品，无论是新体诗还是旧体诗词，有很多也在时代的磨洗中逐渐成为新经典。较为晚近出现的新诗作，能否进入优秀行列，需要一定时间的检验，这也是诗作愈晚近、本书所选愈少的一个原因。

其次，所选作品主题健康，积极向上。古代诗歌宜蕴涵优秀文化传统、人类永恒的人生哲理和共同的情感体验，现当代诗歌也宜葆有对历史文化的沉思与人文理想的追慕、人文情感的诉求。诗作均应具备深厚的当代人文价值，贴近社会主义核心价值观，贴近大学生生活，贴近当代社会，对在校大学生有明显的意志磨砺、人文熏陶、情感教育的作用。

再次，所选诗作既应是经典篇目，又应适宜诵读，故篇幅不宜太长或太短；然考虑到各代经典的代表性，也适当选取少许稍短一些的作品。鉴于诵读对诗作语言的明晰度有一定的要求，古典诗歌尽量避开古奥艰深的作品，现当代诗歌宜明白晓畅，过于晦涩的一概不取。

基于此，我们反复斟酌，编选了这100首诗歌。其内容涵括以下几个层面。

其一，中国诗歌发展的历史轮廓。所选作品从《诗经》《楚辞》，到汉乐府、古诗十九首、文人诗，再到唐诗宋词元曲，再到现代新体诗和当代人创作的旧体诗，其内容既有对古今行旅与战争的咏叹，对宇宙与生命关系的思考，也有对当代文化浩劫的叩问和对地震灾难的关注。形式从四言、五言、七言、杂言，到小令、慢词、散曲，再到自由体、十四行等，无所不有，可谓荟萃了历代诗歌代表作家的代表作，诗体丰富，形式多样，内容精粹，在一定程度上呈现了中国诗歌史的主要成就与基本风貌。

其二，人生观念与人文素养。诸多诗作书写了历代诗人对国家命运、民族前途、人民苦难的深度关注，在渴望建功立业、杀敌雪耻或是愿意牺牲自我、为国捐躯的坚定表白中，抒发了强烈的爱国激情，表达出高尚的人生观、生死观，体现了宝贵的民族气节与民族精神。当代诸多优秀诗作，在表现出对现实人生的强烈关注的同时，也展示了当代知识分子的忧患意识与历史承担。此外，自然观、审美观也是本书强调的内容：那些描摹自然风光、追思宇宙人生的秀丽诗篇，启发我们对自然与人和谐相处的深思；一些描写音乐的华美篇章，也在形象生动的现场感的传达中，带给我们优雅愉悦的审美感受。

其三，生命情感与人文理想。所选诸多经典诗篇，涉及人类普遍经历和体验的人文情感，如对爱情的诚挚思求，对亲情的深情歌咏，对友情的朴素赞美，还有感恩的情愫、悼亡的哀绪、悲天悯人的情怀、去国怀乡的愁思……这些最能拨动我们心弦的情感诉求，是当代大学生健康人格心理的形成过程中最需要汲取的精神养分；尤其是那些能够象征人生理想和精神信仰的情感体验，蕴涵着能够引发我们心灵共鸣的人生况味，更值得我们在诵读中体悟，在感动中感知。

本书的编写体例为：1. 作者简介，简要介绍作者的生平、创作和风格；2. 诗歌文本，版本有异的作品尽量选择善本；3. 简易注释，主要对古代诗歌和当代旧体诗词中一些难懂难读的字词音作出浅近的注释；4. 必读理由，简明扼要地说明该诗人选理由；5. 文本赏析，对诗歌作品的题旨、情感和艺术形式、风格特征等作简要的品赏分析，使诵读能在深入理解和准确把握本文的基础上进行；6. 延伸阅读，选录一两首与诗歌文本主题相类或写法相同的其他诗歌作品附后，并作简要点评，以拓展大学生读者的阅读视野。其特点是：注重经典文化传承，注重人文精神的渗透，注重大学生人文素养的积累与提高；淡化功利，着眼长效；精要点评、艺术分析、拓展阅读三结合，以中华经典诗歌的导读为务，以人文精神的古今融通、情感表达的中外延展为辅，不求精深，唯求允当。

本书编写过程中，参考借鉴了诸多前贤时俊的见解与观点，兹不一一列举，我们在此谨表谢忱；同时我们也融入了自己独到的感悟和阐发。本书的编写定有不少浅陋之处，希望在使用过程中能得到大家的批评指正，以便我们不断修订完善。

编　者
2010年11月22日

修 订 说 明

本书作为安徽师范大学“大学语文”“经典诵读”等课程的教材，使用10年来，得到了广大师生与社会读者的关注和认可，被评为校级优秀教材(2019)；大学语文团队获批省级教学团队(2016)，大学语文课程先后获批国家级精品资源共享课(2015)、国家级精品在线开放课程(2018)，以“大数据时代大学语文的人文教育与慕课实践”为题申报省级优秀教学成果奖获批一等奖(2019)。

十八大以来，党和国家对中华优秀文化特别是经典诗文的传播更加重视，2014年习近平总书记在北京师范大学考察时便说道：“古诗文经典已融入中华民族的血脉，成了我们的基因。”2018年9月教育部、国家语委颁发了《中华经典诵读工程实施方案》，提出要“构建经典诵读课程和教材体系”，“支持各地开发中华经典地方课程、校本课程”，“支持高校面向全体学生开设大学语文、中华优秀传统文化等必修和选修课程，编写中华经典大学教材”。为适应新时代高等教育发展和大学生人文教育的需求，突出课程思政，促进经典诵读教育，我们对教材进行了修订，对诗歌选目稍作调整增减，古代诗歌增至71首，现当代诗歌调整为29首，希望能更好地服务于教学和社会。

编 者

2021年5月1日

目　录

关 雎

《诗经》

《诗经》是我国古代第一部诗歌总集，经孔子删订而成，共305篇，先秦时称“诗”，亦称“诗三百”，汉时奉为经典，始称“诗经”。《诗经》各篇都可以配乐歌唱，有风、雅、颂三类，其中“风”是各国地方风格的乐歌。《关雎》即出自《国风·周南》。

关关雎鸠，①在河之洲。②
窈窕淑女，③君子好逑。④

参差荇菜，⑤左右流之。⑥
窈窕淑女，寤寐求之。⑦
求之不得，寤寐思服。⑧
悠哉悠哉，⑨辗转反侧。⑩

参差荇菜，左右采之。
窈窕淑女，琴瑟友之。⑪
参差荇菜，左右芼之。⑫
窈窕淑女，钟鼓乐之。

必读理由

《关雎》是《国风》之始，也是《诗经》的第一篇。孔子将它冠于三百篇之首，说明对它评价很高。这首诗表达了古代“君子”对“淑女”思慕殷深的情境和求为佳偶的过程，体现了执着、含蓄、淳雅的中正之美，是中国早期婚恋诗的经典之作。

【注释】

① 关关：水鸟鸣叫唱和的声音。雎鸠：水鸟名。
② 洲：河中小岛。
③ 窈窕：娴静美好的样子。
④ 好逑（hǎoqiú）：佳偶；理想的配偶。
⑤ 荇（xìng）菜：多年生水生草本植物，叶呈对生圆形，嫩时可食，亦可入药。
⑥ 流：寻求。
⑦ 寤寐：醒与睡，犹言日夜。
⑧ 思：语助词。服：思念。
⑨ 悠：忧思，思念。

⑩ 辗转：翻来覆去的样子。反侧：翻来覆去，转动身体。

⑪ 友：亲近相爱。

⑫ 芼(mào)：择取。

【赏析】

《关雎》开篇便以“兴”的手法，即景生情，在雎鸠鸟儿鸣叫唱和的轻灵婉转之音中，微妙地传达了自然生物雌雄相合、相爱相生的生命精神，引出男子无限的情思与联想：那位娴静美好的女子是自己理想的佳偶。古人将才德出众的男子称为君子，将贤良美好的女子称为淑女，所以“窈窕淑女，君子好逑”是统摄全篇的关键句。“参差荇菜”共出现三次，也是借水中生物生情：以女子对水中荇菜的寻求，兴君子对心中淑女的思求；以荇菜的得以采择，兴淑女的得以亲近。先咏别的景物以引起所咏之物，以为寄托，这是一种委婉含蓄的表现手法，它能产生言已尽而意未竟的艺术效果。诗言美好的女子令君子日夜爱慕思求，终至结成良缘。“琴瑟”指弹奏琴瑟，“钟鼓”意指音乐，这两句是说像琴瑟和鸣一般亲近淑女，在音乐声中迎娶淑女。从滋生爱情、思慕佳偶，到结为婚配、和谐喜悦，《关雎》在质朴淳雅的情感讴歌中让两千多年来的读者体认了生命的深刻。

《关雎》就其结构形式、语言形式和文学形象而言，无不渗透着音乐之美。这是因为它和《诗经》的诸多文本一样，是配乐歌唱的，其诗句本身就是歌词，叠韵、叠章是其曲式特点。全诗三章，第一章妙在以舒缓平正之音领起全诗，定下全篇基调；第二章书写君子夜不能寐、思求淑女的生动情境，由舒缓柔婉转为繁弦促管，以振文气；第三章表达君子求而得之的喜悦情绪，心满意得而又不涉侈靡。一些连绵词的运用增强了词章音律的和谐美，如“窈窕”为叠韵，“参差”为双声，“辗转”为双声叠韵，或修饰形象，或摹写景物，或形容动作，均声情并茂，生动逼肖。全篇偶句入韵，共有三韵，增加了歌诗的节奏感和声律美。

【延伸阅读】

凤求凰

司马相如

凤兮凤兮归故乡，遨游四海求其皇。时未遇兮无所将，何悟今兮升斯堂！有艳淑女在闺房，室迩人遐毒我肠。何缘交颈为鸳鸯，胡颉颃兮共翱翔！

皇兮皇兮从我栖，得托孳尾永为妃。交情通意心和谐，中夜相从知者谁？双翼俱起翻高飞，无感我思使余悲。

【点评】

司马相如(约前179—约前118),字长卿,蜀郡成都人,西汉大辞赋家。据《史记·司马相如列传》记载,司马相如在卓王孙的宴席上以弹琴挑动才貌双全、精通音律的卓文君,文君感动而嫁。相传《凤求凰》即其琴曲歌辞,首见于南朝陈徐陵所编《玉台新咏》,唐《艺文类聚》、宋《乐府诗集》等书亦收录。凤凰是传说中的神鸟,雄曰凤,雌曰凰,古人常以"凤凰于飞""鸾凤和鸣"喻夫妇感情和谐美好。这首诗以凤求凰喻相如向文君求爱,并暗约文君私会。全诗通篇比兴,感情热烈,言浅意深,清新流亮,音律和谐,与《关雎》情感相类而风格有异。

木　瓜

《诗经》

投我以木瓜，[1]报之以琼琚。[2]
匪报也，[3]永以为好也！[4]

投我以木桃，报之以琼瑶。
匪报也，永以为好也！

投我以木李，报之以琼玖。
匪报也，永以为好也！

必读理由

《木瓜》居《诗经·卫风》之首，表达了“投桃报李”的经典意旨，是传诵最广的《诗经》名篇之一。

【注释】

① 木瓜：落叶灌木或小乔木，叶长椭圆形，春末夏初开花，花红色或白色。果实长椭圆形，色黄而香，味酸涩，经蒸煮或蜜渍后供食用，可入药。本诗中的“木瓜”指此种植物的果实。后因用以借指互相馈赠之物。木桃：桃子。木李：李子。

② 琼琚：精美的玉佩。喻指还报的厚礼。后“琼瑶”“琼玖”均指美玉。

③ 匪：同“非”。不，不是。

④ 好：交好；友爱。

【赏析】

这是《诗经·卫风》中的名篇。木瓜是落叶灌木，果似小瓜。木桃即桃子，木李即李子。青年男女之间用瓜果来传情达意，是中国古代民间的一种风俗。琼琚、琼玖、琼瑶均为佩玉名，古代人的饰物。你将木瓜投赠给我，我将回报你珍贵的佩玉，这并非只是为了回报，而是表示永远交好。此方投赠的是瓜果，对方回赠的是佩玉：赠的是微物，回的是重宝，目的在于永以为好。这种交好看重的是双方精神上的契合，是心心相印，因此回赠物品的价值高低并不重要，它具备了一种象征性的意义，表达的是对赠物者情感上的珍视，所以珍重地再三说“匪报也”。其内在的涵义更为深厚：虽然你投赠我的礼物是桃李瓜果，这份感情深厚，我当珍视，即使用琼瑶美玉回报，亦难以表达我对你的感激之情。因此，诗中“永以为好”就不限于爱情的表达，建立在精神契合基础上的友情也是值得人们一生珍视的情感。这就扩大了诗作的意义范围。

这首诗章句结构很有特色。句式上看，它不是典型的四字句，而是五五三五式，形成一种跌宕有致的风韵；从全诗看，它运用了复沓结构，三章词句重叠度很高，比较典型地体现了《诗经》重章叠句的形式特征。这一形式是由《诗经》作品文学性与音乐性高度融合的特质决定的，它在吟诵咏唱时，容易取得声情并茂、一唱三叹的效果。

【延伸阅读】

桃夭

《诗经》

桃之夭夭，灼灼其华。之子于归，宜其室家。
桃之夭夭，有蕡其实。之子于归，宜其家室。
桃之夭夭，其叶蓁蓁。之子于归，宜其家人。

【点评】

此诗以桃起兴，构思精巧，层层递进。首章“桃之夭夭，灼灼其华”，以桃花盛开时的娇艳比喻少女出嫁时的娇羞璨丽；第二章“有蕡其实”，以桃实的硕大作比，预祝新娘早生贵子；第三章“其叶蓁蓁”，以桃叶的茂密作比，预祝新娘嫁入夫家后，能兴旺整个家族。此诗为少女生命中的三段重要时光祝福：初为人妻，再为人母，再为人祖母，子孙满堂，家业兴旺。

这是一首婚礼上的贺词，是一首对新娘的赞歌和婚后幸福生活的祝辞。诗作三章采用复沓结构，更换意义相同或相近的字词，反复吟咏，突出一个“宜”字，歌颂了新娘拥有与夫家人和睦相处、持家兴家的美好品德，也赞叹新娘来归营造的祥和欢乐氛围。诗作场面喜庆，主旨鲜明，用语优美精炼，是《诗经》中歌颂生命真谛的经典篇章。

蒹葭

《诗经》

蒹葭苍苍，白露为霜。①
所谓伊人，②在水一方。③
溯洄从之，④道阻且长。⑤
溯游从之，宛在水中央。⑥

蒹葭凄凄，⑦白露未晞。⑧
所谓伊人，在水之湄。⑨
溯洄从之，道阻且跻。⑩
溯游从之，宛在水中坻。⑪

蒹葭采采，⑫白露未已。⑬
所谓伊人，在水之涘。⑭
溯洄从之，道阻且右。⑮
溯游从之，宛在水中沚。⑯

必读理由

《蒹葭》是一首恋歌，表达了抒情主人公对意中人的深切思念、对美好爱情的执着追求以及求之不得的怅惘忧伤，创造出一种理想"在水一方"、可望而不可即的具有普遍意义的艺术情境，被历代誉为情深景真、风神摇曳的佳作。

【注释】

① 蒹葭(jiān jiā)：指芦苇。苍苍：茂盛貌。
② 所谓：所说的，所怀念的。伊人：那人，指意中人。
③ 一方：另一边；对岸。
④ 溯洄：逆河道而向上行。从：寻求。
⑤ 阻：阻难。
⑥ 溯游：顺河道而向下行。
⑦ 凄凄：通"萋萋"，茂盛貌。
⑧ 晞(xī)：干。
⑨ 湄(méi)：水草交际之处，岸边。
⑩ 跻(jī)：登高。
⑪ 坻(chí)：水中小沙洲。

⑫　采采：茂盛貌。
⑬　已：止。
⑭　涘（sì）：水边。
⑮　右：迂回，曲折。
⑯　沚（zhǐ）：水中沙滩。

【赏析】

《蒹葭》出自《诗经·秦风》。开头两句以蒹葭起兴，描绘出一幅秋草茂盛、白露似霜的大河清秋图，渲染了一种寂寥凄婉的情绪氛围。抒情主人公遥望对岸的意中人，可望而难即，惆怅莫名。逆着河岸上行，道路曲折漫长，伊人依旧遥远；顺着河岸下行，伊人宛在而始终难以接近。全篇三章，每章只换数字，发挥出《诗经》经典的重章叠句、一唱三叹的艺术效果。白露从为霜到未晞再到未已，在时间的推移中幻化出追寻伊人的执着；从水一方到水之湄再到水之涘，伊人在水中央、水中坻、水中沚，在地点的转换中烘托伊人的飘渺难即；而“道阻且长”“且跻”“且右”，则表达追寻伊人过程的艰难。三章均以秋景起兴，既点染了季节与时间，又在凄清迷茫中烘托出人物执着而怅惘的心情，蒹葭、秋水、伊人的组合，构成了寓情于景、情景交融的凄美境界。

《蒹葭》之美，更在于它的象征意境。所追求的对象在水一方，可望而不可即，这是人们常会面临的人生境遇；所追寻的伊人可以解作意中人，也可以当做一种人生的目标或理想；河水的阻隔意义就更具艺术的张力了，它可以象征人生追求中所遭遇的任何一种阻力或艰难；而追求者的无奈与怅惘，当然也是常会经历的人生体验。《蒹葭》的结构因此散发出一种能引发读者情感共鸣的人生哲理的况味，其意境的整体象征令这首诗内涵具备更多的包容性。王国维曾将《蒹葭》与晏殊的“昨夜西风凋碧树，独上高楼，望尽天涯路”数句相提并论，认为两作“最得风人情致”，是很切中肯綮的。

【延伸阅读】

在水一方

琼瑶

绿草苍苍，
白雾茫茫。
有位佳人，
在水一方。
我愿逆流而上，

依偎在她身旁，
无奈前有险滩，
道路又远又长。
我愿顺流而下，
找寻她的方向。
却见依稀仿佛，
她在水的中央。

绿草萋萋，
白雾迷离。
有位佳人，
靠水而居。
我愿顺流而下，
与她轻言细语。
无奈前有险滩，
道路曲折无已。
我愿顺流而下，
找寻她的足迹。
却见仿佛依稀，
她在水中伫立。

【点评】

琼瑶(1938—)，当代著名女作家，湖南衡阳人，现居台湾。1963年以来，共创作长篇小说40余部，《在水一方》是其中较为重要的一部，曾多次被改编为电影和电视剧。在作品中，琼瑶借书中人之口之手，以“在水一方”为题，对《蒹葭》一诗作了改写，后成为同名影视剧的插曲。该作承袭了原诗的旨味，语句明白晓畅，两段式结构亦葆有了重章叠韵、回环往复的韵律美，同样在上下往复的追寻中表达了无奈怅惘的情绪，是古诗改编的成功范例。

在水一方

古埃及民歌

在水一方，住着我心所爱的女孩。
尼罗河的波涛

和岸边聚集的鳄鱼
守着安静的渡口。
而我仍走进洪流，
没入这波涛，全然不顾。
爱情镇慑了愤怒的水流，
并使巨浪像田野一样顺服。
为什么她爱上了我，正如锚
锁住了漂流的小舟；
迷人的少女，
她拥有水的魅力，
她使鳄鱼安静，
为了我们的爱情。
而今她在何处？
她的手如此轻柔，
却驾驶着一条大河。
哦，在那里！她在那里等候，
在我开路的双眼里。
我心所爱的唯一的情人，
她在水边，是水的女王。

【点评】

这是古埃及新王朝（第十八、十九、二十代王朝，前1550—前1090）时期的情歌中的一首。新王朝时期是古埃及艺术最灿烂的时期。情歌的抒情主人公感情强烈，为在水一方的心爱的女孩而踏入激流，勇往直前，鳄鱼和巨浪都被这爱情征服，迷人的少女也在水边静静地等候。歌中的情境、题旨、情感的强烈程度都和《蒹葭》相似，其冲破阻碍的勇气和征服爱情的信心则有过之。

卷 耳

《诗经》

采采卷耳，不盈顷筐。
嗟我怀人，寘彼周行。①

陟彼崔嵬，我马虺隤。
我姑酌彼金罍，维以不永怀。②

陟彼高冈，我马玄黄。
我姑酌彼兕觥，维以不永伤。③

陟彼砠矣，我马瘏矣。
我仆痡矣，云何吁矣！④

必读理由

《卷耳》是《诗经·周南》的第三篇，是不朽的怀人佳作，开启了后世“怀人诗歌”的先河。

【注释】

①卷耳：菊科植物，又称“苍耳”或“枲耳”。顷筐：浅而易盈的竹筐。嗟：语助词。寘：搁置。周行：环绕的道路，特指大道。

②陟：升；登。彼：指示代名词。崔嵬（wéi）：山高不平。虺隤（huī tuí）：疲极而病。姑：姑且。罍（léi）：器名，青铜制，用以盛酒和水。永怀：长久思念。

③玄黄：马过劳而视力模糊。兕觥（sì gōng）：一说野牛角制的酒杯，一说“觥”是青铜做的牛形酒器。永伤：长久思念。

④砠（jū）：有土的石山，或谓山中险阻之地。瘏（tú）：因劳致病，马疲病不能前行。痡（pū）：因劳致病，人过劳不能走路。云：语助词。云何：奈何，奈之何。吁（xū）：忧愁。

【赏析】

此诗是一首“怀人”名作，开创了中国古代怀人诗的先河。全诗四章，第一章起兴开头，以思妇口吻思怀征夫；第二、三、四章人在艰险旅途，借酒浇愁，乃以征夫口吻思家念归。两部分宛如后世戏剧独白，分别在不同场景中展开，男女双方“思怀”的情绪冲破了时空的拘囿，交织为一。第一章与后三章句式结构有明显的差异，二、三两章采用了经典的复沓结构，第四章独白者与二、三章相同，但结构又有较大变化。这是《诗经》中常用的“单行章断”手法，《汉广》《葛覃》等篇均有出现，是古时合唱形式在诗歌中的遗存，可以渲染所写的场景气氛，增强吟唱效果。

【延伸阅读】

无题

邵燕祥

真的，这不算是异想天开，
海上生出了一片云彩。
把千言万语交付它，
借一阵风把它吹向西北。

西北有高楼，楼上有人在等待，
不要说人家都在我不在；
你没有白白地眺望海角，
我给你寄来一片云——一个大海。

它挟着白热的闪电，迅猛的风雷，
激荡着所有善感的胸怀。
一天夜雨拍打着你的窗扉，
让你想象着海涛澎湃。

让你想起海边的潮水，
每逢初一、十五准要涨一回。
而我将做一个不速之客，
突然在你的意外归来。

1959年8月24夜

【点评】

这首诗书写两地恋，一在东南海岸，一在西北高楼，其空间距离之遥远，并没有阻断彼此的等待与思恋。“一片云”是爱情的象喻，它代表了“我”执着而炽热的爱；“高楼”是一传统意象，它是等待、痴望、愁绪的代名词。其“等待”的情境寂寞冷清，然源于彼此双向的思念之情消弭了空间距离和心理距离,“我”的归来必致的意外惊喜又创造了一种令人神魂勾摄的戏景,从而呈现了一种别样的美丽情怀。全诗情感劲切热烈,想象丰富开阔,诗句整齐匀称,句中有顿,富有抑扬顿挫的节奏感和很强的艺术感染力。

汉 广

《诗经》

南有乔木,不可休思;
汉有游女,不可求思。
汉之广矣,不可泳思;
江之永矣,不可方思。①

翘翘错薪,言刈其楚;
之子于归,言秣其马。
汉之广矣,不可泳思;
江之永矣,不可方思。②

翘翘错薪,言刈其蒌;
之子于归,言秣其驹。
汉之广矣,不可泳思;
江之永矣,不可方思。③

必读理由

《汉广》属于《诗经·周南》之列,描写了"可见而不可求"的经典诗境,也即后世所言的"企慕情境"。

【注释】

① 休思:休,止息也;思,语气助词,没有实义。汉:指汉水。游女:在汉水岸上出游的女子。江:指长江。永:水流很长。方:渡河的木排,这里指乘筏渡河。

② 翘翘:众也,秀起之貌。错薪:杂乱的柴草。楚:杂薪之中尤翘翘者。秣(mò):喂马。

③ 蒌(lóu):草名,即蒌蒿。

【赏析】

与《蒹葭》相似,此诗也表现了一种"可望而不可即"的恋慕情境:所渴慕的意中人在对岸、在远方,眼可以望见,心可以至彼,但手不可触、身不可接,永远可以追求却永远不能到达彼岸。追求者是一位伐木砍薪的青年樵夫,追求的意中人是一位美丽的江汉游女,"之子于归"是樵夫的一种主观幻境,汉广江永是樵夫的客观处境。此诗的描写较《蒹葭》所写,形象更为写实,情感也更为细腻。如果说《蒹葭》的意境是空灵缥缈的,《汉广》的画面则是具体质实的。从结构上看,《汉广》也有异于《蒹葭》之处,它的第一章是独立的,第二、三章是常见的复沓式叠唱,三章表达出幻想与幻灭交织、希望向失望递进的情感历程。

【延伸阅读】

子衿

《诗经》

青青子衿,悠悠我心。纵我不往,子宁不嗣音?
青青子佩,悠悠我思。纵我不往,子宁不来?
挑兮达兮,在城阙兮。一日不见,如三月兮。

【点评】

此诗是《诗经》中吟咏爱情的名作。"青青子衿""青青子佩"两句,是以意中人的衣饰借代意中人,"悠悠我心""悠悠我思"两句,是直言意中所思心中所爱。纵然我没有去到你那儿,你为何就没个音讯,也不主动来找我呢?在等待的急迫中透露出怨念的矜持。城阙是两人常常相见的地方,女子在这里走来走去,心思纷乱;只不过一天没见,却仿佛有三个月那么长久。此诗宛如戏剧里一个恋爱中的女子发出的独白,伴随着来回行走的台步,喃喃自语,吐露心中的隐秘情思,实则是一种心理活动的描写。"一日不见,如三月兮"则以夸张手法,用时间上的主客观反差,造成强烈的张扬情绪的效果。诗作鲜明地传达出先秦时代的女子追求爱情的胆识和独立自主的精神,为后世同类诗作树帜。

黍　离

《诗经》

彼黍离离，彼稷之苗。[1]
行迈靡靡，中心摇摇。[2]
知我者，谓我心忧。
不知我者，谓我何求。
悠悠苍天，此何人哉？[3]

彼黍离离，彼稷之穗。
行迈靡靡，中心如醉。
知我者，谓我心忧。
不知我者，谓我何求。
悠悠苍天，此何人哉？

彼黍离离，彼稷之实。
行迈靡靡，中心如噎。
知我者，谓我心忧。
不知我者，谓我何求。
悠悠苍天，此何人哉？

必读理由

《黍离》为《诗经·王风》之首。诗作蕴涵深厚，是后世诗文“黍离之悲”典故的语源，常用以代指国破家亡之痛。

【注释】

① 黍：俗称“小米”。离离：盛多；浓密；实垂之貌。稷：高粱。
② 行迈：远行。靡靡：迟迟、犹疑不决。摇摇：心中愁闷；心神不定。
③ 悠悠：遥远、渺茫。

【赏析】

《黍离》一诗列于《王风》之首，诗作蕴涵了因时世变迁而积聚的家国忧思，显示了一种厚重的沧桑感。周平王东迁后，一位大夫行至西周都城镐京，所见宫阙破败，故都荒凉，唯有禾苗生长茂盛，由是悲从中来，怆然涕下。全诗三章，每章十句，采取了复沓结构，文字高度相似，仅第二句末字“苗”“穗”“实”和第四句末两字“摇摇”“如醉”“如噎”有所区别，余均重复。黍苗青葱茂密，高粱从禾苗长到抽穗、结实，本是眼中所见客观物象，却勾起心中无限愁思，不禁心旌摇摇，惆怅满怀；而当这种惆怅不被人理解时，吟咏者就置于“众人皆醉我独醒”的孤独处境中，由是生发出一种“问天”的悲凉情怀。然而苍天也不能回应，吟咏者只能更加沉郁悲怆了。第二、三章显示出时间的疾快流驶，感叹呼号之词的反复出现，逐步加深了怅惘悲郁之思，一个踟蹰独行、步履沉重、痛定思痛、长歌当哭的思想者形象，也在三章的迂回往复之中呼之欲出了。

【延伸阅读】

祖国啊，我亲爱的祖国

舒婷

我是你河边上破旧的老水车
数百年来纺着疲惫的歌；
我是你额上熏黑的矿灯，
照你在历史的隧洞里蜗行摸索；
我是干瘪的稻穗；是失修的路基；
是淤滩上的驳船
把纤绳深深
勒进你的肩膊；
——祖国啊！

我是贫困，
我是悲哀。
我是你祖祖辈辈
痛苦的希望啊，
是“飞天”袖间
千百年来未落在地面的花朵；
——祖国啊！

我是你簇新的理想，
刚从神话的蛛网里挣脱；
我是你雪被下古莲的胚芽；

我是你挂着眼泪的笑涡；
我是新刷出的雪白的起跑线；
是绯红的黎明
正在喷薄；
——祖国啊！

我是你的十亿分之一
是你九百六十万平方的总和；
你以伤痕累累的乳房
喂养了
迷惘的我，深思的我，沸腾的我；
那就从我的血肉之躯上
去取得
你的富饶，你的荣光，你的自由；
——祖国啊
我亲爱的祖国！

【点评】

写于1979年4月的这首诗，是舒婷代表作之一。它吟颂祖国，远离了浮泛的赞美和神话化的歌颂，借助富有深刻内涵的意象群，来表达一代人对祖国苦难历史与落后现状的反思、对未来的热望。诗以“破旧的老水车”“熏黑的矿灯”“干瘪的稻穗”“失修的路基”“淤滩上的驳船”喻祖国曾历的苦难，以“簇新的理想”“古莲的新芽”“挂泪的笑涡”“雪白的起跑线”“绯红的黎明”喻祖国刚从十年浩劫中复苏过来的新的生机和新的气象，以“伤痕累累的乳房”喻祖国母亲沉重的爱，以“飞天袖间的花朵”喻人民永不丢弃的希望，末节表达献身祖国的赤子之心。全诗“祖国”与“我”交替互用，抒情基调由舒缓低沉渐至清越高昂，韵脚平仄交错，诵读起来充满了浓厚的抒情意味和咏叹的音律格调。

鹿鸣

《诗经》

呦呦鹿鸣，食野之苹。
我有嘉宾，鼓瑟吹笙。
吹笙鼓簧，承筐是将。
人之好我，示我周行。①

呦呦鹿鸣，食野之蒿。
我有嘉宾，德音孔昭。
视民不恌，君子是则是效。
我有旨酒，嘉宾式燕以敖。②

呦呦鹿鸣，食野之芩。③
我有嘉宾，鼓瑟鼓琴。
鼓瑟鼓琴，和乐且湛。④
我有旨酒，以燕乐嘉宾之心。

必读理由

《鹿鸣》居《诗经·小雅》之首，属于《诗经》"四始"诗之一，亦是后世"鹿鸣宴"典故的来源。

【注释】

①呦呦：鹿鸣声。朱熹《诗集传》："呦呦，声之和也。"苹：多年生草本。又名宾草、苤菜、四叶菜、田字草、破铜钱、四叶草等。簧：乐器中用以发声的片状振动体。承筐是将：古代用筐盛币帛送宾客。承：捧着。将：送，献。示我周行：指我路途。周行：大道，引申为大道理。

②德音：美德。孔：很，十分。昭：鲜明。视：示也。恌：佻。则：法则，楷模，此作动词。效：模仿。旨：甘美。式：语助词。燕：同"宴"。敖：同"遨"，嬉游。

③芩(qín)：草名，属蒿类植物。

④湛(dān)：快活得长久。

【赏 析】

《鹿鸣》是先民在宴会上吟唱的赞歌，属于《诗经》"四始"诗之一。诗作三章均以鹿鸣起兴，群鹿在旷野上悠闲地吃着苹、蒿、芩等野草，发出悦耳动听的鸣叫声，开篇即营造了和谐愉悦的宴聚氛围，与会嘉宾也深受感染。鼓瑟、吹笙、鼓簧、鼓琴，既是古代宾主宴聚时奏乐场景的描写，也是古时君臣宴会必以笙乐配《鹿鸣》吟唱史实的记录。音乐声中，有人献上筐装的礼物以祝酒，主人也献上祝酒词，表示嘉宾德音懿言，君子所当则效，而我也当尽情款待嘉宾。三章多复沓结构，第三章末句卒章显志，说明宾主相得是宴聚主要目的，这就使得这场宴聚带上了政治文化的意味，从而深化了诗作的主题。

【延伸阅读】

螽斯

《诗经》

螽斯羽，诜诜兮。宜尔子孙，振振兮。
螽斯羽，薨薨兮。宜尔子孙，绳绳兮。
螽斯羽，揖揖兮。宜尔子孙，蛰蛰兮。

【点评】

螽斯即蝈蝈。蝈蝈有细而长的触角，雄虫善鸣，前翅宛如两片透明的发声器，通过摩擦发出醇美响亮的鸣声。此诗以“螽斯羽”三起兴，祝颂人家多子多孙，渲染了一种热闹、欢快、幸福的喜庆氛围。此诗最大的特点是它的叠词叠句。“诜诜”“振振”“薨薨”“绳绳”“揖揖”“蛰蛰”六个叠字词，形容众多、茂盛、喧闹、绵长、拥挤、聚集等意，语义相近，用墨如泼，隔句联咏，音韵铿锵，既表达了浓烈的祝福意愿，又造成了音短韵长的吟唱效果。“宜尔子孙”重复三次，相当于三次致辞，使颂歌的主旨更为显豁明了。

蓼　莪

《诗经》

蓼蓼者莪，匪莪伊蒿。[1]
哀哀父母，生我劬劳。[2]

蓼蓼者莪，匪莪伊蔚。[3]
哀哀父母，生我劳瘁。

瓶之罄矣，维罍之耻。[4]
鲜民之生，不如死之久矣。[5]
无父何怙，无母何恃。
出则衔恤，入则靡至。[6]

父兮生我，母兮鞠我。[7]
拊我畜我，长我育我。[8]
顾我復我，出入腹我。[9]
欲报之德，昊天罔极。

南山烈烈，飘风发发。[10]
民莫不穀，我独何害。[11]

南山律律，飘风弗弗。[12]
民莫不穀，我独不卒。[13]

必读理由

《蓼莪》追怀父母养育之恩，抒发年少失去怙恃的哀恸和无法终养父母的憾恨，沉痛凄恻。清人方玉润称此诗为“千古孝思绝作”。全诗赋比兴交替使用，情景交融，虚实相生，以其起伏跌宕的抒情，彰扬了孝敬父母的中华民族传统美德。

【注释】

① 蓼(lù)：长大貌。莪(é)：莪蒿，一名萝蒿，又称抱娘蒿。多年生草本植物，嫩叶可吃。蒿：青蒿。

② 劬(qú)：劳苦。

③ 蔚:牡蒿。蒿与蔚皆散生,故诗喻不能终养。

④ 罍(lěi):酒器。

⑤ 鲜(xiǎn):民:孤独的人。

⑥ 衔恤:含忧。靡:柔弱。

⑦ 鞠:养育。

⑧ 拊:抚摸。畜:养育。

⑨ 顾:看视。複:夹衣。腹:抱在怀里。

⑩ 烈烈:高峻险阻貌。飘风:疾风。发发:迅疾貌。

⑪ 穀:赡养。

⑫ 律律:犹"烈烈",高大威壮貌。弗弗:犹"发发"。

⑬ 卒:为父母养老送终。

【赏析】

《蓼莪》一诗,赋比兴交替使用,追怀感念父母的养育之恩,抒发自己不能终养父母的遗憾。诗作以比开篇,前两章中"莪""蒿""蔚"均有所喻指。因莪蒿抱根丛生,嫩叶味美可食,比喻有父母者能顺利长大成人,并能尽孝;青蒿与牡蒿均散生,又不可食用,比喻无父母依靠的人不能顺利长大成材,又无法终养父母。诗作承接此意,思及父母养育之艰难,哀伤不已。第三章以瓶喻父母,以罍喻子,瓶空而罍耻,叙写年少失却双亲之后的孤独与痛苦。第四章以赋法详叙父母对子女的养育抚爱,连用"生""鞠""拊""畜""长""育""顾""复""腹"九个动词,以九个"我"字为宾语,铺陈其事,将"劬劳""劳瘁"之意具体化,音节短促,声调急迫,有如哭诉,用词质朴而情意深重;最后两句归结父母给予生命并辛苦养育的恩德,如同天空一般无边无际。末两章以南山、飙风起兴,以众人衬托自己,书写抱恨独深:南山寒烈,疾风暴起,满目肃杀悲凉,世间唯独只有自己,不能像其他人一样奉养父母双亲,这是怎样的一种剧痛深哀?两章用了"烈烈""发发""律律""弗弗"等四个入声字构成的叠字词,一发加重哀恸之情,有助于更好地表达诗作主旨。

此诗是同时使用赋比兴三种表现手法的经典诗篇。诗作前三章先比后赋,第四章是赋,第五、六章先兴后赋。诗由野生的植物写起,触目室内容器,又由天空之高望及南山之远,感受回风之冽,回顾父母的温暖,悲叹自我的孤冷,以子欲养而亲不在的经历,劝勉世人及时孝敬父母双亲。诗以充沛的情感传达出赡养父母是为人子女的道德义务这一主题。这是中华民族的传统美德,其当代价值也非常明显。

【延伸阅读】

葛覃

《诗经》

葛之覃兮，施于中谷，维叶萋萋。黄鸟于飞，集于灌木，其鸣喈喈。
葛之覃兮，施于中谷，维叶莫莫。是刈是濩，为絺为绤，服之无斁。
言告师氏，言告言归。薄污我私，薄浣我衣。害浣害否？归宁父母。

【点评】

《葛覃》以整齐的四字句，描写了三幅图景：一是葛盛鸟鸣图，二是收葛制衣图，三是浣衣待归图。葛是一种多年生草本植物，纤维可以织布。第一章重在写景：葛藤茂盛生长于山谷之中，黄鹂鸟在灌木丛中飞来飞去，鸣声啾啾。第二章重在叙事：葛藤茂密，长势良好，用刀割葛，用水煮葛，细葛纤维织成细布，粗葛纤维织成粗布，制成衣裳，穿在身上，满心欢喜。第三章叙事中抒情：女子向女师告假，内衣外衣洗洗干净后，回家探望父母。显然，这是一首描写古代制衣女工生活的诗篇，它以“葛覃”为中心，叙述女子收葛、煮葛、织布、成衣、浣洗以待归的劳作过程。当这位女工学有小成，告假待归时，心中充满了喜悦之情。诗作融写景与叙事为一体，画面连续，语气通贯，节奏欢快，表达了古代女子辛勤劳作、尊敬女师、孝敬父母的美好品德，抒发了普通女工日常生活中的简单欢欣，传达出人与自然和谐共处的生命图景。

国 殇

屈原

屈原(约前340—前278),名平,字原,战国后期楚国人。楚怀王时曾任左徒,后任三闾大夫。中国古代伟大的文学家,已知最早的著名诗人。创立了“楚辞”文体,开创了“香草美人”的文学传统,代表作有《离骚》《九歌》《九章》《招魂》等。

> **必读理由**
>
> 《国殇》是《九歌》中的一篇。诗作描写的战争场面悲壮激烈,惊心动魄,为国捐躯将士的爱国精神义薄云天,浩气长存。这是一首献给为国牺牲的英雄将士的祭歌,也是一首英雄主义和爱国主义的赞歌。

操吴戈兮被犀甲,①
车错毂兮短兵接。②
旌蔽日兮敌若云,
矢交坠兮士争先。
凌余阵兮躐余行,③
左骖殪兮右刃伤。④
霾两轮兮絷四马,⑤
援玉枹兮击鸣鼓。⑥
天时怼兮威灵怒,⑦
严杀尽兮弃原野。⑧

出不入兮往不反,⑨
平原忽兮路超远。⑩
带长剑兮挟秦弓,
首身离兮心不惩。⑪
诚既勇兮又以武,⑫
终刚强兮不可凌。⑬
身既死兮神以灵,⑭
魂魄毅兮为鬼雄!⑮

【注释】

① 操:持。吴戈:泛指锋利的戈。被:披。犀甲:泛指坚韧的铠甲。

② 车错毂(gǔ):指两国交战激烈,战车来往交错。毂:车轴头。

③ 凌:侵犯。躐(liè):践踏。行(háng):行列。

④ 骖(cān):战国时战车由四匹马拉,中间两匹叫服,左右两边的叫骖。殪(yì):倒地而死。刃伤:被兵刃所伤。

⑤ 霾:同“埋”。絷(zhí):绊住。

⑥ 援:拿起。玉枹(fú):玉饰的鼓槌。鸣鼓:响鼓。

⑦ 天时:天意。怼:怨恨。威灵:神灵。

⑧ 严:惨烈貌。杀尽:指被杀尽。弃原野:指尸体被弃于原野。

⑨ 出不入兮往不反:指将士出征时就抱着一去不返、誓死报国的决心。反:通“返”。

⑩ 忽:恍惚;不明。超远:极其遥远。

⑪ 惩:恐惧;悔恨。

⑫ 诚:果然是,诚然。

⑬ 终:始终;到底。

⑭ 神以灵:精神永存,英灵不灭。

⑮ 鬼雄:鬼中英雄。

【赏析】

所谓国殇,指为国牺牲的人。《国殇》是为那些为国捐躯的将士而写的祭歌。诗有两层,第一层以铺张扬厉之笔,描绘了楚国将士在强敌如云的阵前奋力拼杀、誓死不屈的壮烈场面。敌军旌旗蔽日,来势汹涌,冲破了楚军战阵;楚军将士牺牲惨重,却仍然奋勇争先,楚军统帅也援枹击鼓,激励士气,以与敌人决一死战。最后楚国将士壮烈牺牲,横尸遍野,呈现一派悲凄惨烈景象。第二层以热情礼赞之笔,讴歌了楚国将士一去不返的出征心态和誓死卫国的壮烈情怀。他们以身许国,临行发出振聋发聩的豪言壮语;战死沙场仍带剑挟弓,身首分离而精神永存天地之间。他们生是人杰,死为鬼雄,正气凛然,气贯长虹。诗作充分表达了对义薄云天的爱国将士的沉痛哀悼和激越歌颂之情,寄寓了屈原崇高深挚的爱国情怀。

诗作通篇直赋其事,将感性、动态的战争过程与理性、静态的精神面貌结合描写,将旌旗蔽日的宏大场面与操戈披甲的局部细节交错表现,波澜壮阔,层次分明。在描绘楚国士兵奋勇杀敌、血战到底的群体形象时,又突出表现楚国统帅指挥若定、殊死拼搏的悲壮气概,点面结合,主旨显明。全诗均用七字句,句式整齐,每句中均有“兮”穿插,起到自然停顿、调节音律的作用,故诗句节奏促迫而感情激越,诵读时朗朗上口、声情并茂,有悲壮淋漓的音律之美;其开张扬厉之气,则又传达出一种凛然阳刚之美,令人回肠荡气,具有强烈的艺术感染力。

【延伸阅读】

淡水河边吊屈原

余光中

青史上你留下一片洁白，
朝朝暮暮你行吟在楚泽。
江鱼吞食了两千多年，
吞不下你的一根傲骨！
太史公为你的投水太息，
怪你为什么不游宦他国？
他怎知你若是做了张仪，
你不过流为先秦一说客！
但丁荷马和魏吉的史诗，
怎撼动你那悲壮的楚辞？
你的死就是你的不死：
你一直活到千秋万世！
悲苦时高歌一节离骚，
千古的志士泪拥如潮；
那浅浅的一湾汨罗江水，
灌溉着天下诗人的骄傲！
子兰的衣冠已化做尘土，
郑袖的舞袖在何处飘舞？
听！
急鼓！可爱的三闾大夫！
滩滩的龙舟在为你竞渡！
我遥立在春晚的淡水河上，
我仿佛嗅到湘草的芬芳；
我怅然俯吻那悠悠的碧水，
它依稀流着楚泽的寒凉。

1951年

【点评】

余光中(1928—2017),当代著名诗人、评论家。这首诗歌颂屈原青史留白的品格和千秋不死的精神,以夸张、比拟、对比、衬托、通感等手法,表现屈原的铮铮傲骨和独立人格,以排比句式吟哦对屈原的眷恋和敬仰,用叠字词表示时间和空间,通篇生动形象,弥漫着浓郁的抒情意味。首八句用一韵,后每四句一转韵,情调铿锵,音律流转,极富音乐美。

陌上桑

汉乐府

汉乐府是继《诗经》《楚辞》之后的中国古代诗歌史上一道灿烂的风景。乐府原是两汉朝廷常设的音乐管理机构，由它搜集、保存、流传下来的汉代诗歌即称为乐府诗。汉乐府打破了四言诗格式，采用五言和杂言。《陌上桑》是汉乐府民歌中突出的一篇。

日出东南隅，照我秦氏楼。[1]
秦氏有好女，自名为罗敷。[2]
罗敷喜蚕桑，采桑城南隅。[3]
青丝为笼系，桂枝为笼钩。[4]
头上倭堕髻，耳中明月珠。[5]
缃绮为下裙，紫绮为上襦。[6]
行者见罗敷，下担捋髭须。
少年见罗敷，脱帽著帩头。[7]
耕者忘其犁，锄者忘其锄。
来归相怨怒，但坐观罗敷。[8]

使君从南来，五马立踟蹰。[9]
使君遣吏往，问是谁家姝？[10]
“秦氏有好女，自名为罗敷。”
“罗敷年几何？”
“二十尚不足，十五颇有余。”
使君谢罗敷：“宁可共载不？”[11]
罗敷前置辞：“使君一何愚！[12]
使君自有妇，罗敷自有夫。

“东方千余骑，夫婿居上头。
何用识夫婿？白马从骊驹；[13]

必读理由

《陌上桑》以春日采桑为背景，借助场面铺陈和观者反应来描写罗敷的盛丽服饰和超凡美貌，塑造了一个机智坚贞、个性鲜明的采桑女的形象，是古代早期叙事诗的经典篇章。

青丝系马尾，黄金络马头；[14]
腰中鹿卢剑，可值千万余。[15]
十五府小吏，二十朝大夫，
三十侍中郎，四十专城居。[16]
为人洁白皙，鬑鬑颇有须。[17]
盈盈公府步，冉冉府中趋。[18]
坐中数千人，皆言夫婿殊。”

【注释】

① 隅(yú)：角。

② 好女：美女。罗敷(fū)：古代美女名，汉代常用作美女的泛称。

③ 蚕桑：养蚕采桑。

④ 青丝：青色丝绳。笼：篮子。系(xì)：络绳。笼钩：挂钩。

⑤ 倭(wō)堕髻：即堕马髻，发髻偏在一边，呈坠落状。

⑥ 缃(xiāng)绮(qǐ)：浅黄色有花纹的丝织品。襦(rú)：短袄。

⑦ 著：戴。帩(qiào)头：古代男子束发的纱巾。

⑧ 坐：因为。

⑨ 使君：东汉时对太守的称呼。五马：汉朝太守出行用五匹马拉车。踟蹰(chí chú)：徘徊不前。

⑩ 姝(shū)：美女。

⑪ 谢：问。宁可：可不可。不(fǒu)：否。

⑫ 前：走上前。置词：致辞。

⑬ 骊驹：深黑色的少壮之马。此句谓罗敷丈夫所骑的白马后面跟有骊驹。

⑭ 黄金句：用黄金做的笼头笼住马头。

⑮ 鹿卢剑：即辘轳剑，剑名。剑首以玉作辘轳形为饰，故名。

⑯ 侍中郎：出入宫禁的侍卫官。专城居：出任一城为官(如太守)。专：据有。

⑰ 鬑鬑(lián)：胡须稀疏的样子。颇：略微。白面而略有须是古时美男子的风范。

⑱ 盈盈：仪态美好貌。公府步：官步。冉冉：从容沉着。趋：小步快行。

【赏析】

《陌上桑》原为乐府《相和曲》名。“陌”泛指田间道路，“陌上桑”意指田间道路旁桑树下，也是故事发生的具体场所。全诗共三层。第一层借助铺陈和衬托写采桑女罗敷之美。首四句以叙事者的口吻来叙述罗敷的名字、住所、方位；接下来八句正面铺叙器物的精致和服饰的华美，以衬托器物和服饰主人自身的美丽动人；后续的八句从行路人、少年郎、耕地和锄地的农民，在见到罗敷后表现出的忘情品赏、耽误劳作等不同程度的反应,在诙谐夸张中烘托出罗敷的惊人美丽,不仅令诗歌平添了若许喜剧色彩,也是以虚写实,避开对美的正面描写,完成了对公认的美的刻画,成为全篇最为精彩动人的诗句。第二层以对话形式,描绘罗敷高洁的心灵和机智的性格。第三层完全是罗敷的作答,以铺叙的手法尽情夸耀夫婿地位的高贵、气度的超凡、才貌的出众和前程的远大,表现出罗敷对使君的反击和嘲笑,从而完成对罗敷坚贞纯情品格的塑造。

《陌上桑》详于叙事略于抒情,铺陈场面不吝笔墨,服饰器物描写详尽,人物容貌略过,然人物的容貌之美却在众人的反应中得到最充分的表现,而读者也在自己的审美体验和文学想象中重塑人物形象。这种避实就虚、以虚写实的形象描写方法,是该诗最突出的艺术特点,并成为后世文学作品表现人物美的艺术范型。诗作风格幽默俏皮,语言清新活泼,排比句式的使用令作品情辞飞扬,酣畅淋漓,千百年来传诵不绝。

【延伸阅读】

西厢记(节选之一)

王实甫

【雁儿落】我则道这玉天仙离了碧霄,原来是可意种来清醮。小子多愁多病身,怎当他倾国倾城貌。

【得胜令】恰便似檀口点樱桃,粉鼻儿倚琼瑶,淡白梨花面,轻盈杨柳腰。妖娆,满面儿扑堆着俏;苗条,一团儿衠是娇。

【乔牌儿】大师年纪老,法座上也凝眺;举名的班首真呆傍,觑着法聪头作金磬敲。

【甜水令】老的小的,村的俏的,没颠没倒,胜似闹元宵。稔色人儿,可意冤家,怕人知道,看时节泪眼偷瞧。

【折桂令】着小生迷留没乱,心痒难挠。哭声儿似莺啭乔林,泪珠儿似露滴花梢。大师也难学,把一个发慈悲的脸儿来朦着。击磬的头陀懊恼,添香的行者心焦。烛影风摇,香霭云飘;贪看莺莺,烛灭香消。

【点评】

此数段选自《西厢记》第一本《张君瑞闹道场》的第四折。作者借张生之眼之口,先直接描写张生对莺莺之美的主观感受;后用衬托手法,借六尘清净、俗念俱寂的众僧的反应来客观烘托莺莺之美。这一戏剧性的场面,将崔莺莺倾国倾城的绝代佳人形象活色生香地衬托出来。这是一种运虚写实、借宾衬主的写法,与《陌上桑》中以诸多观者的反应来表现罗敷之美异曲同工。

行行重行行

《古诗十九首》

《古诗十九首》出自汉代文人之手，非一时一人所作，大约产生于东汉晚期，作者没有留下姓名，后作为一个整体收录在南朝梁代昭明太子萧统所编《文选》中。它代表了汉代文人五言诗的最高成就。《行行重行行》是《古诗十九首》的第一首。

行行重行行，与君生别离。①
相去万余里，各在天一涯。②
道路阻且长，会面安可知？
胡马依北风，越鸟巢南枝。③
相去日已远，衣带日已缓。④
浮云蔽白日，游子不顾反。⑤
思君令人老，岁月忽已晚。
弃捐勿复道，努力加餐饭！⑥

必读理由

《行行重行行》以思妇口吻写对游子的思念、怨叹和自我宽慰，长于抒情而又委曲婉转，韵味悠长，语言朴素精炼。“胡马依北风，越鸟巢南枝”两句运用比兴，道出诗意浓郁的人生哲理，成为千古名言。

【注释】

① 行行句：不停地走，越走越远。

② 天一涯：天一方。

③ 胡马：泛指北方的马。越鸟：泛指南方的鸟。胡马南来仍依恋北风，越鸟北飞仍筑巢于南向的树枝，意谓鸟兽尚恋故土，何况人呢？

④ 远：时间久远。缓：宽松。

⑤ 浮云蔽日：比喻游子在外被遮蔽、迷惑。顾：念。反：同“返”。

⑥ 弃捐：丢开。复：再。道：谈说。

【赏析】

《行行重行行》是东汉末年的乱离岁月谱写出的一首相思之歌。其情真景真、事真意真，传达了思妇怀念远行丈夫的缠绵情感。首句叠用四个“行”字，以“重”字绾结，以复沓的声调写游子离家之极其久远，奠定了全诗沉抑伤感的感情基调。与君一别，相隔万里，没有音讯，路途又坎坷遥远，这在战乱频仍、交通不便的时代氛围里，生离有如死别，自然相会无期。然而相离越久，相思越深，胡马越鸟都有眷恋故土的本性，更何况是万物灵长的人呢？分别日久，思妇日渐消瘦，衣带渐宽，而游子仍未归来。思妇猜测不归的原因，在于异乡女子如浮云蔽日般遮蔽了游子的归路；自己因为刻骨相思而致容颜衰老，身心憔悴；而时光易逝，青春难再，何等令人感伤！然想也无益，不如丢开相思与伤感，努力加餐，保重身体以待来日吧。诗作最后以思妇自我宽慰的语气结束。

这首诗先追叙初别时的伤感情境，接着抒发路远难会的无奈悲凄，再诉说久别相思之刻骨，最后以自我宽慰作结，情感脉络清晰婉转，转换跌宕。同一种相思别离之情，或直或曲，托物比兴，反复咏叹，层层深入。语言风格朴素清新，“行行重行行”写出临别时的艰难心理和渐行渐远的情状，“胡马依北风，越鸟巢南枝”写尽生物恋旧的通性，“思君令人老”道出人生痛苦的体验，在语言的平远中蕴藏着醇厚的生命哲思。

【延伸阅读】

西厢记（节选之二）

王实甫

【滚绣球】恨相见得迟，怨归去得疾。柳丝长玉骢难系，恨不倩疏林挂住斜晖。马儿迍迍的行，车儿快快的随。却告了相思回避，破题儿又早别离。听得道一声去也，松了金钏；遥望见十里长亭，减了玉肌。此恨谁知？

【快活三】将来的酒共食，白泠泠似水，多半是相思泪。眼面前茶饭怕不待要吃，恨塞满愁肠胃。蜗角虚名，蝇头微利，拆鸳鸯在两下里。一个这壁，一个那壁，一递一声长吁气。

【二 煞】你休忧“文齐福不齐”，我则怕你“停妻再娶妻”。休要“一春鱼雁无消息”！我这里青鸾有信频须寄，你却休“金榜无名誓不归”。此一节君须记：若见了那异乡花草，再休似此处栖迟。

【点评】

此数段选自《西厢记》第四本《草桥店梦莺莺》第三折，也即著名的《长亭送别》。作者先用比喻、拟人手法写忧愁别离之苦，又在对比和夸张中极写别离让人消瘦怨恨，继而以比喻点出博取功名是导致生离之痛的原因；最后写莺莺鄙视功名富贵、专注爱情幸福的人生态度，对可能到来的停妻再娶悲剧的担忧。诸般描写，可以和《行行重行行》诗中“与君生别离”的情境、“浮云蔽白日”的现实、“思君令人老”的心绪比照理解。

迢迢牵牛星

《古诗十九首》

迢迢牵牛星，[1]皎皎河汉女。[2]
纤纤擢素手，[3]札札弄机杼。[4]
终日不成章，[5]泣涕零如雨。[6]
河汉清且浅，[7]相去复几许？[8]
盈盈一水间，[9]脉脉不得语。[10]

必读理由

《迢迢牵牛星》情语与景语融合无间，语言蕴涵深永，如行云流水般自然流畅，为古代五言诗的成熟之作。

【注释】

① 迢迢（tiáo）：遥远的样子。牵牛星：俗称“牛郎星”，是天鹰星座的主星，在银河南。

② 皎皎（jiǎo）：明亮的样子。河汉：即银河。河汉女，指织女星，是天琴星座的主星，在银河北。织女星与牵牛星隔河相对。

③ 擢（zhuó）：摆动。素：洁白。

④ 札札（zhá）：象声词，机织声。机杼（zhù）：机梭。

⑤ 章：织物的纹理。

⑥ 零：落。

⑦ 且：又。

⑧ 相去：相隔。复几许：又有多远呢。

⑨ 盈盈：水清澈的样子。一水：银河。

⑩ 脉脉：相视而含情不语。

【赏析】

牵牛和织女是两个星宿的名称，民间传说中是相隔在银河两岸、遥望而不能相聚的夫妇。《迢迢牵牛星》以从人间的视角描写人格化了的牵牛织女的离别，并寄寓了深切的同情。诗开头两句从牵牛织女两处落笔，迢迢、皎皎的形容，容易让读者联想到游子和思妇的情状。下面四句从织女角度切入，写出织女纤秀洁白的外在美、辛勤织布的姿态美，也抒发了织女因牵牛不在身边的孤独与苦闷。末四句是诗人的慨叹，以为银河清而浅，牵牛织女相距也不远，却只能相视相望，不能朝夕相伴。诗借传说的天上故事来比喻人间夫妇相离的现实，抒写了思妇的怅怨和相思之情，明写织女，又句句不离牛郎，诗思深远而有余意。

诗作借神话喻现实，联想丰富，尤其是叠字词的运用，增强了诗作的节奏感和音韵美。诗一共十句，有六句都用到叠字词，即“迢迢”“皎皎”“纤纤”“札札”“盈盈”“脉脉”，无论是摹写物性还是抒发情思，读来都非常自然优美，精炼准确，适宜诵读。

【延伸阅读】

鹊桥仙(纤云弄巧)

秦观

纤云弄巧，飞星传恨，银汉迢迢暗度。金风玉露一相逢，便胜却人间无数。　　柔情似水，佳期如梦，忍顾鹊桥归路。两情若是久长时，又岂在朝朝暮暮。

【点评】

秦观(1049—1100)，字少游，北宋著名词人。这首词承袭了传统题材，却翻出新意，借牛女七夕相会的传说，歌颂人间坚贞诚挚、天长地久的爱情。词以议论作结，自出机杼，晓畅蕴藉，成为流传千古的爱情名言。

观沧海

曹操

曹操(155—220),字孟德,沛国谯郡(今安徽亳州)人,三国时杰出的政治家、军事家、文学家。精通音律,擅诗文,诗歌慷慨悲壮,散文清峻整洁。《步出夏门行》原为乐府旧题,曹操在建安十二年北征乌桓,以《步出夏门行》为题写了一组诗。《观沧海》《龟虽寿》均为组诗中的一章。

东临碣石,①以观沧海。②
水何澹澹,③山岛竦峙。④
树木丛生,百草丰茂。
秋风萧瑟,洪波涌起。
日月之行,若出其中;⑤
星汉灿烂,若出其里。
幸甚至哉,歌以咏志。⑥

必读理由

《观沧海》将自然景物作为观照对象,在沧海浩荡、日月运行的波澜壮美中,表现出作者丰富的想象和豪迈的气概,是中国古代诗歌史上最早的描写山水景观的佳作。

【注释】

① 碣(jié)石:渤海边山名,在今河北省昌黎县北。今不存。
② 沧海:大海。
③ 澹澹(dàn):水波荡漾的样子。
④ 竦(sǒng)峙:高高耸立。“竦”:同“耸”,高。峙:立。
⑤ 其中:与下句“其里”均指海中。
⑥ 幸甚两句:为配合音乐节律所加,与正文无关。

【赏析】

《观沧海》开头两句点出望海的具体位置,是在碣石山顶。据高临海,视野开阔,“观”字统领全篇,以下均从所“观”展开描写。开头叙事,未及写人,然诗人登山观海时的勃勃英姿已然浮现。接着写所见景象,水波、山岛、树木、百草、秋风、洪波依次展现。“澹澹”叙诗人所见海水碧波荡漾的全景,“何”表其内心充满了惊讶和赞美,“竦峙”给人坚定巍然的感受，草木呈现一片欣欣向荣的气象，萧瑟的秋风中，大海涌起了澎湃的波澜。在这样壮阔苍茫的海波上，日月星辰仿佛出入其中，这是何等宏伟辉煌的境界！“日月之行”四句十六字，写出大海吞吐日月、包孕星河的博大胸怀，是全诗的高潮。末二句抒情言志，诗人虽未言明所咏之“志”的内容，但联系曹操北征乌桓、建功立业的雄心壮志，也就容易理解和感受了。

诗人通过描写沧海，抒发了他统一中国的政治抱负，写景与抒情紧密结合，融为一体，字里行间洋溢着饱满的激情。描绘大海的生机勃勃，也是在抒发诗人热爱大好河山的壮丽情怀；抒写大海吞吐宇宙的气势，也是在表达自己阔大开放的胸怀。诗人不仅描摹出大海的形象与气势，还赋予了大海以性格。全诗感情奔放，表达含蓄，也更能激发读者的想象。这首诗风格饱满深沉，雄健有力，是建安风骨的代表之作。

【延伸阅读】

浪淘沙·北戴河

一九五四年夏

毛泽东

大雨落幽燕，白浪滔天，秦皇岛外打鱼船。一片汪洋都不见，知向谁边？
往事越千年，魏武挥鞭，东临碣石有遗篇。萧瑟秋风今又是，换了人间。

【点评】

1954年夏，毛泽东在北戴河时，一日遇风雨大作，波浪连天，遂起击水之兴，上岸后挥笔写就这首词。上片写景，以小衬大，凸显风雨中海天一色、浩茫混沌的特点；下片抒情，倒转时空，回想曹操千年以前登山观海的史事和《观沧海》之诗，以豪迈之情写出贯通古今的英雄之志。这首词时空交错，由景及情，既雄浑又含蓄，昭示了现代伟人的非凡情怀。

短歌行

曹操

“短歌行”是汉乐府旧题,属于《相和歌辞·平调曲》。乐府同名诗有24首,最早的是这首。《相和歌辞》另有“长歌行”,长短当其音乐特点。行,古代歌曲的一种体裁。曹操有两首《短歌行》,这是其中一首。

对酒当歌,人生几何?[①]
譬如朝露,去日苦多。[②]
慨当以慷,忧思难忘。[③]
何以解忧?唯有杜康。[④]
青青子衿,悠悠我心。[⑤]
但为君故,沉吟至今。[⑥]
呦呦鹿鸣,食野之苹。
我有嘉宾,鼓瑟吹笙。[⑦]
明明如月,何时可掇?[⑧]
忧从中来,不可断绝。[⑨]
越陌度阡,枉用相存。[⑩]
契阔谈宴,心念旧恩。[⑪]
月明星稀,乌鹊南飞。
绕树三匝,何枝可依?[⑫]
山不厌高,水不厌深。
周公吐哺,天下归心。[⑬]

必读理由

《短歌行》是曹操的代表作之一。它反复咏叹诗人招贤若渴的心情和统一天下的壮志,寓明确的政治主张于丰富的抒情元素中,对“求贤”主题作了高度艺术化的表现,读来回肠荡气,深受感染。

【注释】

① 当:义同“对”。几何:多少。
② 朝露:早晨的露水,比喻人生短促。去日:过去的日子。
③ 慨当以慷:即“慷慨”,形容声音激越。忧思:幽深的心思。
④ 杜康:人名,相传是最早酿酒的人,这里指酒。
⑤ 衿(jīn):衣领。青衿是周代学子的服装。悠悠:悠远绵长。借用《诗经·子衿》成句,表

示慕才之心。

⑥ 但:只。君:指贤才。故:缘故。沉吟:低声吟诵(《子衿》诗句)。

⑦ 呦呦四句,借用《诗经·鹿鸣》成句,表达礼遇贤才之心。

⑧ 明明:明亮。掇:通"辍"(chuò),停止。

⑨ 中:内心。

⑩ 陌、阡:田间小路,南北为阡,东西为陌。"越陌度阡",指贤才远道而来。枉用,指贤才屈尊相从。存,问候。

⑪ 契阔:久别。旧恩:往日的情谊。

⑫ 匝(zā):周,圈。

⑬ 哺:口中咀嚼着的食物。吐哺:把口中正咀嚼的食物吐出来。相传周公唯恐失去天下贤士,常常停下吃饭来接待贤才。《韩诗外传》说周公"一饭三吐哺,犹恐失天下之士"。

【赏析】

《短歌行》按诗意可分为四层来读,每八句一层。第一层感慨人生苦短、借酒解忧,而诗人所忧的,正是时光易逝,贤才难得。这八句表面看似消极,实则隐含着曹操的政治抱负和求贤愿望。第二层两次引用《诗经》成句,表达诗人对贤才的热切渴求和深情期待,还表示要以嘉宾之礼对待贤才。这样浓厚缠绵的情志所带来的社会效果,是《求贤令》之类的政治文件所不能企及的。第三层前四句为贤士而愁,照应第一层,且忧愁不绝,又有递进;后四句写礼遇贤士,照应第二层,且贤士已在,更见情深。这是主题旋律的复现和变奏,有回环往复、一唱三叹的意味。第四层诗人先以乌鹊绕树的情景启发天下贤士要善于择木而栖,又用周公吐哺的典故表示自己会虚心待贤,使天下贤士归心。全诗明确表达了作者招贤纳才、建功立业的迫切心情。

这首诗在跌宕抑扬之间,曲折地表现出曹操政治家的抱负和情怀。诗人抒情达意的艺术技巧非常娴熟,比兴、用典均自然贴切,全篇气魄宏伟,感情充沛。诵读"青青子衿,悠悠我心。但为君故,沉吟至今"数句,作者渴求贤才的迫切心情会深深感染我们;诵读"山不厌高,海不厌深。周公吐哺,天下归心"数句,我们会感受到诗人博大坦荡的胸怀。曹操作为政治家、军事家的雄才大略和诗人的慷慨激昂,都渗透在这些饱含深沉殷切感情而又朗朗上口的诗句之中了。

【延伸阅读】

龟虽寿

曹操

神龟虽寿，犹有竟时。螣蛇乘雾，终为土灰。老骥伏枥，志在千里；烈士暮年，壮心不已。盈缩之期，不但在天；养怡之福，可得永年。幸甚至哉！歌以咏志。

【点评】

《龟虽寿》全诗可分三层理解。开头四句写神龟和螣蛇终将成为土灰，说明世间万物终将毁灭；中间四句表明壮士晚年仍然不泯建功立业之心，在有限的生命时空里仍要积极进取；后四句表示人可以根据主观修养、精神面貌来延年益寿。这首诗笑看人生，慷慨激昂，有震撼人心的精神力量。据《世说新语》记载：东晋时代重兵在握的大将军王敦，每次饮酒，都要吟咏曹操“老骥伏枥，志在千里。烈士暮年，壮心不已”诗句，以如意杖击打唾壶敲出节拍，结果壶沿尽是缺口。

燕歌行

曹丕

曹丕（187—226），字子桓，曹操子。三国时著名的政治家、文学家。曾为五官中郎将。公元220年即帝位，国号魏，庙号高祖，谥文皇帝。曹丕在诗词文赋方面都有成绩，所著《典论·论文》，是我国文学批评史上第一篇专题论文。与曹操、曹植并称“三曹”。

秋风萧瑟天气凉，
草木摇落露为霜。①
群燕辞归鹄南翔，②
念君客游多思肠。
慊慊思归恋故乡，③
君何淹留寄他方？④
贱妾茕茕守空房，⑤
忧来思君不能忘，
不觉泪下沾衣裳。
援琴鸣弦发清商，⑥
短歌微吟不能长。
明月皎皎照我床，
星汉西流夜未央。⑦
牵牛织女遥相望，
尔独何辜限河梁？⑧

必读理由

《燕歌行》是现存最早的一首完整成熟的七言诗，在中国诗歌发展史上占有重要的地位。它情致凄婉，音节和谐，句句用韵，为叠韵歌行之祖，对后世七言歌行的创作发展产生了重大影响。

【注释】

① 摇落：凋残。
② 鹄（hú）：天鹅。一作“雁”。
③ 慊慊（qiàn）：心不满足貌。
④ 淹留：久留。
⑤ 茕茕（qióng）：孤零貌。

⑥ 援:取。清商:乐调名,音节短促,声音纤细。

⑦ 西流:向西移动。夜未央:夜深未尽之时。

⑧ 尔:指牛女二星。何辜:何罪。河梁:河上的桥。

【赏析】

《燕歌行》是汉乐府旧题,属于《相和歌·平调曲》。燕(yān)是北方边地,征戍不绝,所以以《燕歌行》为题的诗作大部分都是写离别。这首诗开头三句描写秋景:秋风萧瑟,草木零落,白露为霜,候鸟南飞,将视觉、听觉、触觉形象融合在一幅萧瑟的秋色图中,给人空旷寂寞冷落肃杀之感。这种借秋景抒离别怀远之情的写法,是中国诗歌的传统手法。接续三句写思妇对远行丈夫的怀念:燕雁都知道时令变迁,你为何长期滞留在外地而不归家呢?“慊慊”句是设想丈夫思念故土,“君何”句写思妇的期待和疑虑。“贱妾”以下五句,正面描写思妇期待中的凄凉孤苦、寂寞忧伤。最后四句补写夜景,秋空月明,思妇抚琴低吟,柔肠千转,不知不觉夜已深沉;牛女二星隔河对望,不能团聚,令人叹惋不已!“牵牛”二句即景抒情,巧妙表达了思妇对离别之苦的怨愤之情。

这首诗艺术特点非常鲜明。诗人将思妇的炽热含蓄的感情和思怨交织的心理描绘得淋漓尽致,将写景抒情、写人叙事和主人公的心理展示融为一体,使诗作呈现出千回百转、孤凄悲怨的情感色彩。诗作辞藻华美,袭用前人作品而不见任何雕琢的痕迹,句句押韵且为平声,格调清丽婉转,情致凄婉动人,音节和谐流畅,显示了曹丕学习汉乐府和前人诗歌而后予以创新的风貌,代表了古代早期七言古诗的一个阶段。在七言诗的发展史上,曹丕这首诗功不可没。

【延伸阅读】

九辩(节选)

宋玉

悲哉，秋之为气也！萧瑟兮草木摇落而变衰。
憭栗兮若在远行，登高临水兮送将归。

【点评】

宋玉,战国时人,相传是屈原弟子,为屈原之后的辞赋家。《九辨》是一首优秀的抒情长诗,首四句将肃杀的秋景与悲怆的心境融为一体,“悲秋”此后成为文学作品常说的主题。

秋风辞

汉武帝

秋风起兮白云飞，草木黄落兮雁南归。兰有秀兮菊有芳，怀佳人兮不能忘。泛楼船兮济汾河，横中流兮扬素波。箫鼓鸣兮发棹歌，欢乐极兮哀情多，少壮几时兮奈老何。

【点评】

汉武帝刘彻(前156—前87)，西汉中期的皇帝，能诗善赋。前113年秋，刘彻率众臣到河东郡汾阳县祭祀后土神灵，乘船行于汾河的时候，传来南征捷报，刘彻即景生情，于是作《秋风辞》。诗以秋天景物起兴，以兰菊比佳人，继写楼船歌舞盛宴，末二句感叹欢乐难久、人生易老。这首诗虽为即兴之作，却写得一波三折，曲尽缠绵流丽，为古诗精华。

白马篇

曹植

曹植(192—232),字子建,曹操子,曹丕弟。世称陈思王。三国时文学家,建安文学最负盛名的代表人物。今存曹植比较完整的诗歌有80余首。曹植在诗歌艺术上有很多创新发展,大大丰富了五言诗的艺术功能。

白马饰金羁，[1]连翩西北驰。[2]
借问谁家子，幽并游侠儿。[3]
少小去乡邑，扬声沙漠垂。
宿昔秉良弓，[4]楛矢何参差。[5]
控弦破左的，[6]右发摧月支。[7]
仰手接飞猱，[8]俯身散马蹄。[9]
狡捷过猴猿，勇剽若豹螭。[10]
边城多警急，胡虏数迁移。
羽檄从北来，厉马登高堤。[11]
长驱蹈匈奴，左顾陵鲜卑。[12]
弃身锋刃端，[13]性命安可怀？[14]
父母且不顾，何言子与妻？
名编壮士籍，[15]不得中顾私。[16]
捐躯赴国难，视死忽如归。

必读理由

《白马篇》运用铺叙的手法,成功塑造了北地一个武艺高强、渴望报国、不惜捐躯的白马英雄的形象,表达自己为国建功立业的渴望和憧憬,风格雄健,语言凝练,是曹植重要的代表作。

【注释】

① 羁(jī):马笼头。
② 连翩:即“联翩”,原指鸟飞,此指马飞跑的样子。
③ 幽并:幽州和并州,今河北、山西及陕西局部地区。
④ 宿昔:经常。
⑤ 楛(hù)矢:用楛木做箭杆的箭。
⑥ 控弦:拉弓。左的:左方的箭靶。
⑦ 摧:射落。月支:箭靶名。

⑧ 接:迎射;捕捉。猱(náo):猿类,身体敏捷,善攀援。

⑨ 散(sǎn)马蹄:箭靶名。

⑩ 剽(piào):勇猛;强悍。螭(chī):古代传说中无角的龙。

⑪ 厉:鞭打,扬鞭。

⑫ 陵:义同“蹈”,踩,踏。鲜卑:古代北方的少数民族。

⑬ 弃身:舍身。

⑭ 怀:顾。

⑮ 籍:名册。

⑯ 中顾:内心顾念。

【赏析】

曹植《白马篇》着力描写并歌颂的是一位原本是“游侠儿”、后又在名册的卫国战士。开头数句写这位白马英雄出场时色彩鲜明,装备精良,动作潇洒,武艺高强。接着以铺陈手法来渲染白马英雄的不凡来历和出众本领:他善于骑射,左右开弓、仰俯自如,身手比猿猴还要敏捷,作战比豹螭更加勇猛。诗作后半急转,写边城战事告急,少年英雄立即奔赴疆场:这是诗以“白马”开头,以“西北驰”的形象壁立于读者眼前的重要原因。白马英雄为国弃家,投身锋刃,将个人生死置之度外,视死如归,这样的豪言壮语掷地有声,令人震撼。诗以英雄捐躯为国结束,将全篇的爱国激情和勇武之力推向高潮,焕发出崇高的理想的光辉。

诗作所塑造的“幽并游侠儿”的英雄形象,是诗人内心愿望的真实写照。游侠儿忧国忘家、英爽勇武的气概,也正是曹植政治理想的体现。诗作以铺陈手法塑造了特征鲜明的英雄形象,场面跳荡,情绪慷慨激昂,积极向上,充满浪漫阳刚的青春气息。起笔紧急,继之以缓,再转急迫,节奏波澜起伏,读来抑扬顿挫,曲折多姿。全诗写人、叙事、抒情、议论结合紧密,一气呵成,刚健质朴,文采斐然,情调兼胜。

【延伸阅读】

白马篇

李白

龙马花雪毛,金鞍五陵豪。秋霜切玉剑,落日明珠袍。斗鸡万事成,轩盖一何高。弓摧南山虎,手接太行猱。酒后竞风采,三杯弄宝刀。杀人如剪草,剧孟同游遨。发愤去函谷,从军向临洮。叱咤经百战,匈奴尽奔逃。归来使酒气,未肯拜萧曹。羞入原宪室,荒径隐蓬蒿。

【点评】

李白《白马篇》塑造了一个武艺高强、报国杀敌、功成退隐的侠客形象。他出身高贵，剑如秋霜，袍饰明珠，艺高胆大，堪与名侠剧孟比肩。他虽身经百战，威震胡虏，但功成后又任性使酒，不肯俯身下拜萧何曹参之类的高官，而是隐居于荒山野径。显然，这首诗上承曹植《白马篇》的精神而来，但又突出了与之不同的侠客形象，表达了一种不肯摧眉折腰事权贵的傲骨，体现了诗人的个性和时代色彩。

饮　酒

陶渊明

陶渊明(365—427),名潜,浔阳柴桑(今江西九江)人,东晋时著名文学家、诗人。曾任江州祭酒、彭泽令等职,41岁时弃官归隐。作有诸多田园诗,风格平易质朴,自然隽永,对后世诗作影响很大。

结庐在人境,①而无车马喧。
问君何能尔?②心远地自偏。③
采菊东篱下,悠然见南山。
山气日夕佳,④飞鸟相与还。⑤
此中有真意,⑥欲辨已忘言。⑦

必读理由

《饮酒》将优美淡远之景与悠然自得之情交融一体,“心远地自偏”“此中有真意”等警句蕴含着万物各得其所、人亦与自然和谐相处的哲理,理趣与情调兼胜,历来为人称道。

【注释】

① 结:构筑。庐:简陋的房舍。人境:人群居住的地方。
② 尔:这样。
③ 心远:心远离尘俗。地自偏:居所自然感觉很僻静。
④ 日夕:傍晚。
⑤ 相与还:结伴归巢。
⑥ 真意:大自然的真趣味。
⑦ 辨:说。忘言:无法也无须真切地说出来。

【赏析】

陶渊明《饮酒》诗一共有20首,这是其中的第5首。前四句为一层,表达了诗人摆脱尘俗烦扰之后的宁静心境。“车马喧”是尘世熙攘、官场倾轧的现状的写照,自己虽然居住在尘世之中,却感觉不到纷扰,是因为自己心灵淡远,精神世界自我净化的结果。后六句为一层,表达了诗人从南山美景中获得的精神乐趣。“采菊东篱下,悠然见南山”

是古今传诵的名句，它真切自然地传达出诗人怡然自得、与大自然融为一体的闲适与快乐，“悠然”表明这种和谐快乐不是有意寻求，而是不期而遇、不求而得；“见”也是无意偶见，于不期然之时达成物我两忘的境界。飞鸟日出而出，日落而返，一切都委任自然，而诗人自己也像飞鸟一样融入了自然。这样的自然之境，这样的适意人生，让人悟出生命的“真意”，就是远离功利回归自然；而这又是无须说出的，只在意会之间。这就给读者留下了诸多想象的空间，意味隽永。

全诗写景、抒情、议论，均以朴素平易的语言表达。无论是南山美景，还是结庐乐趣，或是田居之情，人生之理，都融情趣于理趣之中，在情、景、理的交融中显示其醇厚的功力和平淡的风格。

【延伸阅读】

归园田居

陶渊明

少无适俗韵，性本爱丘山。误落尘网中，一去十三年。羁鸟恋旧林，池鱼思故渊。开荒南野际，守拙归园田。方宅十余亩，草屋八九间。榆柳荫后檐，桃李罗堂前。暧暧远人村，依依墟里烟。狗吠深巷中，鸡鸣桑树颠。户庭无尘杂，虚室有余闲。久在樊笼里，复得返自然。

【点评】

《归园田居》是陶渊明的名作，我们可分三层理解。前八句是第一层，追叙误落世俗尘网终又回归田园，叙事中透出爱好自然的天性和回归故园的欣喜。中八句是第二层，描写居处环境的优美宁静，写景中洋溢着对田园风光的喜悦之情，以极其平常的文字创造出富有韵味的自然景观。后四句为第三层，抒发自己出离尘世樊笼的闲适、自由心境，抒情中释放出压抑已久的黯淡情绪，使全篇趋于明朗轻快。

西洲曲

南朝民歌

南朝民歌大部分保存在宋代郭茂倩所编《乐府诗集·清商曲辞》中，有吴歌、西曲、杂曲歌辞等类，《西洲曲》即在其内，是南朝乐府民歌中篇幅最长的一首抒情诗，可能经过文人的加工润色。

忆梅下西洲，折梅寄江北。
单衫杏子红，①双鬓鸦雏色。②
西洲在何处？两桨桥头渡。
日暮伯劳飞，风吹乌臼树。
树下即门前，门中露翠钿。③
开门郎不至，出门采红莲。
采莲南塘秋，莲花过人头。
低头弄莲子，④莲子青如水。⑤
置莲怀袖中，莲心彻底红。⑥
忆郎郎不至，仰首望飞鸿。⑦
鸿飞满西洲，望郎上青楼。
楼高望不见，尽日栏杆头。⑧
栏杆十二曲，垂手明如玉。
卷帘天自高，海水摇空绿。⑨
海水梦悠悠，君愁我亦愁。
南风知我意，吹梦到西洲。⑩

必读理由

《西洲曲》是南朝民歌中艺术性最高的一篇。全篇写一女子对意中人从春到秋、从早到晚的无尽相思，情调缠绵，风格明朗，用语双关，曲折而又连贯，情味摇曳无穷。

【注释】

① 杏子红：杏红色(的单衫)。
② 鸦雏色：像小乌鸦羽毛般的颜色。
③ 翠钿(diàn)：镶嵌翠玉的首饰。
④ 莲子：双关语，即“怜子”，爱慕之心。
⑤ 青如水：比喻像水一般清纯的爱情。

⑥ 莲心：双关语，即“怜心”。彻底红：比喻爱情完全成熟。
⑦ 飞鸿：雁，喻书信。
⑧ 尽日栏杆头：整日站在楼头栏杆边眺望。
⑨ 摇空绿：绿色的海水空自摇荡不休。
⑩ 南风两句意谓，南风若是知道我的心意，会吹我的梦魂到西洲与情人见面。

【赏析】

《西洲曲》在季节推移过程的描写中，表达了一个女子对所爱男子的无限思念之情。开头写女子回忆梅花初落之时在西洲与意中人相会的情景，于是折梅一枝寄给身处江北的意中人。梅花初落在早春，身着单衫是初夏，伯劳鸣飞是仲夏，南塘采莲在初秋，抚弄莲子已到仲秋，仰望飞鸿已是深秋：女子的这种思念之情一直执着深沉，缠绵不断。全诗以“下西洲”的实景起，以“到西洲”的梦境终，句句都在描述女子对爱情的期待和坚守，洋溢着浓郁的生活气息，充满了朦胧的情调美，突出地表达了作品的主题，有极深的艺术感染力。

这首诗除了第13至第16句之外，基本上每四句一换韵，全诗自然呈现八个层节。作者有意使用了接字、重字、钩字，使得各节续续相生、节节相连，形成似断实连、回环往复、首尾环顾的艺术结构。由于韵脚平仄相间，转换自然，用字顶针勾连，诵读起来朗朗上口，音律铿锵，节奏和谐，富有音乐的质感。这首诗语言清丽，运用谐音双关手法，如“莲子”“莲心”等词语的运用，含蓄有致，使全诗的情调十分优美动人，凸显了鲜明的民歌色彩。“折”“露”“开”“出”“采”“弄”“置”“望”“上”“垂”等动词的精妙使用，鲜活地展现了一个痴于情深于情的美少女的动人形象。

【延伸阅读】

采莲曲

朱湘

小船呀轻飘，
杨柳呀风里颠摇；
荷叶呀翠盖，
荷花呀人样妖娆。
日落，
微波，
金线闪动过小河。
左行，

右撑，
莲舟上扬起歌声。

菡萏呀半开，
蜂蝶呀不许轻来，
绿水呀相拌，
清净呀不染尘埃。
溪间，
采莲，
水珠滑走过荷钱。
拍紧，
拍轻，
桨声应答着歌声。

藕心呀丝长，
羞涩呀水底深藏；
不见呀蚕茧，
丝多呀蛹裹在中央？
溪头，
采藕，
女郎要采又夷犹。
波沉，
波升，
波上抑扬着歌声。

莲蓬呀子多，
两岸呀柳树婆娑，
喜鹊呀喧噪，
榴花呀落上新罗。
溪中，
采蓬，
耳鬓边晕着微红。
风定，
风生，

风飏荡漾着歌声。

升了呀月钩，
明了呀织女牵牛；
薄雾呀拂水，
凉风呀飘去莲舟。
花芳，
衣香，
消溶入一片苍茫；
时静，
时闻，
虚空里袅着歌音。

【点评】

朱湘《采莲曲》描写柳风、荷叶、日落、金波、莲舟、菡萏组成的自然美景，以荷花喻人，使读者自然联想到荷花般美丽的采莲女。她们在桨声歌声中采莲、采藕、采蓬，爱情也在她们心头滋生。诗人以“藕心丝长”喻采莲女对心上人的思恋，以“喜鹊喧噪”写其与心上人相见的喜悦，以“织女牵牛”写相别，情感清纯，风光旖旎，构造了甜美轻松、平和宁静的梦幻般境界。诗人注重字音的长短交替搭配，“左行，右撑”“拍紧，拍轻”“波沉，波升”“风定，风生”等句，用先平后扬的韵脚表现出莲舟随波上下的感觉。全诗富有强烈的音乐感，音律流畅疏朗，是朱湘的精华之作。

代悲白头翁

刘希夷

刘希夷(约651—?),一名庭芝,字延之,汝州(今河南临汝)人。唐代诗人。以歌行见长,代表作有《从军行》《采桑》《春日行歌》《春女行》等篇。其辞柔婉感伤。原有集,已失传。

洛阳城东桃李花,
飞来飞去落谁家?
洛阳儿女惜颜色,
行逢落花长叹息。
今年花落颜色改,
明年花开复谁在?
已见松柏摧为薪,①
更闻桑田变成海。②
古人无复洛城东,
今人还对落花风。
年年岁岁花相似,
岁岁年年人不同。
寄言全盛红颜子,
应怜半死白头翁。
此翁白头真可怜,
伊昔红颜美少年。
公子王孙芳树下,
清歌妙舞落花前。③
光禄池台文锦绣,④
将军楼阁画神仙。⑤
一朝卧病无相识,
三春行乐在谁边?
宛转蛾眉能几时,

必读理由

这首诗从红颜写到白头翁,慨叹青春易逝,富贵不永,人生无常。构思独特,清韵婉转,音韵和谐,初唐时即受推崇,是历来传诵的名篇。

须臾鹤发乱如丝。
但看古来歌舞地，
唯有黄昏鸟雀悲。

【注释】

① 松柏摧为薪：松柏被砍伐做柴薪。

② 桑田变成海：喻世事变化很大。

③ 公子两句：白头翁当年为红颜美少年时，曾和多少公子王孙一起在花前清歌妙舞。

④ 光禄：光禄勋。《后汉书·马援传》载：马援之子马防在汉章帝时拜光禄勋，生活奢侈。文锦绣：指以锦绣装饰池台中物。

⑤ 将军：东汉贵戚梁冀曾为大将军。《后汉书·梁冀传》载：梁冀大兴土木，建造府宅。两句意谓白头翁年轻时频繁出入权势之家，生活豪华。

【赏析】

这首诗前半篇以落花为中心，写洛阳女儿的感伤：花落还有开时，而人红颜一改则青春不再。后半篇以白头翁为中心，写世事变迁，富贵不常。今天的白头翁，当年也是红颜美少年，曾和多少王孙公子在花前树下轻歌曼舞，在光禄勋、大将军的楼阁园林里诗酒欢乐，然青春转眼即逝，不久便满头白发，不再有人邀请他参加三春行乐。前半以落花起兴，后半篇是全诗的主体，中以“寄言”两句过渡，说明今日的红颜子就是明日的白头翁，白头翁的往昔即是红颜子的今朝，表明红颜易老、富贵不常是无论男女老少都会经历的共同命运，所以应该同病相怜，这就有了警世的意味。

这首诗运用起兴、对比、对偶、用典等手法，叙事中蕴涵深沉的哲理，语言清丽婉转，转韵自然流利。诗前半以落花比人，引起后半白头翁之悲，比兴兼用，既形象又深刻。美丽柔弱、生命短促的“花”在诗的前半对应的是洛阳儿女，在后半对应的是所有的生命，其象征意涵明白而丰富。“年年岁岁花相似，岁岁年年人不同”两句是精警的名句，用字复沓回环，不仅音韵和谐优美，读来清韵流溢，而且也表达了时光易逝、人生苦短的无情事实和无力改变现实的伤感无奈情绪，怅惘之中又带有激励，隐含人生有限而宇宙无限的意义，精炼深刻，耐人寻味。

【延伸阅读】

葬花吟

《红楼梦》

花谢花飞飞满天，红消香断有谁怜？游丝软系飘春榭，落絮轻沾扑绣帘。闺中女儿惜春暮，愁绪满怀无释处。手把花锄出绣帘，忍踏落花来复去。柳丝榆荚自芳菲，不管桃飘与李飞。桃李明年能再发，明年闺中知有谁？三月香巢已垒成，梁间燕子太无情！明年花发虽可啄，却不道人去梁空巢也倾。一年三百六十日，风刀霜剑严相逼，明媚鲜妍能几时，一朝漂泊难寻觅。花开易见落难寻，阶前闷杀葬花人。独倚花锄偷洒泪，洒上空枝见血痕。杜鹃无语正黄昏，荷锄归去掩重门。青灯照壁人初睡，冷雨敲窗被未温。怪侬底事倍伤神，半为怜春半恼春。怜春忽至恼忽去，至又无言去不闻。昨宵庭外悲歌发，知是花魂与鸟魂？花魂鸟魂总难留，鸟自无言花自羞。愿奴胁下生双翼，随花飞到天尽头。天尽头，何处有香丘？未若锦囊收艳骨，一抔净土掩风流。质本洁来还洁去，强于污淖陷渠沟。尔今死去侬收葬，未卜侬身何日丧。侬今葬花人笑痴，他年葬侬知是谁？试看春残花渐落，便是红颜老死时。一朝春尽红颜老，花落人亡两不知。

【点评】

《葬花吟》是清代文学家曹雪芹在其小说《红楼梦》中为林黛玉代拟的诗作，是曹雪芹借以塑造林黛玉形象的重要手段。这首诗风格上仿效初唐歌行体，名为咏花，实则写人，意在表现林黛玉的出众才华、多愁善感的气质和孤傲高洁的个性。“柳丝”两句寄寓对世态炎凉、人情冷暖的愤懑，“风刀霜剑严相逼”两句直指冷酷无情的现实环境，“质本洁来还洁去”数句寄托了林黛玉崇尚自由高洁的人生境界、不甘与现实同流合污的情怀，表现出这首诗的思想价值。“侬今葬花人笑痴，他年葬侬知是谁”“一朝春尽红颜老，花落人亡两不知”数句，是林黛玉死在春尽之时的谶语。这首诗语言明白流畅，音节回环复沓，情致缠绵细腻，伤感悲凉。诗中“花谢花飞飞满天，红消香断有谁怜”“桃李明年能再发，明年闺中知有谁”数句，承袭刘希夷《代悲白头翁》用语和意境而来，但又有明显的空间延伸和艺术拓展，与全诗内容更协调，风格上也更忧伤缠绵。

采莲曲

王勃

王勃(650—676),字子安,绛州龙门(今陕西河津)人。唐代诗人,文学家,与杨炯、卢照邻、骆宾王齐名,世称“初唐四杰”。王勃诗作以五言为多,诗风清新流畅,朴质自然,对促进五律的成熟作出了贡献。有《王子安集》。

采莲归,绿水芙蓉衣。[1]
秋风起浪凫雁飞。[2]
桂棹兰桡下长浦,[3]
罗裙玉腕轻摇橹。
叶屿花潭极望平,[4]
江讴越吹相思苦。[5]
相思苦,佳期不可驻。
塞外征夫犹未还,
江南采莲今已暮。
今已暮,采莲花,
渠今那必尽倡家?[6]
官道城南把桑叶,[7]
何如江上采莲花?
莲花复莲花,花叶何稠叠!
叶翠本羞眉,[8]花红强似颊。[9]
佳人不在兹,怅望别离时。
牵花怜并蒂,折藕爱连丝。[10]
故情无处所,[11]新物从华滋。[12]
不惜西津交佩解,[13]还羞北海雁书迟。[14]
采莲歌有节,采莲夜未歇。
正逢浩荡江上风,又值徘徊江上月。
徘徊莲浦夜相逢,吴姬越女何丰茸![15]
共问寒江千里外,征客关山路几重?

必读理由

这首诗描写江南水乡的自然风光,采莲女的娇美形象和生活情态,表现她们对征夫深切的相思离别之情。它语言华美生动,音律参差复沓,完美表现了诗歌内容,是初唐歌行体的代表作之一。

【注释】

① 绿水芙蓉衣:意谓绿色水面上长满了荷花。

② 凫(fú):野鸭。

③ 桂棹(zhào)兰桡(ráo):桂兰均为香木,棹桡均为船桨,此处均指船。下长浦:沿着水边向下游去。

④ 叶屿(yǔ)花潭(xún):屿潭之间满是荷叶荷花。屿:水中洲渚。潭:水边深处。

⑤ 江讴越吹(chuì):泛指南方民歌。讴:徒歌。吹:有乐器伴奏的歌。

⑥ 渠:伊,她。倡家:乐妓之家。

⑦ 官道:大道。把:采。

⑧ 叶翠句:双眉凝翠,荷叶因之而羞惭。

⑨ 花红句:双颊透红,荷花难比其娇艳。

⑩ 丝:谐“思”,喻情思相连。

⑪ 故情:旧日的欢情。无处所:无所寻觅。

⑫ 新物:花和藕。华滋:长得很茂盛。

⑬ 交佩解:解佩赠与对方以表爱慕。

⑭ 羞:此处意为忧、怕。北海雁书:指塞外征夫寄来的书信。

⑮ 吴姬越女:泛指江南一带的采莲女。丰茸:美好。

【赏析】

《采莲曲》是乐府旧题之一。王勃在上元二年(675)前往交趾探望父亲王福畤,途经江南时所写,表现的是江南水乡的真实生活。这是一首以七言为主体的叙事诗。开头两句精炼写出采莲女归来时的情景,以下倒叙。“秋风起”三句点明季节特点、地点和动态的人物形象。在满目荷叶荷花的洲渚之间,动情的民歌勾起了采莲女对塞外征夫的相思,而唱歌的正是那些独居在家的思妇。光阴易逝,倏忽日暮;人生短暂,采莲女的苦楚又有谁知呢?她们眉比叶翠,颊比花红,然荷花尚有并蒂,藕断还见丝连,而青春貌美的采莲女却形单影只,当日的欢情如今无处寻觅,征夫的音信都不能及时得知。在自我欣赏和陶醉中,采莲女不免伤感、怅惘,忧虑重重。末八句回到开头,采莲归来,已是江风浩荡、江月澄澈之时,采莲女们相遇后互相问候打听,谁家的征夫有了消息?今宵良宵,等待她们的却依然是空帏。

这首诗在艺术上最大程度地吸取了采莲歌双璧《西洲曲》和《江南》的营养,如顶针格的运用借鉴了《西洲曲》,“莲花复莲花,花叶何稠叠”承袭了“莲叶何田田”之意,而“莲花复莲花”也是典型的民歌句式。诗作杂用三、五、七言句式,形式活泼,节奏和谐,民歌意味很浓。全诗景好人美情深,层次翻转递进,首尾照应,结构富有形式的美感,将六朝以来以采莲为主题的文学作品往前推进了一大步。

【延伸阅读】

采莲曲

王昌龄

荷叶罗裙一色裁，芙蓉向脸两边开。乱入池中看不见，闻歌始觉有人来。

【点评】

王昌龄诗以荷叶比罗裙，以芙蓉比笑脸，采莲少女夹杂在荷叶荷花之间，若隐若现，与自然融为一体，或竟成为自然美景的一个部分。荷花盛开，菱歌四起，独不见歌者，观者闻歌神驰，韵味悠然不尽。

采莲曲

李白

若耶溪边采莲女，笑摘荷花共人语。日照新妆水底明，风飘香袖空中举。岸上谁家游冶郎，三三五五映垂杨。紫骝嘶入落花去，见此踟蹰空断肠。

【点评】

李白诗将吴越采莲女的娇艳清纯放在荷花丛中加以表现，又用岸上游冶郎的徘徊踟蹰不忍离去反衬采莲女的魅力，描绘出明艳、活泼、大方的采莲女的新形象，弥补了六朝以来采莲女形象的苍白与虚饰。

送杜少府之任蜀州

王勃

城阙辅三秦，①
风烟望五津。②
与君离别意，
同是宦游人。③
海内存知己，
天涯若比邻。
无为在歧路，④
儿女共沾巾。⑤

必读理由

这首诗是一首送别之作。离情别绪是古诗常见的主题，一别往往难再相逢，所以别离多半凄凉感慨。这首诗偏在送别友人之时作豁达明朗之语，并留下千古名句“海内存知己，天涯若比邻”，堪称送别诗之最高境界。

【注释】

① 城阙：指京城长安。三秦：泛指长安周边地区，在今陕西一带，古为秦国。辅三秦：以三秦之地为辅。

② 风烟：指自然风光。五津：是杜少府要去的地方。四川的岷江从灌县到犍为这一段有白华津、万里津等五个渡口，称“五津”。

③ 宦游：为做官而远游四方。

④ 无为：不用。歧路：岔路，指分别的地点。

⑤ 沾巾：因离别而流泪。

【赏析】

杜少府是王勃的一位朋友，其名不详，少府是唐时对县尉的通称。杜少府将赴任四川，王勃在长安送行，写下这首赠别诗。首联点明送别的地点和友人赴任之地，一“辅”一“望”，一近一远，一实一虚，视野开阔，气魄宏大；尤其“望”字，已包含依依惜别的深情。次联进一步写送别的心情，“与君”“同是”写出彼此的共同经历，也抒写了两人感情的共鸣：虽然一去一留，但宦游和伤别是一样的啊。三联宕开一笔，诉说对离别的看法，以为只要彼此知己，哪怕远隔天涯海角，也如同近在身边。这既是宽慰即将远离京城独赴蜀地的杜少府,也是对独留京城的自己的安慰,情理交融,精炼深刻,是全诗的警句。尾联再推进一层,说不要像小儿女那样一洒别离之泪,不要悲伤,以勉励语作结。

这首诗以朴素、凝练的语言,抒发了诗人对友人的真挚友情,也表达了诗人旷达的情怀。语虽质朴,然精辟警人;情虽豪迈,又体贴入微。末二句从曹植《赠白马王彪》诗"丈夫志四海,万里犹比邻"两句化出,然更精练,也更蕴藉。全诗情理交融,乐观而又委婉,是古今送别诗中的经典之作。

【延伸阅读】

送别

李叔同

长亭外，古道边，芳草碧连天。晚风拂柳笛声残，夕阳山外山。
天之涯，地之角，知交半零落。一杯浊酒尽余欢，今宵别梦寒。
长亭外，古道边，芳草碧连天。晚风拂柳笛声残，夕阳山外山。

【点评】

李叔同(1880—1942),原名文涛,字惜霜,号叔同。音乐、美术教育家,早期话剧活动家。所作乐歌多收入丰子恺所编《李叔同歌曲集》。《送别》是李叔同早年创作的学堂乐歌。首段点明送别地的自然景象,长亭、古道、芳草、笛声、夕阳等意象,俱为古诗经典的送别意象。中段抒发知己一别、从此天涯的悲慨。末段文字同首段,在复沓回环中提升意蕴,感悟人生短暂,须珍惜时光、珍重友谊。

春江花月夜

张若虚

张若虚(约660—约720),扬州人,曾官兖州兵曹。唐中宗神龙年间已扬名于京都,玄宗开元初年与贺知章、张旭、包融并称“吴中四士”。诗作多散佚,《全唐诗》仅录存《代答闺梦还》《春江花月夜》两首。

必读理由

这首诗把春、江、花、月、夜五种意象融合一起,形成如梦似幻般的美的意境,抒写了离人相思之情和人生宇宙哲理。闻一多誉之为“诗中的诗,顶峰上的顶峰,孤篇压全唐”。

春江潮水连海平,
海上明月共潮生。[1]
滟滟随波千万里,[2]
何处春江无月明?
江流宛转绕芳甸,[3]
月照花林皆似霰。[4]
空里流霜不觉飞,
汀上白沙看不见。[5]
江天一色无纤尘,
皎皎空中孤月轮。
江畔何人初见月?
江月何年初照人?
人生代代无穷已,
江月年年只相似。
不知江月待何人,
但见长江送流水。
白云一片去悠悠,
青枫浦上不胜愁。[6]
谁家今夜扁舟子?[7]
何处相思明月楼?[8]
可怜楼上月徘徊,
应照离人妆镜台。[9]
玉户帘中卷不去,[10]

捣衣砧上拂还来。[11]
此时相望不相闻,
愿逐月华流照君。[12]
鸿雁长飞光不度,[13]
鱼龙潜跃水成文。[14]
昨夜闲潭梦落花,[15]
可怜春半不还家。
江水流春去欲尽,
江潭落月复西斜。
斜月沉沉藏海雾,
碣石潇湘无限路。[16]
不知乘月几人归?[17]
落月摇情满江树。[18]

【注释】

① 共潮生:明月随同海潮一起涌出。

② 滟滟(yàn):波光荡漾的样子。

③ 芳甸(diàn):长满花草的原野。

④ 霰(xiàn):小冰粒,雪子。

⑤ 空里流霜:月光像霜一样飞流而下。汀(tīng)上白沙:月光笼罩汀洲,连白沙都分辨不清了。

⑥ 青枫浦:泛指分别的地点。

⑦ 扁(piān)舟子:飘零江湖的人。扁舟:小舟。

⑧ 明月楼:指月夜楼中的思妇。

⑨ 离人:指思妇。

⑩ 玉户:思妇居室。

⑪ 捣衣砧(zhēn):捣衣用的垫石。

⑫ 逐:随。月华:月光。

⑬ 长飞:远飞。光不度:月光不(随鸿雁)飞度。

⑭ 文:波纹。

⑮ 闲潭:幽静的水潭。

⑯ 碣石潇湘:一在河北,一在湖南,泛指天南地北。

⑰ 乘月:乘着月色。

⑱ 摇:牵动,扰乱。此句谓月之西落牵动着纷乱的离情,洒满了江边的树林。

【赏析】

这是一首七言古诗。它通过对春天月光下各种景象和多种人物情绪的描写,讴歌了人间的至美之境与感伤之情。首8句为第一层,写明月初升到渐升渐高时的春江夜景:江与海相连,花与月相映,境界既阔大壮观又透明澄澈。中8句为第二层,写皓月当空时引发的诗人的人生遐想,抒发了自然永恒、人生短暂、年华似水的感慨。后8句为第三层,写月亮从中天到落下的景色,渲染春宵月夜游子思妇的离愁别绪,着重抒写思妇望月怀人的深情。最后用"情"字总结全诗,余情不绝,言有尽而意无穷。全诗优美地再现了春江花月夜的美景,细腻地抒写了诗人深切的赞美之情,表达了对人间离别的同情,又展开了对自然奥秘、人生哲理的思考探寻,将诗情、画意、哲理统一熔铸在浩渺空灵的诗境的呈现中。

诗人抓住中心意象"明月",作为贯穿全篇的线索,让明月和春夜江畔的景物、人事等各种成分结合,在写景的基础上生发对人生宇宙的遐想,情景交融,构成一幅色调柔美、富有诗意的春江花月夜的完整图画。全诗语言优美,韵律和谐,章法、句法整齐而又带有变化。全诗36句,每4句用一个韵,自然形成9个章节,有如9首七绝串联,显得整齐稳定;同时诗意随着换韵而有发展,整齐中出变化,显得摇曳多姿。诗中使用了诸多排比句和对偶句,也构成一种既整齐又流美的格调。诗人大量吸收了民歌中常用的一些修辞手法,如顶针格、双声叠韵、问答、反复等,民歌情调十分浓郁。

【延伸阅读】

望月怀远

张九龄

海上生明月,天涯共此时。情人怨遥夜，竟夕起相思。灭烛怜光满，披衣觉露滋。不堪盈手赠，还寝梦佳期。

【点评】

这首诗描写诗人望月时思绪起伏,以表达对远人的殷切怀念之情。首联先写景后抒情;颔联用流水对,自然而醇厚;颈联将望月与怀人融为一体,情景相生;尾联由赠月转入寻梦,深化怀远题旨。全诗感情深沉而不见伤感,语言自然浑成。

登幽州台歌

陈子昂

陈子昂(661—702),字伯玉,梓州射洪(今属四川)人。初唐著名诗人,诗文革新人物之一。因曾任右拾遗,后世称为陈拾遗。擅长五言,题材丰富,风格质朴。存诗100余首,有《陈子昂集》。

前不见古人,①
后不见来者。②
念天地之悠悠,③
独怆然而涕下。④

必读理由

这首诗抒发了宇宙无限而人生短暂、岁月易逝而功业难就的悲慨,是古代登临抒怀的经典之作。

【注释】

① 古人:指前代明君贤士。
② 来者:指后世明君贤士。
③ 念:想到。悠悠:无穷无尽。
④ 怆(chuàng)然:悲痛伤感的样子。涕:泪。

【赏析】

幽州台又称蓟北楼,故址在今北京市郊。唐武则天万岁通天元年(696),契丹攻陷营州,武后派武攸宜率军征讨,陈子昂以右拾遗身份随军参谋,见解与武攸宜不合,被降职为军曹。悲愤之余,陈子昂写下这首登临诗。诗人登高远望,仰天长啸,抒发了忠而见弃、报国无门的悲愤。前两句写登台远望引发的联想和感触。战国时期,蓟北曾是明君燕昭王和贤臣乐毅同舟共济、共图霸业的处所,如今却是一片苍茫,再也见不到当年的风云际会了;倘若顺着历史进程往后看,又见不到后世的明君贤臣。这两句由空间生发历史联想,第三句则兼有时间与空间两层意思,“悠悠”既指时间的久远,又指空间的辽阔,一“念”字显示出诗人俯仰古今、极目天地时的心理活动:天地空间越是辽阔,就越发显出自己一人的孤独;历史时间越是久远,也就越发令人感觉生命的短促。所以第四句很自然地写出诗人的悲怆之感,一个“独”字承两个“不见”而来，幽人独处，想要建功立业却遭受压抑，而人生又是如此短暂，这怎么能不让人凄然泪下呢？

诗作虽为登临之作，却没有展开对眼前景物的具体描绘，而是非常凝练地概括一句“天地悠悠”，融情感于广阔悠远的时空之中，这就突破了一般的登高望远之作的狭小境界，具有悠远的历史感和辽阔的空间感，展示了诗人对历史人生的深沉思考。简短的四句，塑造了一个怀才不遇、慷慨悲歌的志士的形象，其艺术容量也超越了它自身的含义，从而使诗作显示更具普遍性的审美价值。

【延伸阅读】

桂枝香(金陵怀古)

王安石

登临送目，正故国晚秋，天气初肃。千里澄江似练，翠峰如簇。征帆去棹残阳里，背西风、酒旗斜矗。彩舟云淡，星河鹭起，画图难足。　念往昔，繁华竞逐。叹门外楼头，悲恨相续。千古凭高，对此漫嗟荣辱。六朝旧事随流水，但寒烟芳草凝绿。至今商女，时时犹唱，《后庭》遗曲。

【点评】

王安石(1021—1086)，字介甫，世称王荆公。北宋杰出的政治家、文学家。这首词作于他任江宁知府期间。金陵是六朝古都的所在地，地理上虎踞龙盘，大江西来由此向东奔流入海，山陵江河在此纵横交错。作者在一片肃爽的晚秋天气中登高望远，见长江如练，群峰争翠，船帆沐浴夕晖，酒旗风中招展，白鹭腾空而起，由此联想到六朝君主竞相奢靡荒淫、结果相继国破家亡，不禁悲恨不止。六朝俱成旧事，今日当权者仍在沉湎酒色，醉生梦死，如再不采取富国强民的措施，也会如六朝一样悲恨相继。这首词写景气象壮阔，议论立意高远，表达了对国家民族前途的忧患意识，层次井然，用典贴切，是古代登临怀古诗词中的绝唱。

过故人庄

孟浩然

孟浩然(689—740),襄州襄阳(今湖北襄阳)人。世称“孟襄阳”,唐代诗人。盛唐山水田园诗派的代表作家,与王维合称“王孟”。存诗260余首,多书写田园山水题材。有《孟浩然集》。

故人具鸡黍,①邀我至田家。
绿树村边合,青山郭外斜。
开轩面场圃,②把酒话桑麻。③
待到重阳日,还来就菊花。④

必读理由

这首诗以亲切洁净的语言书写并赞美了恬静优美的农村风光和真挚友情,是一首著名的田园诗代表作。

【注释】

① 具:备办。黍(shǔ):小米。
② 轩:窗。面:面对。场圃:谷场菜圃。
③ 把酒:端着酒杯,饮酒。话桑麻:闲话农务。
④ 还来:再来。就菊花:指饮酒赏菊。

【赏析】

这首诗叙述诗人到乡村友人家中作客的经过,以时间为序,写应邀、赏景、饮酒闲话、分别的整个过程,平淡醇美,亲切真挚。起首两句点题,言故人杀了鸡、煮了黍,备办了酒席,邀请诗人到他家作客。故人“邀”我“至”,自然平静之至,叙事中见出挚友间的亲密关系。颔联写景,绿树环抱在村庄周围,青山斜立于城郭以外,由近及远,描写故人村庄优美静谧的自然景象,这是诗人去挚友家作客的路上所见,故写景中带有叙事成分。颈联写与友人开窗坐下,面对场圃,一边对饮,一边闲聊农事,在对农事的熟悉和关心中,透露出诗人倾心于田园生活的淡泊情志。尾联抒情,宾主酒酣耳热、相与欢笑之际,又说出了重阳节时分再来田家饮酒赏菊的约定,这一预约就与开头的应邀形成呼应，写尽宾主间诚挚的友情。

这首诗语言精练朴素，如家常口语，叙述出一个完整的故事，描绘了一段真挚的友情。诗人由往访到告别，结构层次清晰自然。颔联与颈联对仗工整，却又不见斧凿痕迹，宛若天成，风格质朴平淡，情感醇厚恬美。首联平淡叙事，显示友人的质朴作风；颔联描写景色，与诗人贴近自然、回归自然的襟抱和谐一致；颈联写把酒叙话，宾主心情与周围环境高度契合；尾联写预约再聚，流露出愉快的情绪和依恋的感觉。全诗将景象、情境、人物和谐地融为一体，浑然天成，给人以艺术的享受。

【延伸阅读】

南乡一剪梅（南阜小亭台）

虞集

南阜小亭台，薄有山花取次开。寄语多情熊少府，晴也须来，雨也须来。
随意且衔杯，莫惜春衣坐绿苔。若待明朝风雨过，人在天涯，春在天涯。

【点评】

虞集（1272—1348），元代文学家，曾任翰林直学士兼国子祭酒、奎章阁侍书学士等职，有“杏花春雨江南”名句。这首词写于作者晚年回乡后。上片写作者在春光明媚山花渐开的季节，邀请挚友熊少府来自家南山亭台游赏春景；下片设想来后随意饮酒，闲话人生，希望能珍惜这珍贵的友情和难得一聚的机会，若等到风雨过后，说不定春天也过去了，好友也人各天涯了。作者以词代柬，邀请友人相聚，词中“多情”“随意”“莫惜”等词，透出两人友情之深挚自然；“晴也须来，雨也须来”表达了邀聚的恳切和率性。全词情感真挚，语言清新浅易，抒情流转自然。

送元二使安西

王维

王维(701—761),字摩诘。曾官右拾遗、给事中、尚书右丞等职。盛唐山水田园诗派的代表作家,与孟浩然齐名,并称王孟。存诗400余首,各体兼工,其中以五言律绝成就尤高。有《王右丞集》。

渭城朝雨浥轻尘,①
客舍青青柳色新。②
劝君更尽一杯酒,
西出阳关无故人。③

必读理由

这是一首极具经典意味的送别诗。它虽书写别离的忧伤和惆怅,却表现得清新深挚,激昂振奋,后编入乐府,成为传唱最久的歌曲之一。

【注释】

① 渭城:地名,因南临渭水而得名。朝:早晨。浥(yì):润湿。
② 客舍:旅舍。
③ 阳关:汉置关名,在今甘肃省敦煌市西南,自古与玉门关同为出塞的必经之地。

【赏析】

这是一首送友人去边境的诗作。唐代从长安往西去,多在渭城饯别,其间有一天的路程。诗人直接从渭城分别时的情景写起,仿佛一幕短剧:晨雨过后,渭城客舍前,驿道延伸向西边,诗人在青青的柳树下,折柳把酒,送别友人。清朗的天宇、洁净的道路,是送别时的自然场景,客舍和柳枝都是古人寄寓羁旅情思的文学意象,朝雨令人清爽,别酒却令人伤怀,因此场景描写中也暗含了饯行者的离情别绪。这场离别写得深情绵邈,但却不让人感到黯然销魂,反而多了若许清新慷慨的意味。由于七绝篇幅的限制,诗人没有详细描写饯别设宴的过程、宾主尽欢的场面、依依难舍的心情,而是直接跳到饯行宴的煞尾,推出最后一句劝酒词:再干这最后一杯吧,出了阳关,就再也见不到老友了!这是一个最富表现力的特写镜头,“更尽”说明酒逢知己千杯少,也说明千言万语尽在杯酒中。诗人以唯一知己的身份想象友人出关的情形,惜别之情在这一瞬间达到顶点，显得分外集中和强烈。

这首诗以洗尽雕饰、明朗自然的语言，抒发了深厚真挚的离别之情。诗人善于描摹环境，渲染气氛，善于选取富有特征的镜头，使用极为凝练的语言，直抒胸臆，以七绝的短小篇幅，将惜别这一传统题材写得风神独到，达到前有未有的境界，感人至深，成为千古传颂的名篇。

【延伸阅读】

阳关三叠(琴歌歌词)

清和节当春，渭城朝雨浥轻尘，客舍青青柳色新。劝君更进一杯酒，西出阳关无故人！霜夜与霜晨。遄行，遄行，长途越渡关津，惆怅役此身。历苦辛，历苦辛，历历苦辛宜自珍，宜自珍。

渭城朝雨浥轻尘，客舍青青柳色新。劝君更进一杯酒，西出阳关无故人！依依顾恋不忍离，泪滴沾巾，无复相辅仁。感怀，感怀，思君十二时辰。参商各一垠，谁相因，谁相因，谁可相因。日驰神，日驰神。

渭城朝雨浥轻尘，客舍青青柳色新。劝君更进一杯酒，西出阳关无故人！芳草遍如茵。旨酒，旨酒，未饮心先已醇。载驰骃，载驰骃，何日言旋辚？能酌几多巡！

千巡有尽，寸衷难泯，无尽的伤悲。楚天湘水隔远滨，期早托鸿鳞。尺素申，尺素申，尺素频申如相亲，如相亲。噫！从今一别，两地相思入梦频，闻雁来宾。

【点评】

《阳关三叠》是中国十大古琴曲之一，传唱千年，感人至深，有极强的艺术生命力。这首琴曲是在王维《送元二使安西》基础上谱写而成，增加的词句强调了惜别的感觉，以更好地表达送别时留恋不已的深挚感情。全曲三段，用同一个曲调反复咏唱三遍，故称“三叠”。每叠又分前后两段，除引句“清和节当春”外，前段均用王维原诗，后段为新增歌词，每叠不同，渲染了“宜自珍”的惜别之情、“泪沾巾”的忧伤之情和“尺素申”的期待之情。音调纯朴而富于激情，结尾处渐慢渐弱，抒发了感叹忧伤的情怀。

观　猎

王维

风劲角弓鸣，[①]将军猎渭城。
草枯鹰眼疾，[②]雪尽马蹄轻。[③]
忽过新丰市，[④]还归细柳营。[⑤]
回看射雕处，[⑥]千里暮云平。

必读理由

这是一首以军旅生活为题材的五律。诗人以刚健明快的笔调描写了一次狩猎活动，写得威武遒劲、气势飞动，是章法、句法、字法俱臻绝顶的盛唐佳作。

【注释】

① 角弓鸣：指拉弓放箭。角弓：以兽角为饰的弓。拉弓时震动有声，故曰鸣。
② 草枯句：冬天百草凋枯，动物无所掩蔽，猎鹰能快速发现搏击的目标。
③ 雪尽句：积雪消融，奔马更觉轻快。
④ 新丰市：地名，在今陕西省西安市临潼区东。
⑤ 细柳营：汉代名将周亚夫屯军之地，在今陕西省西安市长安区。
⑥ 射雕处：即射猎处。

【赏析】

这首诗塑造了一位威武雄健的将军形象。开篇未及写人，先写风呼弦鸣，带出“猎”意，造足声势后才推出射猎主角。发端突兀，有先声夺人之妙。颔联体物精细，“草枯”“雪尽”有如素描，洁净朴素；鹰眼锐利用“疾”形容，马蹄迅捷用“轻”形容，可谓精妙。两句铢两悉称，意脉相承，诗味隽永。四句写出猎，不写猎获之物，只写猎手英姿，凸显射猎所致的精神愉悦。颈联写猎归，“忽过”“还归”写出狩猎空间的迅速推移：新丰市和细柳营相距70余里，猎手瞬间即至，突出其迅捷欢快。借“细柳营”典故也意在暗示猎手亦具名将风度。尾联以写景作结，回看狩猎之地已是千里暮云，境界开阔，余味无穷，进一步烘托了将军的飒爽英姿，同时以风定云平呼应开篇的风起云涌，景有变化，心情也随之起伏，以景写情，堪称妙笔。

这首诗起句突兀，不同凡响，结句阔远，意味深永，中间两联自然流走，轻快喜悦；首尾开合呼应，又恰成对照之势。诗有三处镶嵌地名而不觉，用典自然，写景与传情妙合无垠。至如“枯”“尽”“疾”“轻”“忽过”“还归”等字，极显锤炼功夫，朴素精准。所以后人评价这首诗说：“章法、句法、字法俱臻绝顶，盛唐诗中亦不多见。”

【延伸阅读】

观魏博何相公猎

张祜

晓出禁城东，分围浅草中。红旗开向日，白马骤迎风。背手抽金镞，翻身控角弓。万人齐指处，一雁落寒空。

【点评】

张祜(785? —849?)，唐代诗人。这首诗描写围猎的壮观场面。首联叙事，点明围猎时间和场地；颔联写景场景壮丽，写人气宇轩昂；颈联描写猎手身段轻捷，臂力强劲；尾联渲染射落飞雁的绝技所带来的现场效果。全诗场面壮阔，描写集中，语言明快有力。

凉州词

王之涣

王之涣(688—742),字季凌,盛唐诗人。曾官衡水县主簿、文安县(今属河北)尉。其边塞诗情致雅畅,意境壮阔,与王昌龄、高適等齐名,惜诗多散佚。现《全唐诗》仅录存其绝句六首。

黄河远上白云间,
一片孤城万仞山。①
羌笛何须怨杨柳,②
春风不度玉门关。③

必读理由

这是一首被誉为唐人绝句压卷的名作,诗意曲折深刻,境界雄阔苍凉,悲而不失其壮,显示出盛唐诗人的豁达胸襟。

【注释】

① 一片:一座。仞:古代长度单位,八尺。万仞:极言其高。
② 杨柳:指羌笛吹奏的《折杨柳》曲。
③ 度:到。玉门关:汉置,在今甘肃省敦煌市西。

【赏析】

《凉州词》是乐府旧题。凉州今属甘肃省武威市。诗题又作《出塞》。这是一首雄浑苍凉的边塞诗。诗人眼中的西北边陲之美,是一种高远粗犷的美。首句从远眺的视角,描绘一幅色彩明丽、境界阔大的图景:草原辽阔,黄河奔腾而来,西望像从白云中垂挂而至。次句写近景:高达万仞的群山中拥着一座小小的孤城,山之高显城之小,山之众显城之孤。正是在这样荒凉的背景中,戍边将士忽然听到了羌笛吹奏悲凉哀怨的《折杨柳》的曲调,不免勾起他们深藏于心的离愁别恨。古人有折柳送别的习俗,在唐代尤盛,所以听到羌笛吹奏折柳曲,必然会触动塞外之人的乡思。然而诗人却以旷达的口吻说:何须吹奏这哀怨的曲调呢?春风是吹不过玉门关的,杨柳不青,想折柳表离情而不能,怨也无用,所以还是不要怨的好。

这首诗起写雄阔苍凉的边塞风光,承以戍守者处境的孤危,转入羌笛之声,结用慷慨之语,诗意曲折,情感浓郁;"黄河"与"白云"的色彩对比,"一片"与"万仞"的数量对比，“黄河远上”与“一片孤城”远与近、动与静的互相映衬，均显示其用词凝练准确，画面色彩绚丽的特点。全篇境界苍凉雄阔，悲而不失其壮，所以成为“唐音”的典型代表。

【延伸阅读】

集异记（节选）

薛用弱

开元中，诗人王昌龄、高適、王之涣齐名。时风尘未偶，而游处略同。

一日，天寒微雪，三人共诣旗亭，贳酒小饮，忽有梨园伶官十数人，登楼会宴。三诗人因避席偎映，拥炉火以观焉。

俄有妙妓四辈，寻续而至，奢华艳曳，都冶颇极。旋则奏乐，皆当时之名部也。昌龄等私相约曰：“我辈各擅诗名，每不自定其甲乙。今者，可以密观诸伶所讴，若诗人歌词之多者，则为优矣。”

俄而，一伶拊节而唱曰：“寒雨连江夜入吴，平明送客楚山孤。洛阳亲友如相问，一片冰心在玉壶。”昌龄则引手画壁曰：“一绝句！”寻又一伶讴之曰：“开箧泪沾臆，见君前日书。夜台何寂寞，犹是子云居。”适则引手画壁曰：“一绝句！”寻又一伶讴曰：“奉帚平明金殿开，且将团扇共徘徊。玉颜不及寒鸦色，犹带昭阳日影来。”昌龄则又引手画壁曰：“二绝句！”涣之自以得名已久，因谓诸人曰：“此辈皆潦倒乐官，所唱皆巴人下里之词耳！岂阳春白雪之曲，俗物敢近哉？”因指诸妓之中最佳者曰：“待此子所唱，如非我诗，吾即终身不敢与子争衡矣！脱是吾诗，子等当须列拜床下，奉吾为师！”

因欢笑而俟之。须臾，次至双鬟发声，则曰：“黄河远上白云间，一片孤城万仞山。羌笛何须怨杨柳，春风不度玉门关。”涣之即揶揄二子，曰：“田舍奴！我岂妄哉？”因大谐笑。诸伶不喻其故，皆起诣曰：“不知诸郎君，何此欢噱？”昌龄等因话其事。诸伶竞拜曰：“俗眼不识神仙，乞降清重，俯就筵席！”三子从之，饮醉竟日。

【点评】

唐玄宗开元二十五年，同为边塞诗人的高適、王昌龄和王之涣都在东都洛阳游学，彼此相慕。一日，王昌龄出面邀聚恳谈，于是留下了这则故事。有人考证说这事不一定确切，三人可能没有同时相见的机会。但故事说明《凉州词》在唐代已是脍炙人口的名篇，而且反映了唐代配乐歌唱的乐府、声诗并著的局面，是唐诗传播史上极有价值的资料。

燕歌行

高適

高適（约700—765），字达夫，渤海蓨（今河北景县）人，长期浪游梁、宋（今河南开封、商丘一带），又曾往来东北边陲，天宝末年从军西北，是唐代著名的边塞诗人，与岑参并称“高岑”。擅长七言歌行，风格雄浑奔放，慷慨激昂。

汉家烟尘在东北，①
汉将辞家破残贼。
男儿本自重横行，②
天子非常赐颜色。
摐金伐鼓下榆关，③
旌旆逶迤碣石间。
校尉羽书飞瀚海，④
单于猎火照狼山。⑤
山川萧条极边土，
胡骑凭陵杂风雨。⑥
战士军前半死生，⑦
美人帐下犹歌舞。⑧
大漠穷秋塞草腓，⑨
孤城落日斗兵稀。
身当恩遇恒轻敌，⑩
力尽关山未解围。
铁衣远戍辛勤久，⑪
玉箸应啼别离后。⑫
少妇城南欲断肠，⑬
征人蓟北空回首。⑭
边风飘飖那可度，
绝域苍茫更何有！
杀气三时作阵云，⑮

必读理由

这首诗描写汉家将士慷慨赴边，再现了战争进程中各种复杂矛盾，歌颂士兵们奋不顾身、为国捐躯的英雄气概，借怀念李广表达深刻的旨意，是盛唐边塞诗的压卷之作。

寒声一夜传刁斗。[16]
相看白刃血纷纷,
死节从来岂顾勋![17]
君不见沙场征战苦,
至今犹忆李将军。[18]

【注释】

① 汉家:汉朝,这里借指唐朝。烟尘:战火,边疆的战争。

② 横行:纵横驰骋,扫荡敌寇。

③ 摐(chuāng)金伐鼓:行军时金鼓和鸣。摐:撞击。金:指钲一类铜制打击乐器。伐:敲击。下:出。榆关:山海关。

④ 校尉:武职名,泛称,指将军。羽书:插有鸟羽的军用紧急文书。瀚海:指今内蒙古自治区东北一带的沙漠,当时为奚族所据。

⑤ 单于(chányú):匈奴人首领,此谓北方少数民族首领。猎火:打猎时点燃的火光。古游牧民族作战前往往举行大规模的校猎,以演习军事。狼山:又称狼居胥山,在今内蒙古自治区克什克腾旗西北。此泛指交战之地。

⑥ 凭陵:依仗某种优势侵凌。

⑦ 半死生:半死半生,意谓伤亡惨重。

⑧ 帐下:指军帅的营帐之中。

⑨ 穷秋:深秋。腓:枯萎。

⑩ 身当恩遇:指受到朝廷的重视,与"天子非常赐颜色"句相应。当:受。

⑪ 铁衣:铁甲。

⑫ 玉筯:白玉筷子,此处指思妇的眼泪。

⑬ 城南:长安住宅区在城南。

⑭ 蓟北:蓟州以北,泛指东北边地。

⑮ 三时:指历时很久。三,不确指。此句谓白天战场杀气腾腾,天昏地暗。

⑯ 一夜:整夜。刁斗:军中白天煮饭、夜晚巡更的铜器。此句谓夜晚军营戒备森严,警声频递。

⑰ 死节:指为国捐躯。节:气节。勋:个人的功勋。

⑱ 李将军:指汉代名将李广。广能捍御强敌,爱抚士卒,匈奴称之飞将军。

【赏析】

这首诗可分四层理解。前八句为第一层,写边烽突起,将士出征。发端两句便指明了战争的方位和性质,指陈时事,有感而发。"赐颜色"一句为后文将帅轻敌伏笔。数句概括了出征的历程,循序推进,气氛愈见紧张。次八句为第二层,写接战之后的苦斗、战备、被围的过程，写出汉军力竭兵稀、战斗失利的结果。“战士”两句对比鲜明，怵目惊心：战士们军前殊死奋战，将帅们却在营帐里欣赏歌舞，欢乐不休。又次八句为第三层，从阵前对战转写征夫与思妇的两地相思，在错综相对的描写中显出一种幽怨缠绵的悲凉氛围。最后四句为第四层，概括了边塞战争中各种矛盾纠结而成的种种困境，通过对李广这样抚爱士卒、勇御强敌的将军的忆念，点出本诗题旨，表达了诗人的强烈愿望。

诗人善于描摹边塞辽阔荒凉的自然环境，渲染战地杀气冷凝的特殊气氛，真实地再现士卒们内心情感的种种变化，思绪波澜起伏，曲折多变，将概述与描写、抒情与议论相结合，雄迈高亢与苍凉深沉兼有，内容与音律和谐统一。诗作大量运用对比手法，如敌我军事活动的对比，将帅征战前后情景的对比，征夫与思妇的交互对比，战争中官兵苦乐悬殊的对比，现实将帅与理想将军的对比等，诗人未加主观评价，然在客观事实的叙述中，褒贬态度已自然显现，产生震撼人心的艺术效果。全诗一共用了七个韵，每韵成一绝句，仿佛七首绝句的缀合，结构似散漫而又完整，兼之平仄韵相间，读来铿锵慷慨，抑扬有致。

【延伸阅读】

从军行（之四）

王昌龄

青海长云暗雪山，孤城遥望玉门关。黄沙百战穿金甲，不破楼兰终不还。

【点评】

王昌龄（698—757），盛唐著名诗人，被誉为“七绝圣手”。“从军行”是乐府古题，多用来描写军旅生活。王昌龄这一组《从军行》共七首，这是第四首，勾画出极为辽阔的边地风光图，表现戍边将士杀敌立功的决心和必胜信念。

白雪歌送武判官归京

岑参

岑参(715—770),荆州江陵(今湖北荆州市荆州区)人,与高適齐名,是唐代优秀的边塞诗人。曾官右率府兵曹参军、太子中允、安西北庭节度判官、嘉州刺史等职。其诗积极乐观,慷慨雄健,富有幻想色彩,七言歌行最为人称道。有《岑嘉州集》。

北风卷地白草折,①
胡天八月即飞雪。
忽如一夜春风来,
千树万树梨花开。
散入珠帘湿罗幕,
狐裘不暖锦衾薄。
将军角弓不得控,
都护铁衣冷难著。②
瀚海阑干百丈冰,③
愁云惨淡万里凝。
中军置酒饮归客,④
胡琴琵琶与羌笛。⑤
纷纷暮雪下辕门,
风掣红旗冻不翻。⑥
轮台东门送君去,⑦
去时雪满天山路。
山回路转不见君,
雪上空留马行处。

必读理由

这首诗描绘了塞外冰天雪地的奇丽风光,在北国异域的严寒中衬托出送别的情谊,酣畅淋漓,含蓄蕴藉,既是一首真挚深情的送行诗,也是一篇气势不凡的白雪歌。

【注释】

① 白草:我国西北地区的一种草,干枯时呈白色,为牛马所嗜。

② 都护：镇守边疆的长官。

③ 阑干：纵横貌。

④ 中军：古时军队分左中右三军，中军是主帅亲自统领的部队，此处指主帅所居的营帐。

⑤ 胡琴、琵琶、羌笛：均为侑酒时所奏乐器。

⑥ 掣(chè)：扯动。此句谓红旗在冰雪中冻住了，不能被风翻卷。

⑦ 轮台：今新疆维吾尔自治区轮台县。

【赏析】

这首诗从塞外奇丽风光着笔，集奇才奇气、真情至情于一体。起首四句为诗作发端，极写西北边塞风狂雪猛的奇景，流露出诗人对边地早雪的惊讶之情，以梨花比喻落雪，写尽雪花的晶莹鲜润、明灿飞动，使冬景中透出春意，描写独具风神。次四句写雪中奇寒，由风雪漫天的大自然转入军营帷幕之中，看似写人，实则写雪。“瀚海”两句似承实启，先描绘冰块的厚、高、大，画出一幅壮伟的冰雪覆盖图；后景中生情，写万里云凝带来的愁绪。首句至此为一层，重在咏雪，以下八句转入送别，以时间为线索，渐次展现别筵、筵后送别、友人远去三个场景。“中军”句点破诗题，“胡琴琵琶与羌笛”句，增添了异域风情，也给人急管繁弦之感。“纷纷”句说明雪下了一天，雪景与别情交织，呼应别筵。末四句写深情的送别，友人已在视野中消逝，只留下诗人自己伫立在茫茫雪原上，含无尽之情于这幅风雪离别图中，余韵悠长，耐人寻味。

古诗常以梨花比雪花，这首诗反用之，将雪花比成梨花，写出了“忽如一夜春风来，千树万树梨花开”的传世名句，取喻新颖亮丽，在广阔优美的想象中透出无限的春意，气势飞动，境界雄伟，语奇意亦奇。雪在诗中成了贯穿全篇的线索，加强了抒情的形象性，诗人融雪景与别情为一体，写得酣畅淋漓，含蓄蕴藉。

【延伸阅读】

天山雪歌送萧治归京

岑参

天山雪云常不开，千峰万岭雪崔嵬。北风夜卷赤亭口，一夜天山雪更厚。能兼汉月照银山，复逐胡风过铁关。交河城边鸟飞绝，轮台路上马蹄滑。晻霭寒氛万里凝，阑干阴崖千丈冰。将军狐裘卧不暖，都护宝刀冻欲断。正是天山雪下时，送君走马归京师。雪中何以赠君别？惟有青青松树枝。

【点评】

这首诗是《白雪歌》的姊妹篇。两诗同为岑参在安西、北庭节度使府任职时所作，同为边塞军营客中送别的诗篇，结尾同样余韵悠长。这首诗结构上也是将雪景与别情结合，用风雪奇寒渲染边地环境，为雪原送别作铺垫。不同处在于:这首诗偏重于送别路上，泛写别时所见风雪，在写实的基础上也有夸张，传神妙句则不如《白雪歌》。

走马川行奉送封大夫出师西征

岑参

君不见走马川，
雪海边，①
平沙莽莽黄入天。
轮台九月风夜吼，
一川碎石大如斗，
随风满地石乱走。
匈奴草黄马正肥，②
金山西见烟尘飞，③
汉家大将西出师。
将军金甲夜不脱，
半夜军行戈相拨，
风头如刀面如割。
马毛带雪汗气蒸，
五花连钱旋作冰，④
幕中草檄砚水凝。⑤
虏骑闻之应胆慑，⑥
料知短兵不敢接，
车师西门伫献捷。⑧

必读理由

这是一首风格奇峻峭拔的边塞诗。它以豪迈乐观的笔调，极力渲染、夸张环境的恶劣，颂扬出征将士不畏艰险的爱国精神，表达必胜的信念，声调激越豪壮，有如军中进行曲。

【注释】

① 雪海：泛指西北一带雪寒之地。

② 草黄马正肥：西北游牧民族作战以骑兵为主，草黄马肥的秋季是其发动战争的好时机。

③ 金山：阿尔泰山，此处泛指塞外山脉。烟尘飞：指战争已经发生。

④ 五花、连钱：均指马斑驳的毛色。此句谓汗和雪在马身上很快结冰。

⑤ 草檄：起草檄文。

⑥ 虏骑：敌军。古时贬称北方少数民族为虏。慑(shè)：恐惧。

⑦ 短兵:刀剑之类的短兵器。接:交锋。

⑧ 车师:唐安西都护府所在地,在今新疆维吾尔自治区吐鲁番市。伫(zhù):等待。

【赏析】

这是一首送行诗。作者任安西北庭节度判官时,封常清出征播仙,诗人写下这首诗为他送行。诗以“君不见”三字开篇,以“风”为描写中心,写出边塞绝域黄沙茫茫、整夜风吼、碎石乱走的奇特风光,视线由天上到地面,将边地自然环境的险恶写得惊心动魄,历历在目。继而由自然环境转写战争风烟,草黄马肥之时,正是匈奴发起战争的季节,西边报警的烽烟和匈奴骑兵卷起的尘土一起飞扬,汉家将士在这样的场景中出发。“将军”以下六句,通过行军场面和酷寒情状的描写,展现出征将士军容整肃、勇武无敌的英爽气概和艰苦卓绝的临战氛围。“戈相拨”“旋作冰”“砚水凝”等细节,突出体现了将士们的艰苦与斗志。末三句预祝凯旋,料想敌军定会闻风丧胆,水到渠成结束全篇。

这首诗声调激越豪壮,由于诗人对边地征戍生活有切身的体验,因此边地场景写得奇而入理,奇而真确,表现出奇峻峭拔的风格。全诗句句押韵,三句一转韵,韵脚密集,节奏鲜明急促,情韵流宕遒劲,读来音节流利,意义明白,有如军中进行曲,令人振奋。

【延伸阅读】

从军行(之五)

王昌龄

大漠风尘日色昏,红旗半卷出辕门。前军夜战洮河北,已报生擒吐谷浑。

【点评】

这是王昌龄《从军行》的第五首,歌颂战争大捷,然并未正面描写战争,先写部队出发时威武雄壮的场面,后转写前锋部队擒获敌军主将的捷报,举重若轻。诗作呈现了悲而不苦、雄浑豪壮的盛唐气象。

将进酒

李白

李白(701—762),字太白,生于绵州昌隆县青莲乡(今四川省江油市青莲乡镇),号青莲居士,又号“谪仙人”。盛唐伟大诗人,诗风飘逸雄奇、真率自然,有“诗仙”“诗侠”之称。存诗900余首,有《李太白集》传世。

君不见,
黄河之水天上来,
奔流到海不复回。
君不见,
高堂明镜悲白发,①
朝如青丝暮成雪。
人生得意须尽欢,②
莫使金樽空对月。③
天生我材必有用,
千金散尽还复来。
烹羊宰牛且为乐,④
会须一饮三百杯。⑤
岑夫子,丹丘生,⑥
将进酒,君莫停。
与君歌一曲,
请君为我侧耳听。
钟鼓馔玉不足贵,⑦
但愿长醉不复醒。
古来圣贤皆寂寞,
惟有饮者留其名。
陈王昔时宴平乐,⑧
斗酒十千恣欢谑。⑨
主人何为言少钱,

必读理由

这是一首劝酒歌,但又不是一首泛泛的劝人饮酒之作。诗人豪饮放歌,借酒消愁,在生命短促、怀才不遇的慨叹中,表现了诗人豪放不羁、蔑视富贵、乐观任情的精神,是李白的代表作之一。

径须沽取对君酌。⑩
五花马，
千金裘，
呼儿将出换美酒，
与尔同销万古愁。

【注释】

① 高堂明镜句：意谓于高堂明镜之中，照见白发而生悲。

② 得意：有兴致的时候。尽欢：纵情欢乐。

③ 金樽空对月：月光下让金樽空着而不饮酒。

④ 且为乐：姑且作乐。

⑤ 会须：应该。

⑥ 岑夫子、丹丘生：均为李白好友。岑夫子即岑勋，南阳人。丹丘生即元丹丘。

⑦ 钟鼓馔（zhuàn）玉：指富贵生活。钟鼓：贵族之家的音乐。馔玉：形容饮食精美，享受豪奢。

⑧ 陈王：指曹植，曾封陈王。平乐：宫观名。

⑨ 斗酒十千：一斗酒值十千钱，极言酒美价昂。恣欢谑：尽情地欢娱戏谑。

⑩ 径须沽取：应该毫不犹豫地去买酒。

【赏析】

《将进酒》原是汉乐府短箫铙歌的曲调，“将”是“请”的意思，题意即“劝酒歌”，古词有“将进酒，乘大白”云。这首诗是天宝十一载（752）李白在嵩山友人元丹丘处登高饮宴后所作。开篇即以排比句式，以“君不见”发端，以“黄河之水”起兴，势如天风海雨。大河之来势不可挡，大河之去势不可回，两句构成空间气势上的奔腾起伏；对镜照发，晨黑暮白，青春易逝、人生易老只在朝夕之间，形成时间意义上的夸张悲凉。“人生得意”句逆转，翻悲作乐，直至“杯莫停”，诗情渐趋狂放。对月尽欢貌似消极，然怀才不遇而又渴望用世的积极心态却又在“必有用”的自信旷达中释放出来；“千金散尽”“饮三百杯”，更是一种蕴涵在骨子里的豪情所表现出的豪举；至呼唤好友不停杯，则其眼花耳热的劝酒醉态已跃然纸上。以下八句为诗中之歌，诗情由狂放转为激愤，化用陈王典故，是以古人之酒浇自己心中之块垒。“主人”句以下故作跌宕，言以名贵宝物换取美酒，一醉方休，绘出诗人以宾作主的放诞情状。诗以“万古愁”作结，回应开篇之“悲”，显见诗人奔涌跌宕的感情激流。

这首诗笔酣墨饱，章法大起大落，诗情忽翕忽张，由悲转乐、转狂放愤激、再转更狂放，最后结于“万古愁”以回应篇首，如大河奔流，气势磅礴而又有曲折，纵横开阖，如神龙变幻，有震撼人心的力量。其歌中有歌的构思，非常人所能及。全篇以七言为主，中杂三言、五言，形式有参差错综之美。全诗或两句一转韵，或十句一转韵，韵脚平仄相间，音律和谐起伏，读来跌宕流转，一气贯注。

【延伸阅读】

戏李白

余光中

你曾是黄河之水天上来
　　阴山动
　　龙门开
而今黄河反从你的句中来
　　惊涛与豪笑
　　万里滔滔入海
那轰动匡庐的大瀑布
　　无中生有
　　不止不休
　　可是你倾侧的小酒壶？
黄河西来，大江东去
此外五千年都已沉寂
有一条黄河，你已够热闹的了
大江，就让给苏家那乡弟吧
　　天下二分
　　都归了蜀人
　　你踞龙门
　　他领赤壁

【点评】

这首诗题为《戏李白》，“戏”字怵目，诗人借戏作歌，以谐为庄，亦庄亦谐，显示诗作机趣率真的个性特色。开篇即用太白遗句，以“而今黄河反从你的句中来”承接并转折，极为夸张，不仅写出李白的惊人才华，而且道尽文学家的笔补造化之功：黄河之雄伟壮阔本是诗人灵感的泉源、吟咏的对象，而今反而生存于、不朽于艺术。“大瀑布”是太白的“小酒壶”，这才是诗人创造性的豪饮、海量。这首诗后记说：“我认为诗赞黄河，太白独步千古；词美长江，东坡凌驾前人……径尊李白为河伯，僭举苏轼作江神。这两位诗宗偏又都是蜀人。”道出后半旨趣。全诗多创造性的表达，言近旨远，意味悠长。

行路难

李白

金樽清酒斗十千，
玉盘珍羞直万钱。①
停杯投箸不能食，
拔剑四顾心茫然！
欲渡黄河冰塞川，
将登太行雪满山。
闲来垂钓碧溪上，②
忽复乘舟梦日边。③
行路难！行路难！
多歧路，今安在？
长风破浪会有时，
直挂云帆济沧海！④

必读理由

这首诗写诗人功业难就、政治受挫的悲愤与激越，所表达的英雄失路之悲有其典型性，那种对人生价值的自我肯定又有积极意义。全诗洋溢着一种乐观坚定、昂扬向上的精神，具有经典价值。

【注释】

① 珍羞：同“珍馐”，珍贵的菜肴。直：同“值”。

② 垂钓碧溪：用吕尚的典故。相传吕尚（姜太公）曾在磻溪垂钓，后遇文王而得重用。

③ 乘舟梦日：用伊尹的典故。相传伊尹曾梦见自己乘船在日月边经过，不久得商汤征聘。

④ 云帆：指航行在大海里的船只。

【赏析】

唐天宝元年（742），李白奉诏入京，担任翰林供奉。李白才高志大，很想像管仲、张良一样做一番大事业，但入京后没受重用，反受排挤，两年后被“赐金放还”，朋友们前来饯行。李白求仕无望，满怀愤慨写下这首诗。诗从饯别盛宴写起，“停杯投箸”“拔剑四顾”两个细节，形象传达出英雄失路、空负才情的抑郁愤懑心情。冰塞黄河、雪满太行两个图景，形容世道艰难、举步维艰，十分生动传神。“闲来”两句，抒情由伏而起，联想到两位开始不顺利、后终有大作为的历史人物，以此来激励自己，表达了不甘消沉、还要奋力追求机遇、积极用世的愿望。四个三言句连用，由对未来的憧憬又转回现实，内心感情再次激起波澜。最后两句忽开异境，幻想自己的政治抱负总会有实现的一天，唱出了冲破现实阻碍、积极用世的心音。

这首诗抒写理想与现实的矛盾，感情跳荡起伏，结构曲折多变，将受挫的郁闷和理想的追求融入其中，表现了诗人力图挣脱苦闷继续前行的强大的精神力量。诗作由欢宴到茫然，由现实阻塞到历史联想，又由悲慨现实进到憧憬未来，呈现诗人心理上失望与希望交替、抑郁与昂扬错综的行进脉络，百步九折，往复激荡，故虽是短篇的七言歌行，其气势格局却有如长篇。“长风破浪会有时，直挂云帆济沧海”为千古名句：前路障碍重重，然诗人坚信总会有一天能云帆高挂、乘风破万里浪，到达理想的彼岸。这是一种积极乐观的人生境界，显示了一种永恒的精神价值。

【延伸阅读】

寻李白

——痛饮狂歌空度日
飞扬跋扈为谁雄

余光中

那一双傲慢的靴子至今还落在
高力士羞愤的手里，人却不见了
把满地的难民和伤兵
把胡马和羌笛交践的节奏
留给杜二去细细的苦吟
自从那年贺知章眼花了
认你做谪仙，便更加佯狂
用一只中了魔咒的小酒壶
把自己藏起来，连太太也寻不到你
怨长安城小而壶中天长
在所有的诗里你都预言
会突然水遁，或许就在明天
只扁舟破浪，乱发当风
——而今，你果然失了踪

树敌如林，世人皆欲杀
肝硬化怎杀得死你？
酒入豪肠，七分酿成了月光
剩下的三分啸成剑气
绣口一吐就半个盛唐
从开元到天宝，从洛阳到咸阳
冠盖满途车骑的嚣闹
不及千年后你的一首
水晶绝句轻叩我额头
当地一弹挑起的回音

一贬世上已经够落魄
再放夜郎毋乃太难堪
至今成谜是你的籍贯
陇西或山东，青莲乡或碎叶城
不如归去归哪个故乡？
凡你醉处，你说过，皆非他乡
失踪，是天才唯一的下场
身后事，究竟你遁向何处？
猿啼不住，杜二也苦劝你不住
一回头囚窗下竟已白头
七仙，五友，都救不了你了
匡山给雾锁了，无路可入
仍炉火未纯青，就半粒丹砂
怎追蹑葛洪袖里的流霞？

樽中月影，或许那才是你的故乡
常得你一生痴痴地仰望？
而无论出门向西哭，向东哭
长安却早已陷落
二十四万里的归程
也不必惊动大鹏了，也无须招鹤
只消把酒杯向半空一扔

便旋成一只霍霍的飞碟
诡绿的闪光愈转愈快
接你回传说里去

【点评】

余光中云:“怀古咏史,原是中国古典诗的一大主题。在这类诗中,整个民族的记忆,等于是在对镜自鉴,这样子的历史感,是现代诗人重认传统的途径之一。”这首诗围绕“寻”字成章,以李白的“失踪”始,再描写李白独有的痛饮狂歌与坎坷遭遇,后以李白乘风归去终篇,构思曲折巧妙,语言凝练而富有弹性。“酒入豪肠,七分酿成了月光/余下的三分啸成剑气/绣口一吐就半个盛唐”数句,是这首诗最精彩之笔,“七分”“三分”“半个”等数量词的运用精当曼妙,“酿”“啸”“吐”等动词更是诗中之眼,创立了新鲜而雄奇的审美效果。

日出入行

李白

日出东方隈，[1]
似从地底来。
历天又入海，
六龙所舍安在哉！[2]
其始与终古不息，[3]
人非元气安得与之久徘徊。[4]
草不谢荣于春风，[5]
木不怨落于秋天。
谁挥鞭策驱四运？[6]
万物兴歇皆自然。[7]
羲和！羲和！[8]
汝奚汩没于荒淫之波？[9]
鲁阳何德，[10]驻景挥戈？[11]
逆道违天，[12]矫诬实多。
吾将囊括大块，[13]
浩然与溟涬同科！[14]

必读理由

《日出入》是乐府旧题，古诗主要悲叹人生短促，希望能乘六龙升仙。这首诗反其意而用之，谓日之出入与人之生死都是不可违背的自然规律，表达了天道自然的思想，是李白旷达洒脱的人生观的最佳体现。

【注释】

① 隈(wēi)：水边弯曲处。
② 六龙：古代传说六龙为日驾车。无角的龙叫螭，六螭即六龙。舍：住宿。
③ 始：犹言诗中，指日出和日落。此句谓时间没有尽头，太阳也没有停息运行之时。
④ 元气：大气。徘徊：犹言停留。
⑤ 不谢荣：不因花开而感谢。荣：植物开花。
⑥ 四运：指运行不息的春夏秋冬四季。
⑦ 兴歇：生长与衰落。
⑧ 羲和：古代神话传说中驾驭日车的神。
⑨ 奚：为何。汩(gǔ)没：沉沦。荒淫：混沌浮荡貌。

⑩ 鲁阳:指鲁阳公。战国时楚鲁阳邑公,传说是挥戈使太阳返回的英雄。

⑪ 景:同“影”。驻景:使日影为之停留。

⑫ 道、天:指自然。违逆:意谓鲁阳之事不足信。

⑬ 囊括:包罗。大块:大地。

⑭ 溟涬(xìng):浑茫的元气。同科:同类。此句意谓与宇宙自然合一。

【赏析】

汉乐府也有《日出入》歌,咏叹太阳出入无有穷期,而人生有限,所以要乘六龙飞升上天,以获永生。这首诗一反其意,认为日出日落、花荣叶落、四季变化,都是大自然不变的规律,而人的生命却不能永不停歇。诗作共三次换韵,自然形成三个层次。前六句为第一层,写太阳每日东升西沉,永不停息地运行,是其自身的规律,而不是有神驱使,否则六龙又在哪里停留安歇呢?人也不能和太阳一样永久徘徊于宇宙空间。诗人连用反问,否定了羲和驱日的传说和人求永生的幻想。中四句为第二层,说草木的繁荣与凋落,万物的兴盛与衰亡,都有其内在的自然规律,荣也不用感谢,落也不必怨恨,没有什么神在挥鞭主宰着四季变化。诗人连用否定,又用反问,加强了肯定语气。后八句为第三层,先用两个疑问句,质疑传说中驾驭日车的羲和和挥戈退日的鲁阳的存在:羲和沉沦到哪里去了?鲁阳凭什么让太阳返回?如果违逆自然规律,难免自欺欺人了。在诗人看来,人应该遵循自然规律,与自然相容,这样才能超越生死,在本质上与混沌宇宙等量齐观,达到绝对自由的境界。

这首诗将叙事、抒情、说理结合起来,情中见理,理中寓情,既有点染神话传说的浪漫色彩,又有遵循自然规律的理性精神。疑问句式和否定句式的运用,充满了“天问”式的人生思考和追问,增加了诗歌的哲理性和论辩性;而诗人的自我回答,则又显得刚劲果断,质朴有力。诗用杂言,句式参差错落,读起来既活泼又凝重。

【延伸阅读】

念李白

——我本楚狂人
凤歌笑孔丘

余光中

现在你已经绝对自由了
从前你被囚了六十二年

你追求的仙境也不在药炉
也不在遁身难久的酒壶
那妙异的天地
开阖只随你入神的毫尖
所有人面鸟心的孩童
远足一攀到最高峰
就觉得更远的那片锦云
是你仿佛在向他招手
现在你已经完全自由

列圣列贤在孔庙的两庑
肃静的香火里暗暗地羡慕
有一个隐者自称楚狂
不饮已醉，一醉更狂妄
不到夜郎已经够自大
幸而贬你未曾到夜郎
愕然回头儒巾三千顶
看你一人无端地纵笑
仰天长笑，临江大笑
出门对长安的方向远笑，低头
对杯底的月光微笑

而在这一切的笑声里我听到
纵盛唐正当是天宝
世人对你的窃笑，冷笑
在背后起落似海潮
唯你的狂笑压倒了一切
连自己捶胸的恸哭
你是楚狂，不是楚大夫
现在你已经绝对自由了
儒冠三千不敢再笑你
自有更新的楚狂犯了庙规
令方巾愕然都回顾

【点评】

诗人余光中企慕诗仙的豪迈飘逸之气,并以诗笔为太白造像。这首诗前引了李白诗句“我本楚狂人,凤歌笑孔丘”,全篇均以笑声贯串,来描写太白的各种笑容:纵笑、长笑、大笑、远笑、微笑……今之诗人眼中,唐时诗仙以其狂笑压倒了世人对他的窃笑和冷笑,达至“绝对自由”的境界。诗作两及太白“自由”,乃言其精神超越了躯体的人间存在,更超越了功名的现世羁绊,超越了时代,达到永恒的境地,亦如李白所谓“浩然与溟涬同科”之境。

闻官军收河南河北

杜甫

杜甫(712—770),字子美,自号少陵野老,原籍湖北襄阳,生于河南巩县。盛唐伟大诗人,诗作忧国忧民,诗风沉郁顿挫,有“诗圣”之称,其诗被称为“诗史”。曾官左拾遗、剑南节度府参谋加检校工部员外郎,故后世又称之杜拾遗、杜工部。

剑外忽传收蓟北,①
初闻涕泪满衣裳。
却看妻子愁何在,
漫卷诗书喜欲狂。②
白日放歌须纵酒,
青春作伴好还乡。③
即从巴峡穿巫峡,④
便下襄阳向洛阳。⑤

必读理由

这首诗表达了杜甫听到官军收复河南河北的捷报时欣喜若狂的情状,是杜甫别具风神的代表作,被称为杜甫“生平第一快诗”。

【注释】

① 剑外:剑阁以南,指蜀地。蓟北:今河北省北部地区。

② 漫卷:胡乱卷起。

③ 青春:春天。

④ 巴峡:在今重庆市东嘉陵江,俗称“小三峡”。巫峡:三峡之一,在今重庆市巫山县东。此句出蜀入楚,从西往东,是在预计还乡的路线。

⑤ 襄阳:在今湖北省。洛阳:时称东京。杜甫先人为襄阳人,其田园在东京。此句由楚向洛,从南往北。

【赏析】

这首诗作于唐代宗广德元年(763)春,杜甫时在四川梓州。这年三月,史朝义兵败自杀,延续了七年零三个月的安史之乱宣告结束。杜甫闻讯,惊喜之余写下这首诗。首句点题,直叙喜讯,起势迅捷,与捷报之“忽传”相应。诗人因国破郁积已久的情绪此时得到突然的释放,惊喜欲狂之际,仿佛春雷乍起,痛定思痛,不禁百感交集,悲从中来，刹那间涕泪沾满了衣裳。三四句以转作承，“看”“卷”两个连续性的动作，写出自己愁已去喜自来、和家人情绪互相感染的因果联系，极富意蕴。颈联云“放歌”“纵酒”，与春天作伴，做还乡的美梦，是对颔联“喜欲狂”的进一步抒写。尾联想象还乡路线，先由西往东，再自南向北，连用“巴峡”“巫峡”“襄阳”“洛阳”四个地名，写出想象中空间的迅速转换，贯以“从”“穿”“下”“向”等方向性动词，将欣喜之情推向高潮。

这首诗除第一句叙事点题外，其余均在抒发捷报传来时的喜悦之情。全诗情感奔放，生动流畅。诗人的想象鼓翼而飞，还乡路线的设计表明他人在梓州，心已在故乡；尤为突出的是诗人熟稔地运用对偶，表达特殊心境。“即从巴峡穿巫峡”和“便下襄阳向洛阳”两句，巴峡与巫峡相对，襄阳与洛阳相对，是为句中对；两句前后互相对照，用“即从”和“便下”连接起来，构成流水对。这是一首欢快的诗，主题欢快，情感表达欢快，句式也活泼流走，当得“第一快诗”之誉。

【延伸阅读】

湘逝

——杜甫殁前舟中独白

余光中

把漂泊的暮年托付给一棹孤舟
把孤独托付给北征的湘水
把湘水托付给濛濛的雨季
似海洞庭，日夜摇撼着乾坤
夔府东来是江陵是公安
岳阳南下更耒阳，深入疠瘴
倾洪涛不息遍地的兵燹
溽郁郁乘暴涨的江水回棹
冒着豪雨，在病倒之前
向汉阳和襄阳，乱后回去北方
静了胡尘，向再清的渭水
倒映回京的旌旗，赫赫衣冠
犹峥汉家的陵阙，镇着长安

出峡两载落魄的浪游
云梦无路杯中亦无酒

西顾巴蜀怎么都关进
巫山巫峡峭壁那千门
一层峻一层瞿塘的险滩?
草堂无主，苔藓侵入了屐痕
那四树小松，客中殷勤所手栽
该已高过人顶了？记得当年
蹇驴与驽马悲嘶，剑阁一过
秦中的哭声可怜便深锁
在栈道的云后，胡骑的尘里
再回头已是峡外望剑外
水国的远客羡山国的近旅

十四年一觉噩梦，听范阳的鼙鼓
遍地擂来，惊溃五陵的少年
李白去后，炉冷剑锈
鱼龙从上游寂寞到下游
辜负了匡山的云雾空悠悠
饮者住杯，留下诗名和酒友
更僵了，严武和高適的麾旗
蜀中是伤心地，岂堪再回楫?
劫后这病骨，即使挺到了京兆
风里的大雁塔与谁重登?
更无一字是旧游的岑参
过尽多少雁阵，湘江上
盼不到一札南来的音讯

白帝城下捣衣杵捣打着乡心
悲笳隐隐绕着多堞的山楼
窄峡深峭，鸟喧和猿啸
激起的回音：这些已够消受
况又落花的季节，客在江南
乍一曲李龟年的旧歌
依稀战前的管弦，谁能下咽?
蛮荆重逢这一切，唉，都已近尾声

亦似临颍李娘健舞在边城
弟子都老了，夭矫公孙的舞袖
更莫问，莫问成都的街头
顾客无礼，白眼谁识得将军
南薰殿上毫端出神骏？

泽国水乡，真个是满地江湖
飘然一渔父，盟结沙鸥
船尾追随，尽是白衣的寒友
连日阴霖里长沙刚刚过了
总疑竹雨芦风湘灵在鼓瑟
哭舳后的太傅？舻前的大夫？
禹坟恍惚在九疑，坟下仍是
这水啊水的世界，潇湘浩荡接汨罗
那水遁诗人淋漓的古魂
可犹在追逐回眸的帝子？
或是兰桨齐歇，满船回眸的帝子
伞下簇拥着救起的屈子
正傍着枫崖要接我同去？

幻景逝了，冲起沙鸥四五
逝了，梦舟与仙侣，合上了楚辞
仍萧条隐几，在漏雨的船上
看老妻用青枫生火烧饭
好呛人，一片白烟在舱尾
何曾有西施弄桨和范蠡？
野猿啼晚了枫岸，看洪波淼漫
今夜又泊向哪一渚荒洲？
这破船，我流放的水屋
空载着满头白发，一身风瘫和肺气
汉水已无份，此生恐难见黄河
惟有诗句，纵经胡马的乱蹄
乘风，乘浪，乘络绎归客的背囊

有一天，会抵达西北那片雨云下
梦里少年的长安

【点评】

这首诗虚拟杜甫殁前在湘江舟中的所思所感，时序在那年秋天，地理则在长沙岳阳之间。诗的内容多以杜甫诗作为据，也多有余光中的想象。全诗为杜甫造像，所写依序如下：身在湘江秋雨孤舟中梦想回到长安；回忆草堂、逃难与浪游；怀念李白、岑参、严武和高適等诗友；忆念音乐家李龟年、舞蹈家公孙大娘及其弟子李娘、画家曹霸等艺术家；曾流放湘江的屈原和贾谊；从追忆想象中回到现实。这首诗最大特点是用典用事，融汇了杜甫一生很多诗作，使之文本互见，营造了一个高度真实的杜甫形象。作者最后设想：杜甫的诗句经过长途跋涉，历经艰辛，终于抵达京城长安，为世人所认可并传诵。这也是杜甫自己所渴望的目标。

春夜喜雨

杜甫

好雨知时节，当春乃发生。
随风潜入夜，润物细无声。①
野径云俱黑，江船火独明。②
晓看红湿处，花重锦官城。③

必读理由

这首诗描写春夜降雨、润泽万物的美好景象，抒发了诗人的喜悦之情。诗作将春雨拟人化，写雨不仅切春、切夜，且有善解人意、及时而发的品格，堪称精品。

【注释】

① 潜：夜间细雨无声，人不知觉，故曰潜。
② 野径：黑云又低又密，不见星月，天上地面黑成一片。
③ 重(zhòng)：花因雨水而沉。锦官城：成都的别称。

【赏析】

这首诗是唐肃宗上元二年(761)春天，杜甫在成都浣花溪畔草堂居住时所写。杜甫来川两年中，种菜养花，与农民交往，懂得农民对春雨的需求心理，故能站在农民角度写出对春雨深切的喜爱之情。“好”字盛赞春雨品格高尚，“知时节”写春雨仿佛懂得人的心理，在人们最需要的时刻降临，这就赋予了春雨以人的感情和性格；发生之时是在春季，见出作者热切盼望春雨发生的焦虑与喜悦。颔联从听觉角度写作者的感受：春雨随风而至，滋润万物，细腻无声，然作者也能体察得到，说明诗人内心的细腻与喜悦。颈联紧承颔联而来，从视觉角度写作者的感受：夜深雨密，天地之间黑茫茫一片，而江灯渔火独明；渔火的明亮更衬出夜雨之繁密、野径之黝黑。这两联是实写，春雨不期而至，诗人因喜极而难以入眠，向窗外远眺，看见细密无声的春雨，自然想到，明天早晨的锦官城将会姹紫嫣红，满城春色。尾联是想象之词，意仍在赞颂此夜春雨的默默奉献。

全诗未着一“喜”字，而“喜”之情却渗透在字里行间。作者对春雨的喜爱与盛赞通过具体场景的描绘表现出来，曲折有致，细腻传神。一些动词的选用也很精心，如“潜”字将雨拟人化，写出春雨夜至时轻柔飘逸、悄无声息的特征，情趣盎然；“润”字摹写春雨滋润万物、静默不语的个性，形神兼备；“重”字写雨后花朵硕大沉重、饱含生机的形态，体物细腻。这首诗无论摹景传情，还是锤字炼句，都体现了作者精细的艺术功力和深刻的生命体验。

【延伸阅读】

玉芙蓉·喜雨

冯惟敏

初添野水涯，细滴茅檐下，喜芃芃遍地桑麻。消灾不数千金价，救苦重生八口家。都开罢，荞花、豆花，眼见的葫芦棚结了个赤金瓜。

【点评】

冯惟敏(1511—1578)，字汝行，明代散曲、戏曲作家。这首散曲写农村雨足、农作物获雨而生长茂盛、饱受旱灾之苦的农民因此获救的喜人景象，口语化的表达朴素生动，轻快活泼，富有生活情趣，可与杜甫《春夜喜雨》对比阅读。

听颖师弹琴

韩愈

韩愈(768—824),字退之,南阳(今河南省孟州市)人,唐代思想家和文学家,位居唐宋八大家之首。曾任刑部侍郎、潮州刺史、京兆尹、兵部侍郎、吏部侍郎。与柳宗元共同倡导古文运动,并称“韩柳”。有《韩昌黎集》40卷,《外集》10卷。

昵昵儿女语,
恩怨相尔汝。①
划然变轩昂,
勇士赴敌场。
浮云柳絮无根蒂,②
天地阔远随飞扬。
喧啾百鸟群,
忽见孤凤凰。③
跻攀分寸不可上,④
失势一落千丈强。⑤
嗟余有两耳,
未省听丝篁。⑥
自闻颖师弹,
起坐在一旁。
推手遽止之,
湿衣泪滂滂。⑦
颖乎尔诚能,⑧
无以冰炭置我肠!⑨

必读理由

这首诗写听琴,从始弹起笔,到琴止完篇,运用多种手法刻画音乐形象,并以听者起坐不安、泪如泉涌、冰炭置肠的感受来写音乐的效果和感人的力量,用笔陡健,是古诗中描写音乐的名篇。

【注释】

① 昵昵:亲切;亲密。尔汝:均第二人称;以尔、汝相称,表示亲昵。两句意谓琴声如青年男女说情话一样缠绵细柔。

② 浮云柳絮:比喻琴声悠扬。

③ 百鸟孤凤：比喻琴声忽如百鸟齐喧，忽如孤凤独鸣。
④ 跻：登高。跻攀：比喻琴声音调不断升高。分寸不可上：高到不能再高。
⑤ 千丈强：千丈有余，形容琴声极低。
⑥ 省：懂得。丝篁：丝竹、弦管，指音乐。
⑦ 滂滂：涌流。
⑧ 能：擅长弹琴。
⑨ 冰炭置我肠：比喻情感剧烈动荡。

【赏析】

颖师是来自天竺的僧人，以弹琴著名。“师”是僧的通称。这首诗前十句为一层，描写音乐的形象。起句没有交代弹琴者、弹琴的时间地点，而是直接写所“听”的音乐，然后用一连串的比喻来描摹琴声的起伏变化：从细柔温存转为轩昂激越，再到悠远飘扬；由喧哗噪杂到清亮孤高，再变为低沉黯淡。后八句为一层，描写音乐对人的强烈感染力，从琴声的效果写音乐的力量：“嗟余”是自谦之词，言自己不懂音乐，还是被颖师琴声牵引，不由自主起立在旁，然后又泪如雨下，胸中有如冰炭相冲，动荡不宁。这是用侧面烘托的方法，形容音乐的优美动人。全诗情感脉络有如海潮汹涌，跌宕起伏，变化无穷，甚至上下句之间都有较大的起落变化。首联以儿女情长比之，次联即以英雄气概相摹；才写群鸟纷鸣，即转孤凤高唳。刚柔粗细、高低疾徐之间，千回百转，搓揉听者心肠。

古诗描写音乐，大多致力于将难以表现的声音转化为容易感受的视觉形象，这首诗在将声音转为视觉形象时，注重描摹琴音里所蕴含的情志，无论儿女私情，还是英雄壮志，也无论是自然万物之音，还是人生失路之悲，都传达得细致入微，既可悦耳，又能赏心。诗人创造了曲中曲外两重境界，将弹琴和听琴融合入诗，意境隽永。遣词造句也很新奇精当，如将“女”“语”“尔”“汝”等读音相近的词置于两句之中，恰能表现小儿女情感缠绵纠结的状貌；以“昂”“场”“扬”“凰”等词作韵脚来表现琴声的昂扬激越，也很妥帖自然。句式上五言七言交错使用，配合了琴声的疾徐断续，增强了语言的表现力。

【延伸阅读】

西厢记(节选之三)

王实甫

【天净沙】莫不是步摇得宝髻玲珑？莫不是裙拖得环珮玎咚？莫不是铁马儿檐前骤风？莫不是金钩双控，吉丁当敲响帘栊？

【调笑令】莫不是梵王宫,夜撞钟?莫不是疏竹潇潇曲槛中?莫不是牙尺剪刀声相送?莫不是漏声长滴响壶铜?潜身再听在墙角东,原来是近西厢理结丝桐。

【秃厮儿】其声壮,似铁骑刀枪冗冗;其声幽,似落花流水溶溶;其声高,似风清月朗鹤唳空;其声低,似听儿女语,小窗中,喁喁。

【点评】

这几只曲子写的是崔莺莺听张生在西厢弹琴时的感受,运用了一连串的视觉形象作比喻,不仅写出音乐的高低变化之美和音乐对听者的感染力,也写出崔莺莺的艺术修养。月光如水的静谧之夜,张生弹琴,莺莺听琴,共同营造了一个“知音”的境界,为崔张恋情铺垫了厚实的基础。

琵琶行(节选)

白居易

白居易(772—846),字乐天,晚年自号香山居士。祖籍太原,生于河南新郑。唐朝著名诗人、文学家,新乐府运动倡导者。官至翰林学士、左赞善大夫。诗作题材广泛,形式多样,语言平易通俗。有《白氏长庆集》传世。

浔阳江头夜送客,①
枫叶荻花秋瑟瑟。
主人下马客在船,②
举酒欲饮无管弦。
醉不成欢惨将别,
别时茫茫江浸月。
忽闻水上琵琶声,
主人忘归客不发。
寻声暗问弹者谁,
琵琶声停欲语迟。
移船相近邀相见,
添酒回灯重开宴。③
千呼万唤始出来,
犹抱琵琶半遮面。
转轴拨弦三两声,④
未成曲调先有情。
弦弦掩抑声声思,⑤
似诉平生不得意。
低眉信手续续弹,⑥
说尽心中无限事。
轻拢慢捻抹复挑,⑦
初为霓裳后六幺。⑧
大弦嘈嘈如急雨,⑨

必读理由

《琵琶行》是白居易的代表作。节选部分为这首诗描写琵琶女弹奏琵琶的文字,运用一系列的艺术技巧再现了琵琶曲的声调、意境与魅力,将乐曲的高低抑扬表现得淋漓尽致,是中国古代诗歌音乐性的最佳代表。

小弦切切如私语。[⑩]
嘈嘈切切错杂弹,
大珠小珠落玉盘。
间关莺语花底滑,[⑪]
幽咽泉流冰下难。[⑫]
冰泉冷涩弦凝绝,
凝绝不通声暂歇。
别有幽愁暗恨生,
此时无声胜有声。
银瓶乍破水浆迸,[⑬]
铁骑突出刀枪鸣。[⑭]
曲终收拨当心画,[⑮]
四弦一声如裂帛。[⑯]
东舟西舫悄无言,
唯见江心秋月白。

【注释】

① 浔阳江:长江流经九江市北一段的别称。

② 下马、在船:互文,主人和客人都下马在船。

③ 回灯:重新张灯。

④ 转轴:转动弦柱,调节弦音高低。三两声:试弹几声。

⑤ 掩抑:低沉幽咽。思(sì):深长的情思。

⑥ 信手:随手。续续弹:连续地弹奏。

⑦ 拢:左手指扣弦。捻:左手指揉弦。抹:右手下拨。挑:右手上拨。均为弹琵琶的指法。

⑧ 霓裳(cháng):《霓裳羽衣曲》。六幺(yāo):即《绿腰》。均为当时著名乐曲。

⑨ 大弦:琵琶共有四根弦,最粗的弦为大弦。嘈嘈:声音沉重舒长。

⑩ 小弦:最细的弦。切切:声音细碎轻柔。

⑪ 间关:鸟叫声。滑:婉转流利。

⑫ 幽咽(yè):声音微弱。难:声音滞涩。

⑬ 银瓶:汲水的器具。乍破:突然破裂。迸:溅射。

⑭ 铁骑(jì):带甲的骑兵。

⑮ 拨:拨弦的工具,叫“拨子”。当心画:用拨子在琵琶四根弦的中部划过,称为“收拨”,表示弹奏完毕。

⑯ 如裂帛:形容当心一画的声音强烈清脆。

【赏析】

这首诗作于唐宪宗元和十一年(816)年秋天，当时作者任江州司马。诗前有序，说明写作的时间和缘由。这首诗与创作于11年前的《长恨歌》，先后辉映，堪称古代文人叙事诗的双璧。节选文字是这首诗前半部分，可分为两层。开头到“犹抱琵琶半遮面”为第一层，从江边送客、偶闻乐曲到琵琶女出现，点明了时间、地点、人物、环境，写得声色并作、情景相生，人物的出现曲折有致。第二层从“转轴拨弦三两声”到“唯见江心秋月白”，描绘琵琶女弹奏乐曲，显示了琵琶女精湛的弹奏技艺，透出其“幽愁暗恨”的内心世界，表现了江州司马和琵琶女借助音乐而产生的感情的交流共鸣，为下文叙写两人身世、归结“同是天涯沦落人”的主题，起到重要的铺垫作用。

节选文字描绘音乐的特点和魅力，成就在于：一是运用一连串生动贴切、富于独创性的比喻，将难以捉摸的音乐形象化为具体可感的视觉、听觉、触觉形象，如急雨、私语、珠落玉盘、莺语花底、泉流冰下、银瓶水迸、铁骑突出、裂帛等；二是借助对比来摹写各种不同的声调意境，如动与静、高与低、强与弱、涩与滑、缓与急等，波澜起伏，营造了强烈的节奏感；三是写音乐的效果，如“主人忘归客不发”“别有幽愁暗恨生，此时无声胜有声”“东船西舫悄无言，唯见江心秋月白”等，在听者的凝心屏气、如痴如醉和对静音之境的深切体会中，写出琵琶曲的感人魅力。

【延伸阅读】

听蜀僧濬弹琴

李白

蜀僧抱绿绮，西下峨眉峰。为我一挥手，如听万壑松。客心洗流水，馀响入霜钟。不觉碧山暮，秋云暗几重。

【点评】

这首诗描写音乐有独到之处，写抚琴只“一挥手”三字，对琴声的描写只“如听万壑松”一句，着重表现听琴的感受，极为清新、明快。“客心”句言听者的尘心仿佛被流水洗过一般洁净、舒畅、愉悦，暗含“高山流水遇知音”的典故，精妙无痕。

忆江南(三首)

白居易

江南好，
风景旧曾谙。①
日出江花红胜火，②
春来江水绿如蓝。③
能不忆江南？

江南忆，
最忆是杭州。
山寺月中寻桂子，
郡亭枕上看潮头。
何日更重游？

江南忆，
其次忆吴宫。
吴酒一杯春竹叶，
吴娃双舞醉芙蓉。
早晚复相逢？

必读理由

这三首《忆江南》词，表达对江南生活的深切忆念，画面情景交融，文句精美，淡泊中蕴涵作者的激情，受到历代词选家的青睐，千百年来享有盛名。

【注释】

① 谙：熟悉。
② 江花：江边的花。
③ 蓝：蓝草，叶子青绿，可制染料。

【赏析】

《忆江南》既是词牌名，也是标题。白居易曾在江南的杭州、苏州等地为刺史，因有政务实绩，深受当地百姓爱戴。晚年退居洛阳时，仍不忘这两段生活，作词忆念。

第一首是总写江南风光，选取“日出江花”和“春来江水”两种景象，将最美的季节、空间和景色集中在同一个画面上，烘染出江南明艳绚丽之美。花之红艳和水之碧绿均用比喻写出，异色相衬，质朴而又优美；末用反问句，诉说诗人对江南生活的无限眷恋，情深意长。第二首写杭州忆念。杭州是诗人当年停留时间最长的地方，他感受最深的是三秋桂子、八月钱潮。一“寻”字写出诗人月夜流连徘徊于桂树下赏月赏桂的浪漫情态，一“看”字写出诗人白天躺在郡衙亭中远观钱塘江潮的悠闲状貌，动静之间，凸显杭州最值得忆念的两大景观。末句反问，同样表达了对杭州的深深怀念。第三首忆念苏州。当年诗人春天喝着清冽的吴酒，观赏苏州美丽的歌姬翩翩起舞，现在忆起，还是那样充满了激情。诗酒歌舞的画面，是诗人对苏州生活的深刻记忆。末句反问，在渴盼重返往日美好时光中回到现实。

这三首《忆江南》词，时间上由今到昔再回到今，空间上从洛阳到杭州再到苏州，在较大的时空跨度里完成了一次亲切深情的江南回眸，诗人也获得了心灵的抚慰和满足。三首词由写景到写人，而所忆之景之人均有鲜明的代表性，在经典画面的描绘中带读者陶醉于江南美丽风光的温情。整体而言，意境的变化使联章体词显得丰富多彩。词作语言朴素而鲜亮，运用比喻、对偶和反问，增加了艺术表现力。词作读起来音乐性很强，有民歌的风味。

【延伸阅读】

菩萨蛮(人人尽说)

韦庄

人人尽说江南好，游人只合江南老。春水碧于天，画船听雨眠。　　垆边人似月，皓腕凝霜雪。未老莫还乡，还乡须断肠。

【点评】

韦庄(836—910)，唐代花间派词人。这首词上片绘景，侧重于江南的碧水、画船、春雨；下片怀人，侧重抒情，江南物美人更美，令人流连忘返。词人欲以江南之美来抵御思乡之愁，然愁绪难解。词以乐写哀，寓主观于客观，末用顶真格，以转作承，道出“还乡”情思，与白居易之《忆江南》可比照诵读。

李凭箜篌引

李贺

李贺(790—816),字长吉,昌谷(今河南宜阳)人,唐代诗人,以乐府诗著称,世称李长吉、鬼才、诗鬼等。与李白、李商隐三人并称唐代“三李”。其诗想象丰富,构思奇特。有《昌谷集》。

吴丝蜀桐张高秋,[1]
空山凝云颓不流。[2]
湘娥啼竹素女愁,[3]
李凭中国弹箜篌。[4]
昆山玉碎凤凰叫,[5]
芙蓉泣露香兰笑。[6]
十二门前融冷光,[7]
二十三弦动紫皇。[8]
女娲炼石补天处,
石破天惊逗秋雨。[9]
梦入神山教神妪,[10]
老鱼跳波瘦蛟舞。[11]
吴质不眠倚桂树,[12]
露脚斜飞湿寒兔。[13]

必读理由

这一首描写箜篌演奏的诗作,以丰富的可知可感形象,描述并传达了诉诸听觉的箜篌乐曲,是李凭箜篌技艺的形象记录,也是古诗中描写音乐的又一名篇。

【注释】

① 丝:箜篌的弦。桐:箜篌的身干。丝以吴地所产为精美,蜀地桐木宜做乐器。张高秋:在秋高气爽的季节里弹奏。

② 凝:凝滞。颓:堆积貌。

③ 湘娥:湘妃;湘夫人。即传说中帝舜的二妃娥皇、女英,哭舜之死,泪洒斑竹。素女:神话中的霜神,善鼓瑟。

④ 中国:国中,指京城长安。

⑤ 昆山:昆仑山,以产玉著称。此句喻高音之清脆激越。

⑥ 泣露:比喻乐曲低沉幽咽。笑:比喻乐曲愉悦轻快。

⑦ 十二门:指长安城。长安城四面,每面三门,共十二门。

⑧ 二十三弦:指李凭所弹箜篌的式样,有二十三根弦。紫皇:指天帝,又称太皇、玉皇。

⑨ 石破天惊:是"天惊石破"的倒装。逗:引出。

⑩ 神妪(yù):传说中兖州的女神仙,号成夫人,好音乐,喜弹箜篌。

⑪ 鱼跳、蛟舞:形容乐曲之美妙,感动了老鱼瘦蛟,也来跳舞于水波之上。

⑫ 吴质:传说中在月中砍桂树的吴刚。

⑬ 露脚斜飞:古人以为露和霜一样都是从天上降落的,故言飞。寒兔:传说中月宫里有白兔。

【赏析】

这首诗写于李贺在长安任奉礼郎时。李凭是京城梨园弟子,善弹箜篌,技艺精湛,在当时身价很高。这首诗想象丰富,构思新颖,词句奇峭瑰丽,艺术感染力很强。起句写箜篌制造精良,借物写人,以衬托弹奏者技艺之精湛。二三句写乐声,从对面落笔,以实写虚,用典灵活,第四句方点出演奏者和演奏的地点。前四句先写时间,继写乐声,再写人、写地点,打破了正常的顺序,突出了乐音的美妙。第五句以声拟声,第六句以形写声,表现音乐从清脆到激越、从掩抑到轻快的起伏多变,使人在玉碎凤鸣的音韵美和芙蓉香兰的形态美中领受箜篌曲子的优美动人。第七句到篇末,都是在描摹美妙的弹奏所带来的艺术效果。诗人发挥他的奇妙想象,从城中冷气寒光到天庭玉皇,由炼石补天的女娲到神山中善弹琵琶的神妪,又由水波上腾跃起舞的鱼蛟,转向月宫伐桂的吴刚和忍受秋露的玉兔,神话传说中的诸多物象联翩而出,由静到动再到静,由地面到上天再到水面又回转上天,构成了神奇而跳脱的连续性画面,色彩瑰丽,风格浪漫。

这首诗没有直接评价李凭的弹奏技艺,也没有抒写诗人自己的主观感受,而是从客观物象落笔,传神地再现了李凭弹奏箜篌所创造的奇特浓郁、优美动人的音乐境界,通过渲染音乐的效果来表现音乐的魅力,巧妙地熔铸了诸多神话典故于诗句之中,突出了乐曲惊天地、泣鬼神的艺术感染力。清人方扶南将这首诗与白居易的《琵琶行》、韩愈的《听颖师弹琴》并提,推许为"摹写声音至文"。

【延伸阅读】

听安万善吹觱篥歌

李颀

南山截竹为觱篥，此乐本自龟兹出。流传汉地曲转奇，凉州胡人为我吹。旁邻闻者多叹息，远客思乡皆垂泪。世人解听不解赏，长飙风中自来往。枯桑老柏寒飕飗，九雏鸣凤乱啾啾。龙吟虎啸一时发，万籁百泉相与秋。忽然更作渔阳掺，黄云萧条白日暗。变调如闻杨柳春，上林繁花照眼新。岁夜高堂列明烛，美酒一杯声一曲。

【点评】

李颀(690—751)，唐代诗人，以边塞诗、音乐诗称名于世。觱篥(bìlì)，古代自西域传入中原的一种管乐器。渔阳掺：鼓调名。杨柳：指《杨柳枝》，从古曲《折杨柳》变调而成的曲子。从来源写起，写觱篥的流传、吹奏者及其音乐效果，转而以寒风吹树、凤雏发音、龙吟虎啸、百泉飞溅等比喻来描摹觱篥的各种声音，又用其他曲调或沉着或热闹的曲式特征来比拟变调，最后回到明烛高堂的现实情境。诗作正面着墨，转韵巧妙，声韵与意境相得益彰。

赤　壁

杜牧

杜牧(803—852),字牧之,号樊川居士,京兆万年(今陕西西安)人,唐代诗人。与李商隐并称“小李杜”。因晚年居长安南樊川别墅,故后世称“杜樊川”。文学成就多样,其诗、赋、古文都堪称名家。有《樊川文集》。

折戟沉沙铁未销,①
自将磨洗认前朝。②
东风不与周郎便,③
铜雀春深锁二乔。④

必读理由

这是一首借物兴感的咏史绝句,在史事评价中寄寓作者的人生感慨,享誉诗坛数千年。

【注释】

① 折戟(jǐ):折断的戟。戟:古代兵器。
② 将:拿起。认前朝:辨认出是前朝的遗物。
③ 东风:指历史上东吴以火攻烧毁曹魏战船、曹兵大败一事。周郎:周瑜。
④ 铜雀:铜雀台,为曹操所建。二乔:东吴二美女大乔、小乔,分嫁孙策和周瑜。

【赏析】

这首诗为杜牧任黄州刺史期间(842—844)所作。黄州有赤鼻矶,与历史上赤壁大战发生地赤壁不是一个地方,诗人不过借此赤鼻代彼赤壁,借以抒怀。诗人抛开一般咏史怀古诗作的套路,不从眼前江山景物比兴,而是从一枝沉埋江沙中的断戟写起,细节化的开头别致新颖。“铁未销”表明此物是前朝战争的遗迹,暗含追怀战争风云之意;“认前朝”则将现实与历史联系起来,蕴涵着历史兴亡更替的感慨。后二句乃假设之词,设想假如没有东风提供便利,周瑜的火攻之计就无法实现,那场著名的历史大战的结局就将彻底改变,而东吴的著名美女大乔小乔也会被曹操掳去,成为铜雀台中的女奴。这是从侧面角度议论,以翻案的口吻发表对赤壁之战的看法,寄寓了“不以成败论英雄”的感慨,含有对机遇之于成功的作用的思考。

这首诗借咏史而寄寓感慨，先从小处切入，特写细节，具体生动；再以谐谑之笔阐发议论，以别致的假设和浪漫的想象出奇立异，风神超迈，议论奇警，内涵耐人寻味。全诗语言俊爽轻灵，而其中蕴含的英雄失路之悲，则又令诗句生发沉重抑郁的感觉。

【延伸阅读】

赤壁歌送别

李白

二龙争战决雌雄，赤壁楼船扫地空。烈火张天照云海，周瑜于此破曹公。君去沧江望澄碧，鲸鲵唐突留余迹。一一书来报故人，我欲因之壮心魄。

【点评】

这是李白的一首送别诗。前四句点明送行的地点是历史上的赤壁，曾是曹公与周瑜攻战的地方；后四句话别，嘱咐友人将别后行迹以书信告知，以壮心魄。诗作气魄宏大，读之令人振奋。

无题（相见时难）

李商隐

李商隐（约812—约858），字义山，号玉溪生、樊南生，晚唐著名诗人。与杜牧合称“小李杜”，与李贺、李白合称“三李”，与温庭筠合称“温李”。有《李义山诗集》。

相见时难别亦难，①
东风无力百花残。②
春蚕到死丝方尽，③
蜡炬成灰泪始干。④
晓镜但愁云鬓改，⑤
夜吟应觉月光寒。⑥
蓬山此去无多路，⑦
青鸟殷勤为探看。⑧

必读理由

这是一首描写刻骨铭心之爱和执着追求之情的爱情诗，融入了作者人生追求的失意之悲，深情绵邈，典丽精工。“春蚕到死丝方尽，蜡炬成灰泪始干”一联，为传诵千古的名句。

【注释】

① 难：见难言机会难得，别难言不忍分离。
② 东风：春风。残：凋零。此句谓别离的时节。
③ 丝：蚕丝，比喻彼此眷恋的情思。
④ 泪：烛泪，象征别离时的眼泪。
⑤ 晓镜：晨起照镜。云鬓：年轻女子丰盛如云的青发。
⑥ 应觉：与“但愁”一样均为设想之词。
⑦ 蓬山：蓬莱山，传说中的海外三仙山之一，此处指对方的住处。
⑧ 青鸟：传说中西王母的使者，此处指传递信息的人。

【赏析】

诗以“无题”名篇，是李商隐的创造。李商隐的无题诗有近20首，大多以具有悲剧色彩的男女爱情为题材。这首诗亦写离别间阻、会合无期的痛苦和爱情的执着。首联写别时。首句化用古语“别易会难”之意而翻进一层，以会难衬托别难，倍增情人离别时的缠绵痛苦;次句写景,东风无力、百花凋零,既是令人伤感的暮春时分,也是诗人情感世界和人生境遇的一种象征。颔联咏叹至死不渝的爱情。诗人以蚕丝喻情思,以烛泪拟别泪,突出了相思离别之情的深长痛苦,为这一爱情抹上了缠绵而又无望的悲剧色彩。颈联悬想对方境况:分别之后的对方,晨起照镜见朱颜憔悴,凉夜吟诗觉月色凄寒。这就进一步抒写了诗人的痴情,显得委婉深挚。尾联用典,一成间阻便仙凡永隔,留下的是无尽的思念与期待。

这首诗写爱情,略去爱情发生发展的具体过程和双方外在的形貌特征,单纯地表现情感世界的痛苦、失望、缠绵与执着,将爱情升华到纯粹的精神层面;那种求而不得仍执着追求的心态,也蕴涵着诗人的身世之感与失意之悲。诗作内涵的丰富,可以使诗中个人世界的感情本质推广为世间人类的普遍经验和共同感情,从而作出更为深广经典的解释。诗作各联均写痛苦而又执着的情感状态,但各联意境又有区别,从不同层面共构了全诗的感情世界,连绵往复,深情绵邈。全诗音韵和谐,含蓄委婉,富于象征,首尾关合,是爱情诗的经典篇章。

【延伸阅读】

无题(来是空言)

李商隐

来是空言去绝踪,月斜楼上五更钟。梦为远别啼难唤,书被催成墨未浓。蜡照半笼金翡翠,麝薰微度绣芙蓉。刘郎已恨蓬山远,更隔蓬山一万重。

【点评】

这首诗写相爱的男女远隔天涯的相思之苦。首联写负约的哀怨和梦境的虚幻;颔联写梦醒后刻骨铭心的相思之情;颈联以室内绣褥香帐的美好氛围,烘托远别之人的孤寂落寞;尾联用典,说明天涯阻隔,相会实难。全诗以倒叙手法,围绕“梦”来写远别相思,先写梦醒时分,再写梦中和梦后,景物清晰而意境朦胧,构思巧妙,虚实相生,烘托出相思的孤独凄凉。

锦　瑟

李商隐

锦瑟无端五十弦，①
一弦一柱思华年。②
庄生晓梦迷蝴蝶，③
望帝春心托杜鹃。④
沧海月明珠有泪，⑤
蓝田日暖玉生烟。⑥
此情可待成追忆，
只是当时已惘然。

必读理由

这首诗以锦瑟起兴，生发对前尘往事的追忆，诸般用典与象征构成华美迷离的意象组合，传达了诗人亲历的一种人生的感受、感悟和迷惘。其情旨的深曲绵邈和意境的哀婉清丽，使之成为倾倒后世无数读者的千古绝唱。

【注释】

① 锦瑟：瑟上的花纹如锦，故名锦瑟。无端：无奈。五十弦：古瑟有五十弦。
② 思华年：因弦有五十，而自己年近半百，故一一追溯华年往事。
③ 庄生晓梦：庄周曾梦身为蝴蝶，意谓浮生若梦。
④ 望帝：传说望帝死后其魂化为杜鹃鸟，鸣声凄楚动人。
⑤ 珠有泪：传说南海有鲛人，泣泪为珠。
⑥ 蓝田：在今陕西省蓝田县，有玉山。

【赏析】

这首诗以开头两字“锦瑟”名篇，也可视为无题之作。其主旨历来众说纷纭，有爱情、悼亡、听瑟曲、寄托、自伤身世等诸说。诗以锦瑟起兴，既绘瑟之华美，又出弦之繁密，借以暗喻诗人才华出众，又以瑟无奈有五十弦暗示自己的华年已然流逝，回想那每一弦每一柱都暗藏往事印迹的似水流年，不禁哀怨伤痛，怅惘无奈。中间两联承“思”生发，连用四个华美的典故构成意象群，描绘往昔诸般情事所留下的深刻回忆：人生追求的痴迷沉醉，梦想落空的怅惘若失，如庄生蝶梦；对生命境界的追求、向往和执着又如望帝春心，深挚无悔；那伤痛的往事，令鲛人也悲泣珠泪；而前景的可望难即，则有如良玉生烟。尾联自问自答，点出种种均系追忆往昔，空留一腔哀伤迷惘。王蒙解读说:“诗人经过人生沧桑之后,当他深入再深入到自己内心的深处时,他的感受是混沌的一体的、概括的、莫名的、只可意会不可言传的、是惘然的无端的。”

这首诗作于诗人晚年。诗人回忆前尘往事,感慨万端,但写作时隐去了一生所经历的具体坎坷,缘情造物,连用典故和意象象征,构造了朦胧蕴藉的意境,含蓄委婉地抒写了遭际坎坷、华年已逝、梦想成空的哀怨感伤之情,如泣如诉,如慕如怨。诗人所诉说的那一种人生的悲剧,所营构的那一种悲剧的氛围,与珠圆玉润、清丽典雅的语言相协调,使全诗拥有了凄婉朦胧的美感。

【延伸阅读】

无题(昨夜星辰)

李商隐

昨夜星辰昨夜风,画楼西畔桂堂东。身无彩凤双飞翼,心有灵犀一点通。隔座送钩春酒暖,分曹射覆蜡灯红。嗟余听鼓应官去,走马兰台类转蓬。

【点评】

这是一首恋情诗。首联回忆昨天宴聚时与意中人意外相遇的美好时刻;颔联表达两人不能效鸾凤双飞,心却感应灵敏,息息相通;颈联描述宴聚场面的热烈融洽;尾联回忆今晨离席应差时的情景。全诗感情深挚,词句流丽,在恋情阻隔的怅惘中渗入了作者的人生之叹,营造了情采并茂的艺术境界。

菩萨蛮(小山重叠)

温庭筠

温庭筠(约812—870),本名岐,字飞卿,太原祁(今山西祁县)人。曾任方城尉、国子助教,世称温方城或温助教。诗词兼工,诗与李商隐齐名,并称“温李”;词与韦庄齐名,并称“温韦”。晚唐花间词派的重要作家。

小山重叠金明灭,①
鬓云欲度香腮雪。②
懒起画蛾眉,③
弄妆梳洗迟。

照花前后镜,
花面交相映,
新帖绣罗襦,④
双双金鹧鸪。⑤

必读理由

这首词描写一个女子晨起梳妆、画眉、簪花、照镜和着装的过程,传达出她独处深闺的寂寞之感。词作刻画精工,风格秾丽,是花间词的典型代表。

【注释】

① 小山:指折叠如山的屏风。金明灭:阳光照在屏风上流光溢彩,闪烁不定。
② 度:遮住。香腮雪:雪白娇嫩的面颊。此句谓发丝缭乱。
③ 蛾眉:形容女子细长美丽的眉毛。
④ 帖:通“贴”。
⑤ 金鹧鸪:金线绣出的鹧鸪鸟。

【赏析】

《菩萨蛮》又名《子夜歌》《重叠令》,唐玄宗时教坊曲名,后来用作词调。这首词主要通过描写一闺中女子的慵起、梳洗的全过程,来表现她为悦己者容而又无所着落的空虚落寞之感。晨光透过窗牖照射在屏风上,女子因光影闪动而醒,青黑的鬓发随意地滑过她白皙娇艳的脸。绣屏掩映,显环境的富丽;鬓发缭乱,出女子的娇媚。“懒”画眉、“迟”梳洗,在叙事中写女子娇懒的情态,传达了一种无情无绪的神情。女子梳洗停当,簪花为饰,对镜自照,花面相映,妩媚动人;着衣之时,忽然看见衣袄上金丝线绣的一双鹧鸪鸟,忽而生发小姑独处、有谁解怜的哀伤。词作借境生情,以景显情,表达了闺中女子顾影自怜的情绪,无限伤心溢于言表。

全词围绕晨起梳妆一事来表现人物内心活动,感情内敛,辞藻华美。一“懒”一“迟”见其百无聊赖,“双双”暗示女子形影孤单,心理刻画细微、曲折;由女子的落寞自怜、“谁适为容”联系其一系列行为情态,则其“懒”其“迟”的原因自然显现。词作称物芳美,雕镂入微,对后世产生很大影响。

【延伸阅读】

牡丹亭(节选)

汤显祖

【步步娇】(旦)袅晴丝吹来闲庭院,摇漾春如线。停半晌,整花钿,没揣菱花偷人半面,迤逗的彩云偏。(行介)我步香闺怎便把全身现。(贴)今日穿插的好。

【醉扶归】(旦)你道翠生生出落的裙衫儿茜,艳晶晶花簪八宝填。可知我一生儿爱好是天然?恰三春好处无人见。不提防沉鱼落雁鸟惊喧,则怕的羞花闭月花愁颤。(贴)早茶时了,请行。(行介)你看:画廊金粉半零星,池馆苍苔一片青。踏草怕泥新绣袜,惜花疼煞小金铃。(旦)不到园林,怎知春色如许?

【皂罗袍】原来姹紫嫣红开遍,似这般都付与断井颓垣。良辰美景奈何天,赏心乐事谁家院?恁般景致,我老爷和奶奶再不提起。(合)朝飞暮卷,云霞翠轩。雨丝风片,烟波画船。锦屏人忒看的这韶光贱。(贴)是花都放了,那牡丹还早。

【好姐姐】(旦)遍青山啼红了杜鹃,荼蘼外烟丝醉软。春香呵,牡丹虽好,他春归怎占的先!(贴)成对儿莺燕呵,(合)闲凝眄,生生燕语明如翦,呖呖莺歌溜的圆。(旦)去罢。(贴)这园子委是观之不足也。(旦)提他怎的?(行介)

【点评】

汤显祖(1550—1616),明代戏曲家,所作《牡丹亭》是明代戏曲的最佳代表。节选的这几支曲子,先写女主人公杜丽娘游园之前的行动和心理,处处表现出贵族少女矜持和娇羞的特点,着重刻画其春情难遣的寂寞和对环境的隐隐不满。[步步娇]描写杜丽娘出游前精心梳妆的情况,先借春光抒春情,后借照镜写娇羞,透出春心颤动的秘密。[醉扶归]写杜丽娘以服饰华美、天生丽质而骄傲，表现深闺少女孤芳自赏、无人怜惜的自矜和自悲。两支曲子写容写心，恰可与《菩萨蛮》对照阅读。来到园中之后，则着重刻画满园春色在杜丽娘内心激起的巨大波澜：惊诧、感慨、悲叹、幽怨构成了丰富的心理内涵。这里有对自然和青春的热爱，有对春色惊叹和对命运的感伤，也有对礼教的不满和无可奈何的苦闷。

节选文字是《牡丹亭》中最经典的几支曲子。其中宾白叙事，曲词主要是写景、抒情，尤其是在表白内心的沉思，无不以缠绵悱恻的抒情诗句倾吐人物的激情，使读者、观众为之荡气回肠，惊心动魄。谐音、双关、拟人、比喻、衬托、通感等修辞手法的运用恰到好处，含蓄优美。化用前人名句、成语也较多。如[皂罗袍]里化用了谢灵运、王勃等人的诗句，[好姐姐]中化用了皮日休、寇准等诗词以及王实甫《西厢记》里的成句，仿佛字出已铸，华美雅丽，声情并茂，不见斧凿痕迹。

虞美人(春花秋月)

李煜

李煜(937—978),字重光,五代十国时南唐国君,彭城(今江苏徐州)人。南唐元宗李璟第六子,于宋建隆二年(961)继位,史称南唐后主。后为宋所俘,过了三年囚犯生活。李煜精书法,善绘画,通音律,诗文均有一定造诣,尤以词的成就最高,被称为“千古词帝”。

春花秋月何时了?①
往事知多少!
小楼昨夜又东风,②
故国不堪回首月明中③。

雕栏玉砌应犹在,④
只是朱颜改。
问君能有几多愁?⑤
恰似一江春水向东流。

必读理由

这首词运用比喻、象征等手法,抒写作者命运遭际的伤痛和怀念故国的悲恨,是李煜的绝命词和代表作,也是唐宋词中的名篇。

【注释】

① 了:完结。
② 又东风:春天又来了。
③ 故国:指南唐。
④ 雕栏玉砌:雕绘的栏杆和白玉的石阶,借指故国的宫殿。
⑤ 问君:假使的问语,自己问自己。

【赏析】

《虞美人》原为唐玄宗时教坊曲名,后来用作词调。李煜《虞美人》有两首,均作于亡国降宋后幽禁于汴京期间。首句发问,直抒悲恨。春花秋月本是赏心悦目的良辰美景,但李煜身为阶下囚,原无心欣赏,只能触动更多的难堪与伤感,言“何时了”即表达处境特殊时不堪禁受春花秋月的心境。次句表明希望春花秋月快快完结的原因，正是它们触动了往昔繁华生活的回忆之故。三四句分承前两句而来，东风又吹，春花又放，大自然如此美好，但当年故国花前月下诗酒风流的美好时光却一去不复返了。下片直承“故国”句，将“雕栏玉砌”所代表的华严宫殿作为故国回忆的中心物象，显示小楼囚徒对遥远故国的想象与忆念，但“只是”句又表明，故国早已物是人非，江山易主。最后两句自问自答，对所有的人生悲慨作结，并以一比喻表明亡国的悲恨永不会消逝。

这首词多用比喻和象征，成功地表达了词人内心的复杂感情。“春花秋月”代表最美好的自然景象，“雕栏玉砌”象征尘世中最繁华富贵的帝王生活，“朱颜”本是少女美丽的容颜，此处也成为故国风貌的象征。滔滔不绝、永向东流的“一江春水”，用以比喻词人内心涌动不已的愁绪，形象生动地展示了愁绪的深长和汹涌，将作者的亡国之恨、怀国之悲扩张到一个极致，充分体现其“愁”的力度与深度，显示了波澜起伏、一泻千里的气势。

【延伸阅读】

虞美人(潮生潮落)

赵孟頫

潮生潮落何时了，断送行人老。消沉万古意无穷，尽在长空、淡淡鸟飞中。　　海门几点青山小，望极烟波渺。何当驾我以长风，便欲乘槎、浮到日华东。

【点评】

赵孟頫(1254—1322)，字子昂，元代著名画家，楷书四大家之一。这首词描写在浙江舟中观潮的情景，展现了江潮波澜起伏、烟波浩渺的气象，流露出作者不慕荣利、向往隐逸生活的情怀。词作意境淡远，语言清雅，风格与李煜《虞美人》迥异。

渔家傲·秋思

范仲淹

范仲淹(989—1052),字希文,吴县(今江苏省苏州市)人,北宋政治家、文学家、军事家。官至参知政事,谥号“文正”。文章诗词兼擅,俱有名篇传世。有《范文正公集》。其词善写塞上风光,今存词仅五首。

塞下秋来风景异,①
衡阳雁去无留意。②
四面边声连角起,③
千嶂里,④
长烟落日孤城闭。

浊酒一杯家万里,⑤
燕然未勒归无计。⑥
羌管悠悠霜满地,⑦
人不寐,
将军白发征夫泪。

必读理由

这首词描写塞下孤城、千嶂风烟、四面边声,将主写艳情闲适主题的词扩展于表现军旅生涯,以悲凉苍茫之境体现崇高悲壮之美,是开宋词豪放派先河的名作。

【注释】

① 塞下:边地,此指西北边疆。

② 衡阳:地名,在今湖南省,旧城南有回雁峰,相传秋天大雁至此不再南飞。

③ 边声:边塞的各种悲凉之声,如风声、胡笳声、马嘶声等。角:号角。

④ 嶂:像屏障一样的山峰。

⑤ 浊酒:古代米酒呈乳白色,故称。

⑥ 燕然:山名,在蒙古。勒:刻字于石碑。东汉将军窦宪打败匈奴后曾登燕然山刻石纪功。此句谓尚未建立战功。

⑦ 羌(qiāng):古代西部少数民族。羌管指笛子,因笛子本出于羌,故称。

【赏析】

《渔家傲》是北宋方始流行的词调。北宋边患严重，范仲淹曾出任陕西经略安抚招讨副使兼知延州，守边四年，这首词是他此时所作，表现了这位政治家、军事家率兵守边的气概和建功立业的抱负，反映了边地生活的艰苦和思念家乡的情感。上片写景，描绘边塞秋景与内地不同：秋雁南飞以喻将士思乡之情，边声连角则在荒寒中呈现悲壮，千山环绕中的孤城日暮即禁闭城门，既显边城荒寂又呈戒备森严氛围。下片抒情，抒写将士们卫国思家的复杂心情。端起酒杯就想到家乡，但战功未立、边患未除，无以回家，这就写出将士们既要建战功、又有思家情的复杂心态。羌笛声声，叩击将士们的心扉，秋霜满地，与将军的白发和士兵们的眼泪交映，烘托出作者壮志未酬的悲慨和思乡忧国的情怀。

这首词真实地再现了边地荒寒、守边之苦和思乡之情，真切地传达了作者忧国忧民的报国之志，将一向以写宫闱闺阁、艳情闲情为主的词扩展至边塞风光和军旅生活，与唐代边塞诗意境相类，这就突破了“词为艳科”的窠臼，开辟了新的题材领域。全词意境阔远，声色并作，视觉形象丰富绚丽，听觉形象幽怨悲凉，时空交错变幻，情景相得益彰，情感表达直接、深沉、细致，语言精练，风格悲凉沉郁，为宋代豪放词开了先导。

【延伸阅读】

夜上受降城闻笛

李益

回乐烽前沙似雪，受降城外月如霜。不知何处吹芦管，一夜征人尽望乡。

【点评】

李益(746—829)，唐代诗人。受降城是灵州治所回乐县的别称，唐代是防御突厥、吐蕃的前线。这首诗写白沙、月光、芦笛等边地风景和征人思乡之情，意境浑成，简洁空灵，是中唐绝句名篇，可与前词比照阅读。

苏幕遮(碧云天)

范仲淹

碧云天,
黄叶地,
秋色连波,
波上寒烟翠。
山映斜阳天接水,[1]
芳草无情,[2]
更在斜阳外。

黯乡魂,[3]
追旅思,[4]
夜夜除非、
好梦留人睡。[5]
明月楼高休独倚。
酒入愁肠,
化作相思泪。

> **必读理由**
>
> 这首词抒写乡思旅愁,以铁石心肠人作黯然销魂语,更见深沉婉曲。上片景中寓情,下片直写旅思乡魂。全词以丽语抒写柔情,为词中绝唱。

【注释】

① 此句谓日色映山色,远水接天际。
② 芳草无情:因芳草漫无边际,触动离愁别恨,故云无情。
③ 黯乡魂:思乡令人黯然销魂。
④ 追旅思(sì):羁旅的愁思缠扰心灵,无有休止。
⑤ 好梦:回家团聚之梦。意谓夜夜难寐。

【赏析】

这首词在宋代黄升《唐宋诸贤绝妙词选》中题作“别恨”,《全宋词》则题为“怀旧”。范仲淹词作的总体风格是豪放悲凉,这首词却写得相当婉约。全词写羁旅相思之情,上片写景，从秋空澄碧到满地黄叶再到秋波寒烟，视线由上到下再推远；落日余晖映照寒山，远水接天，绿草漫无边际，触动离人愁绪，色彩秾丽，意境阔远，景中蕴涵了深婉的愁绪。下片抒情，直接点出乡魂旅思，以“黯”“追”“除非”“休”诸语抒写乡情旅思的缠绕不休，又以酒化相思泪作结，柔肠百转千回，缠绵之至。此篇反映了作为一代名臣的范仲淹，在其忧国忧民的阔大胸襟之外，还有其缠绵深婉的情怀。

这首词上片一句一景，从上到下，由近及远；下片句句诉情，梦里梦外，泪酒交迸。词至篇末方点出，上片所见秋景，均为登楼所见，这一“逆挽”手法将上片的丽景和下片的柔情连贯为一个整体，使之成为词中绝唱。词以长天、大地、水波、山脉、明月构建起清秋图的阔远背景，又以碧云、黄叶、翠烟、绿草、落日、明月等意象充盈其间，呈现了一幅色彩明丽、意境阔远的暮秋图景。芳草远伸天际，连接了旅人的思乡之情，是景语与情语交融为一的佳句。“除非好梦”为反言手法，以退为进，其婉约深曲的抒情风格的最佳体现。

【延伸阅读】

西厢记（节选之四）

王实甫

【端正好】碧云天，黄花地，西风紧，北雁南飞。晓来谁染霜林醉？总是离人泪。

【点评】

这支曲子是崔莺莺送别张生时所唱。王实甫化用碧天白云之景，改黄叶为黄花，增西风紧、雁南飞，一句一景，因景生情；又以拟人手法写经霜树叶之红，是离人血泪染就，更将相思泪改成明确的“离人泪”，通过自问自答，使自然景物带上了离人的主观色彩。此曲写离别之苦，点出了此折题旨，较范词更凄切迷离，柔婉动人。

雨霖铃(寒蝉凄切)

柳永

柳永(987? —1053?),原名三变,字耆卿,排行第七,崇安(今福建武夷山市)人,北宋词人。官屯田员外郎。世称柳七、柳屯田。精通音律,善于铺叙,大量制作慢词,推动了宋词的发展。有《乐章集》。

寒蝉凄切,
对长亭晚,①
骤雨初歇。
都门帐饮无绪,②
留恋处,兰舟催发。③
执手相看泪眼,
竟无语凝噎。
念去去、千里烟波,④
暮霭沉沉楚天阔。⑤

多情自古伤离别,
更那堪、冷落清秋节!
今宵酒醒何处?⑥
杨柳岸、晓风残月。
此去经年,⑦
应是良辰好景虚设。
便纵有、千种风情,⑧
更与何人说?

必读理由

这首词倾诉难舍的离愁,抒发了自身遭际的感慨和前途无望的愤懑,层层铺叙,形容尽致,是柳永写别情的名作。

【注释】

① 长亭:路旁亭舍,供行人歇息和送别的地方。
② 都门:原指长安东门,此处指汴京。帐饮:在郊外设帐幕宴饮饯别。
③ 兰舟:船的美称。相传鲁班曾刻木兰树为舟。

④ 去去：越去越远。
⑤ 霭：云气。沉沉：深厚貌。楚天：南天，指古属楚国的长江中下游一带地区。
⑥ 今宵：今天夜里。
⑦ 经年：经过一年或多年。
⑧ 风情：男女相爱之情。

【赏析】

柳永是宋代第一个专业词人，对词体发展有一定贡献。《雨霖铃》是柳永的代表作之一。全词以寒秋为背景，描写难舍的别情，委婉深曲之至。上片实写别景离情。“寒蝉”为所闻，点明别在深秋季节；“长亭”“骤雨”为所见，点明分别的具体地点、时间、气候特征，渲染了凄凉的氛围；“都门”三句写所感，不忍分别又不得不别，情绪低落；“执手”两句进一步刻画不忍分手、泪眼对望的情状；“念”字领起远景，衬托情绪的愈加黯淡。下片设想别后情景。“多情”两句总括上片，点明离别主旨；“今宵”句遥接“帐饮”，拟想别后的孤独凄凉；“此去经年”四句，直写离愁，层层推进，悲情无限。

这首词发乎情而未止乎礼义，坦率直露，全篇不用比兴，直用赋体，铺叙别事离情。词人善于点染结合，如“多情”两句点出离情冷落，“今宵”两句以景语渲染此意，以清景写悲情，达至情景交融的境地，使得“杨柳岸晓风残月”成为婉约词的经典句例。全词以离情为主线，善于转折，如“帐饮”表留恋、情恶、无绪，“催发”表俄延、作别，“执手”乃决意要别，而“凝噎”又是难舍难别。主观不忍离别而客观不得不别构成冲突，转折中使离情别绪的抒发达到极致，而人物的情态、动作、心理都在白描中得到了细致的表现。

【延伸阅读】

沉醉东风·别情

关汉卿

咫尺的天南地北，霎时间月缺花飞。手执着饯行杯，眼阁着别离泪。刚道得声保重将息，痛煞煞教人舍不得。好去者望前程万里！

【点评】

关汉卿(1220? —1300?)，元曲作家。这支散曲亦写别情，略去了分别的时间、地点、环境氛围，借助别时的动作、语言和表情，突出离别瞬间的悲伤，感情真率强烈，口语化的表达增添了真切自然的生活气息。

破阵子(燕子来时)

晏殊

晏殊(991—1055)字同叔,抚州临川(今江西抚州)人,北宋词人。历任集贤殿学士、同平章事兼枢密使、工部尚书、户部尚书等,谥号元献,世称晏元献。名臣范仲淹、韩琦、欧阳修、张先等皆出其门。工诗善文,诗属西昆体,词承南唐余风。有《珠玉词》。

燕子来时新社,①
梨花落后清明。②
池上碧苔三四点,
叶底黄鹂一两声,
日长飞絮轻。③

巧笑东邻女伴,④
采桑径里逢迎。
疑怪昨宵春梦好,
元是今朝斗草赢,⑤
笑从双脸生。

必读理由

这首词描写春天景象,上片写自然景物的美好,下片写邻家少女的妩媚,写活了春天清新而绚丽的生命图景,具有永恒的魅力与价值。

【注释】

① 新社:即春社。古代祭祀土地神以祈丰收,时间在立春后、清明前。
② 梨花句:梨花在清明前后开放。
③ 日长:春天白昼越来越长。
④ 巧笑:美好的笑容。
⑤ 元:即“原”。

【赏析】

这首词在《珠玉词》中,是一首轻快明丽、生动活泼的佳作。词的上片写景,黑色的燕子，雪白的梨花，深暗的碧苔，鲜亮的黄鹂，柔暖的日光，轻盈的飞絮，花落絮飞，五色杂陈，莺歌燕舞，动静相间，写足了清明节前后春光的美好，呈现一派喜悦轻快、秀美绚烂的气象。下片写人，天真稚嫩的邻家少女带着美丽的笑靥相逢于桑林田间，女伴们兴高采烈地玩起斗草的游戏，词中女主人公获得了胜利，忽然想起昨夜的梦境那么美好，恍然而悟，原来是今朝获赢的好兆头，于是美丽的笑容绽放在脸上，显得更加娇媚动人。

词人体物精细，景物呈现季节特征，燕子、梨花、碧苔、飞絮、斗草、采桑等物与事，均为清明节前后的特征性物候，细致的描摹为人物活动提供了恰切的时令背景。词作写人，既有形貌笑容的特写镜头，又有心理活动的细微描绘，表现了古时春天里的少女的纯洁天真和甜美可爱，洋溢着浓郁的生活气息和青春魅力。全词纯用白描，朴素自然，场面轻快，用典无痕，音节嘹亮，意象丰富优美，景美、人美、情更美，构成了清新活泼的意境，成为婉约词的名篇。

【延伸阅读】

临江仙·斗草

晏几道

斗草阶前初见，穿针楼上曾逢。罗裙香露玉钗风。靓妆眉沁绿，羞脸粉生红。　　流水便随春远，行云终与谁同？酒醒长恨锦屏空。相寻梦里路，飞雨落花中。

【点评】

晏几道(1038—1110)，北宋词人，晏殊之子。这首词写与一女子初识、交往和分别的经历。斗草多在春日，穿针则在七夕乞巧之时，故两人初识在春，重逢于夏。女子罗裙沾露、玉钗迎风，眉际沁出翠黛，粉脸漾着娇红，两人情意暗生。然华年似水，伊人亦如行云，不知流向何处，只得向梦里寻觅她的踪迹。这首词含蓄婉转，将凄楚缠绵的情思表露得贴切而自然。

生查子·元夕

欧阳修

欧阳修(1007—1072),字永叔,号醉翁,又号六一居士。吉州永丰(今属江西)人。谥号文忠,世称欧阳文忠公。北宋时期政治家、文学家、史学家和诗人,北宋诗文革新运动的领导者,“唐宋八大家”之一。与宋祁合修《新唐书》,独撰《新五代史》。有《欧阳文忠公文集》。

去年元夜时,[①]
花市灯如昼,
月上柳梢头,
人约黄昏后。

今年元夜时,
月与灯依旧。
不见去年人,
泪满春衫袖。

必读理由

这首词选择元宵节观灯这一特别的时间和场合,来抒发物是人非、旧情难续的哀伤,明白浅近,传达了普遍性的情感体验,堪称经典。

【注释】

① 元夜:正月十五,即元宵节,又称上元节,唐宋以来有观灯习俗。

【赏析】

《生查子》是词牌名,原为唐教坊曲,其名来自汉朝张骞乘槎去天河的传说。元夕是中国传统的上元节,唐宋时有观灯习俗,给青年男女提供了相见相知的机会,故也可视作民间的情人节。这首词以元宵灯节为叙事抒情的背景,写出恋人相会的喜悦和情感不永的哀伤。上片写昔:去年此时元宵节的夜晚,花灯齐燃,街市亮如白昼,一对相恋的男女避开辉煌的灯市去往幽静的月下柳边约会。下片写今:节令和氛围重复了去年的模式,然这对恋人中只剩下一个,形孤影单,寻觅曾到过的地方,回忆曾有过的甜蜜,触景伤情,不禁悲从中来,泪湿衫袖。

这首词运用对比的手法,上片写去年元夕,下片写今年元夕,佳节同一,景象依旧,去年是约会的甜蜜,今年却是失恋的痛苦,不独今昔对比,外面世界的热闹欢乐与内心感情的孤独哀伤也构成强烈的对比,虽不言痛,其痛自见。上片写昔下片写今,元夜、灯、月、人等意象复置,用词重叠,形成文义并列、对应描写的复沓式结构,兼之用语浅近明快,言浅意深,有似民歌,诵读起来有乐歌的旋律美。这首词也成为作者脍炙人口的名篇之一。

【延伸阅读】

题都城南庄

崔护

去年今日此门中,人面桃花相映红。人面不知何处去,桃花依旧笑春风。

【点评】

崔护,唐代诗人。首句点时间、地点、次句写人,桃花娇艳与少女的娇美相映,其青春靓丽如在目前,其欢快喜悦可思而得之。三四句写今年今日,桃花依旧,人面不见,同中有异,续中有断,对比映照中令人倍感失落和哀伤。偶遇时不经意,待有意追寻时已不可复得:这是这首诗所要表达的普遍性人生体验。

念奴娇·赤壁怀古

苏轼

苏轼(1037—1101),字子瞻,号东坡居士。眉山(今属四川)人。曾知密州、湖州、杭州等地,官至礼部尚书。卒谥文忠。宋代文学家,诗、词、文皆独步一时,散文与欧阳修并称“欧苏”,诗与黄庭坚并称“苏黄”,词与辛弃疾并称“苏辛”。有《苏东坡集》《东坡乐府》。

必读理由

这首词借咏叹三国英雄建功立业的往事抒发自己的怀抱,塑造了雄姿英发的周瑜形象,全篇洋溢着豪迈旷达的精神气魄,是词史上的名篇。

大江东去,
浪淘尽,
千古风流人物。
故垒西边,[①]
人道是,
三国周郎赤壁。[②]
乱石穿空,[③]
惊涛拍岸,
卷起千堆雪。[④]
江山如画,
一时多少豪杰。

遥想公瑾当年,[⑤]
小乔初嫁了,[⑥]
雄姿英发。
羽扇纶巾,[⑦]
谈笑间,
樯橹灰飞烟灭。[⑧]
故国神游,
多情应笑我,
早生华发。[⑨]
人生如梦,

一樽还酹江月。[10]

【注释】

① 故垒:旧时营垒。

② 周郎:周瑜24岁时担任中郎将,时人皆呼为周郎。赤壁与周瑜有关,故云“周郎赤壁”;赤壁在何处有多种说法,苏轼所游乃黄州赤壁,故云“人道是”。

③ 乱石:陡峭不平的石壁。穿空:穿插入云。

④ 雪:形容浪花。

⑤ 公瑾:周瑜字公瑾。

⑥ 小乔:周瑜之妻。

⑦ 羽扇:白色鸟羽制成的扇。纶(guān)巾:青丝制成的头巾。武将不披甲胄而以文人打扮,以示儒雅。

⑧ 樯(qiáng)橹:借指曹操的战船,被周瑜以火攻计烧毁。

⑨ 华发:白发。华,即“花”。

⑩ 樽(zūn):盛酒器,泛指杯盏。酹(lèi):以酒浇地祭奠。

【赏析】

《念奴娇》是词牌名,又名《百字令》,后人推崇苏轼这首词,又以《酹江月》作为它的代名。这首词是宋神宗元丰五年苏轼谪居黄州游赤壁时所写。上片写赤壁景物,从大江着笔,以“浪淘尽”融合了不尽大江与千古英雄,构建了恒久阔远的时空背景,笔力雄健,境界开阔,为全词奠定了豪迈的基调。“故垒”三句点出此处是传说中的古赤壁战场,并为下片怀人预伏笔墨。“乱石”三句运用夸张手法集中笔墨描写赤壁胜景:陡峭的山崖高耸入云,汹涌的江涛拍击江岸,江流卷起千堆雪浪。“江山如画”两句总括景象,由写景转为怀人。下片写历史英雄。“遥想”两字领起五句,赞美青年儒将周瑜在赤壁建立的功绩。先以“小乔初嫁”细节穿插,烘托周瑜的飒爽英姿和卓越才干,又以其文士装束凸显其儒雅从容的气质风度,接以火攻水战的历史特征,精准地概括了整场战争及其硕果。“多情”两句感慨自己的身世,表达生命有限、人生无常而功业未就、年华虚掷的悲叹。末两句慨叹人生,借酒抒情,思接古今,归结临江怀古的主题。

这首词以奔流不息的长江和赤壁大战的场景入词,并以洗练的笔墨刻画了历史英雄周瑜的勃发英姿,写景抒情与怀古怀人融为一体,意境开阔,气象磅礴,格调雄浑,蕴涵了作者有志报国、壮志难酬的悲慨,代表了苏词的独特风貌。词人善于烘托渲染,概写大江,细绘赤壁;虚写众多豪杰,实写三国周瑜;又从形貌情态、婚姻生活、英雄业绩等角度烘染其人,突出其年轻英俊、春风得意、指挥若定、胆略非凡,使人物形象鲜明突出,立体感强。全词诵读起来气势豪迈,音律铿锵,有胸襟壮阔、雄视千古之感。

【延伸阅读】

永遇乐(千古江山)

辛弃疾

千古江山,英雄无觅孙仲谋处。舞榭歌台,风流总被雨打风吹去。斜阳草树,寻常巷陌,人道寄奴曾住。想当年,金戈铁马,气吞万里如虎。　　元嘉草草,封狼居胥,赢得仓皇北顾。四十三年,望中犹记,烽火扬州路。可堪回首,佛狸祠下,一片神鸦社鼓。凭谁问:廉颇老矣,尚能饭否?

【点评】

这首词是辛弃疾晚年最重要的作品。词借咏史以言现实,上片从江山而人物,以曾称雄江左的孙权提起全篇,转入曾北定中原的刘裕,表达对历史英雄的赞颂;下片从刘义隆草率致北伐失败,转至以廉颇自拟,表达自己的报国雄心。全词借古言今,怀古与议今相结合,用典贴切,气势博大,风格悲壮沉郁,是豪放词派的代表作之一。

水调歌头(明月几时有)

苏轼

明月几时有?
把酒问青天。
不知天上宫阙,
今夕是何年。
我欲乘风归去,
惟恐琼楼玉宇,①
高处不胜寒。②
起舞弄清影,③
何似在人间!④

转朱阁,⑤
低绮户,⑥
照无眠。⑦
不应有恨,
何事长向别时圆?
人有悲欢离合,
月有阴晴圆缺,
此事古难全。
但愿人长久,
千里共婵娟。⑧

必读理由

这首词为词人中秋夜大醉后怀想弟弟子由而作。全词伤感离别,却以达观处之,情感奔腾起伏,风格健朗豁达,睿智而又悲怆,是古今中秋词的绝唱。

【注释】

① 琼楼玉宇:指月中宫殿。
② 高处不胜寒:月宫又称广寒宫,故云。
③ 起舞:月下起舞,清影随人。弄:赏玩。

③ 何似:哪像。
⑤ 转朱阁:谓月光照遍华美的楼阁。
⑥ 低绮户:谓月光低低地照进彩绘雕花的门户。
⑦ 照无眠:谓月光照着无法入眠的人儿。
⑧ 婵娟:指代明月或月光。

【赏析】

这首词作于宋神宗熙宁九年(1076),苏轼因与王安石政见不合,自求外放,因知密州。词前小序云:“丙辰中秋,欢饮达旦,大醉,作此篇,兼怀子由。”故此可知,这首词是中秋夜因怀念七年未见的胞弟苏辙而作。这是一首将自然美景与人生哲思高度融合的佳作。词人用“天问”式开篇,把酒问天,明月几时有? 李白曾问:“青天有月来几时? 我今停杯一问之。”苏轼化用此句,似在追问宇宙的起源,又似与青天为友,心情更为迫切,语气更含惊赞。词人进一步想象月宫的岁月,表露了欲乘风登仙的思想,继而又转为对人间生活的热爱,在出世与入世的矛盾中表现出情感的起伏与转折。下片由月圆想到人间离别。月光不停移动,照着因离别而无眠的人儿,月亮本不应该有什么怨恨,却偏偏在人们别离的时候才圆? 对月圆的责难衬托出对胞弟的思念,含蓄表达了天下离人的共同情怀。“人有”三句代月回答,从人月对立转为人月融合,蕴涵深刻的人生哲理,境界跳脱豁达。最后表达自慰和共勉:亲人虽然远隔千里,不能朝夕相伴,却能因精神的契合而息息相通。

这首词构思奇绝,上片纵写天上人间、主观客观,下片横叙同时异地、人月与共,风格飘逸,境界超拔。全词设景清新阔远,以咏月为中心,叙写了登仙归去和起舞人间的生存矛盾,也表达了面对人生憾恨时的旷达乐观态度,同时发出异地同心的美好愿望。这首词发端奇逸,音律和谐,气韵生动流畅,语言如行云流水一般空灵蕴藉,读来句句皆佳,不愧为中国文学史的名篇。

【延伸阅读】

月夜忆舍弟

杜甫

戍鼓断人行,边雁一秋声。露从今夜白，月是故乡明。有弟皆分散，无家问死生。寄书长不达，况乃未休兵。

【点评】

这首诗是759年秋杜甫在秦州所作。首联借所见所闻，写出战事频仍、道路阻隔的时代特征；颔联点题，以幻作真，传达了感怀故乡的微妙心理；颈联概括了安史之乱中人民经受战乱荼毒的普遍遭遇；尾联进一步抒发乱世离情，含蓄蕴藉。全诗层次井然，首尾应合，承转圆熟，语句矫健，堪见匠心。

卜算子(我住长江头)

李之仪

李之仪(1038—1117),字端叔,号姑溪居士、姑溪老农,沧州无棣(今属山东)人。曾从苏轼于定州幕府,朝夕酬唱。后迁枢密院编修官。擅长作词,以小令见长,另以尺牍擅名,亦能诗。有《姑溪词》。

我住长江头,
君住长江尾。
日日思君不见君,
共饮长江水。

此水几时休?
此恨何时已?
只愿君心似我心,
定不负相思意。

必读理由

这首词写出了两地阻隔、一水系之的永恒爱恋,构思精巧,明白如话,深得民歌风致,是情语佳篇。

【赏析】

这首小令仅45个字,浅近如话,语短情长。全词以长江水起兴,抒写男女相思之情。上片以“我”与“君”对起,一在江头、一在江尾,显见两人空间距离的悬隔,暗示了相逢之艰难、相思之悠长。“日日思君”表明相恋之深挚持久,“不见君”又包含多少憾恨焦虑;“共饮”乃是自我解慰:两处相思,一水贯通;既然共饮一江水,则两心必会息息相通。这是借水寓情,融情于水,跌宕起伏间,深情自见。下片仍承绪长江水,水无休时,相思自然也无休时;相思不断而又不能相逢,则憾恨也必会时时而在,故恨亦无休时。“几时休”“何时已”的问句,增加了无休无止的力度与强度。“只愿君心似我心,定不负相思意”两句乃是对恋人的期望,君心与我心等同,则单方的相思悄然变为双方的期许,无休无已的别恨也就幻化为永恒的爱恋与期待。这就升华了被地理空间阻隔的爱情,双方的心灵得到了慰藉和滋润。

全词以长江水为抒情线索,构思新巧,水既是阻隔恋人的天然屏障,也是遥寄相思的自然纽带;既是离愁别恨的触发物,又是相恋相期的见证物。全词句句写情,层层递进,语言明白,感情率真,风格质朴清新而又含蓄婉曲,诚为小令精华。

【延伸阅读】

我是一条小河

冯至

我是一条小河,
我无心由你的身边绕过——
你无心把你彩霞般的影儿
投入了我软软的柔波。

我流过一座森林——
柔波便荡荡地
把那些碧绿的叶影儿
裁减成你的裙裳。

我流过一座花丛——
柔波便粼粼地
把那些凄艳的花影儿
编织成你的花冠。

无奈呀,我终于流入了
流入那无情的大海——
海上的风又厉,浪又狂,
吹折了花冠,击碎了裙裳!

我也随了海潮漂漾,
漂漾到无边的地方——
你那彩霞般的影儿,
竟也同幻散了的彩霞一样!

1925年

【点评】

冯至(1905—1993),现代诗人,1923年参加创立"浅草社",以其幽婉动人的《昨日之歌》《十四行集》被鲁迅誉为"中国最杰出的抒情诗人"。这首诗采用拟物手法,将"我"比作柔波荡漾的小河,以小河流过森林和花丛、流入大海的历程为抒情线索,借小河与影儿之间的天然联系,写出青年男女之间从无心邂逅到萌发情意、一往情深再到无奈受挫的过程,色调凄艳,音律活泼,情韵缱绻,哀怨中见出执着。

一剪梅(红藕香残)

李清照

李清照(1084—1151),号易安居士,济南人。工诗能文,词的成就最高,是宋词婉约派大家,善以寻常语入词,格调凄婉悲怆,号为“易安体”。有《易安居士文集》等传世。

红藕香残玉簟秋。①
轻解罗裳,
独上兰舟。
云中谁寄锦书来?②
雁字回时,③
月满西楼。

花自飘零水自流。
一种相思,
两处闲愁。
此情无计可消除,
才下眉头,
却上心头。

必读理由

这首词以清新的格调、女性的视角抒写相思之情,不落俗套,语言浅俗而又工巧,是宋词中的别情佳作。

【注释】

① 玉簟(diàn):竹席的美称。
② 锦书:书信。
③ 雁字:雁行。鸿雁飞行常排列成行,有似字形。

【赏析】

李清照与文夫赵明诚婚后感情融洽,家中文学氛围浓厚。所以一有离别,便会有刻骨相思。这首词即是李清照抒写两地相思之情的名篇。“红藕香残”写户外秋景,是客观存在,"玉簟秋"写室内凉意,是词人感受,首句从主观和客观两个角度,既表明离别的时节与季候特征,又渲染了清冷幽凉的氛围。罗裳轻换传其轻捷姿态,兰舟独驾写其解愁途径。月明之时独处楼头,盼望远方书信随雁行飞回,词人借事抒情,不直接言相思之情而相思之情自见;秋雁翔空,月移西楼,景美,愁重,情深。下片依此思路展开。花飘水流,遥应红藕香残、独上兰舟,即是写景,又是起兴:丈夫远行,如流水悠悠,青春易老如花飘零。以下独白式抒情,由己推人,言两地一心,都经受相思的煎熬,情已成愁,足见两心相印之深。这种相思闲愁究竟到何程度?它无法消除,绕过了眉头,又浮上了心头,女主人公无时无刻不在愁情的包围当中。

这首词主要抒写思念丈夫的深情。宋词中有很多作品均以相思为题材,而这首词在艺术上显示了它的独到之处。词中所表达的相思之情既缠绵深沉又心心相印,句式多对应同构,流溢着对丈夫的信任与爱恋,与常有的思妇或怨妇之情大异其趣。词人抒发爱情清纯而率真,语言浅近清新,明白晓畅,偶句既精巧又浅白,见出词人以臻化境的艺术表现力,读来音律和谐,朗朗上口,回味无穷。

【延伸阅读】

等待

蔡其矫

我的心像风筝断线在天涯
眼睛里裹着忧思，当你不来

我数着阴雨和晴天
遇风起风落就猜
阳光、燕子、行人
都是我所期待，当你不来

我做梦：红叶，烟花，茶花
于幽暗的室内，都在
对你的缅怀呵
当你不来

【点评】

这首诗主题是"等待",诗人以断线风筝比喻相思的无所着落,将阳光的移射、燕子的飞行、行人的足音当作"你"将归来的预兆，红叶、烟花、茶花预示季节的更替变换，也是相思之夜情感的幻化。诗作借助一系列优美的意象表达了对爱情的信念和期待，折射出执着坚定的人生态度。

渔家傲(天接云涛)

李清照

天接云涛连晓雾,
星河欲转千帆舞。①
仿佛梦魂归帝所,②
闻天语,殷勤问我归何处?

我报路长嗟日暮,③
学诗谩有惊人句。
九万里风鹏正举。④
风休住,蓬舟吹取三山去。⑤

必读理由

这首词写梦中与天帝的对答,境界阔大,气势磅礴,无一丝粉钗气,是婉约词宗李清照的豪放词名作。

【注释】

① 云涛:如波涛起伏的云。星河:天河。转:拂晓前天河西移。
② 帝所:天帝的居处,天宫。
③ 路长:路远不能到达。日暮:喻岁月无多。
④ 举:高飞,飞扬。
⑤ 蓬舟:轻如蓬草的小舟。三山:传说中的蓬莱、方丈、瀛洲三座仙山。

【赏析】

这首词当是李清照南渡后的作品。词另题曰“记梦”。上片首句写拂晓前天幕四垂、云涛汹涌、雾岚弥漫的景象,次句写天河渐往西移,星光闪烁,仿佛千帆竞发之势。开篇境界阔远壮丽,动词“转”“舞”传神地描摹了梦境中天空气象的奇幻感。“仿佛”写梦中感觉,身归天帝处,又闻天帝关切的询问,简洁而深挚,蕴涵着女词人对未来人生的期待与憧憬。下片以“报”字连接帝我交流,“路长日暮”反映了词人晚年的孤独心境,也概括了“路漫漫其修远兮,吾将上下而求索”的坚顽意念;“谩有”意谓空有满腹才情,却不遇知音,只能向天帝倾诉苦衷了。末三句仍借幻想意境抒发自我情志:大鹏乘风飞举,扶摇而上九万里,希望这劲风能将所坐的蓬舟吹往海外仙山去寻找归宿。

词人将美好的理想寄寓于虚无缥缈的梦境与仙境,表达了对生命价值的追求和肯定。

词作想象大胆奇特,描绘的意境壮阔辽远,云涛、晓雾、星河、千帆等意象组构了奇丽的天界风光;天帝形象亲切温和,人情味足,我之梦魂则恳切率真,款款倾诉。整首词大气磅礴,笔力雄健,语句流畅,一气贯注,且用典自然含蓄,增加了表现力度。词人本为婉约派词宗,但这首词却兼有放浪恣肆和沉郁顿挫两种元素,表现出独到的豪放风格,显示了女词人出众的艺术功力。

【延伸阅读】

帆

莱蒙托夫

在那大海上淡蓝色的云雾里,
有一片孤帆儿在闪耀着白光!
它寻求什么,在遥远的异地?
它抛下什么,在可爱的故乡?

波涛在汹涌——海风在呼啸,
桅杆弓起了腰在轧轧地作响……
唉!它不是在寻求什么幸福,
也不是逃避幸福而奔向他方!

下面是比蓝天还清澄的碧波,
上面是金黄色灿烂的阳光……
而它,不安的,在祈求风暴,
仿佛在风暴中才有着安祥!

【点评】

莱蒙托夫(1814—1841),俄国诗人。这首诗是一首哲理抒情诗,是其代表作。诗中“帆”的意象是诗人孤独骄傲的精神的象征,帆对自由的寻求也是诗人的内心向往。三段结构相似,均为一二句写景,三四句抒情,海上云雾、孤帆、海风、碧波、金色阳光等意象的组合,构成了浩荡明丽的画面,同时又有其象征意涵,读来感觉辽远深沉。

满江红(怒发冲冠)

岳飞

岳飞(1103—1142),字鹏举,相川汤阴(今属河南)人。南宋抗金名将。官至枢密副使,封武昌郡开国公。孝宗时追谥武穆,宁宗时追封鄂王,理宗时改谥忠武。《宋史》有传。明徐阶编《岳武穆遗文》一卷。词存三首。

怒发冲冠,①
凭栏处、潇潇雨歇。
抬望眼,②
仰天长啸,
壮怀激烈。
三十功名尘与土,③
八千里路云和月。④
莫等闲、白了少年头,⑤
空悲切。

靖康耻,⑥
犹未雪。
臣子恨,
何时灭。
驾长车踏破、贺兰山缺。⑦
壮志饥餐胡虏肉,⑧
笑谈渴饮匈奴血。⑨
待从头、收拾旧山河,
朝天阙。⑩

必读理由

这首词痛恨国耻,渴望为国立功,表达了作者反对民族压迫的历史情怀,言辞慷慨激烈,是千古传诵的爱国名篇。

【注释】

① 怒发冲冠:头发直竖,顶起帽子。形容盛怒。
② 抬望眼:抬头远望。

③　三十功名尘与土：已年过三十，功名还如尘土一般微小。

④　八千里路云和月：转战八千里，徒有云月伴随而无功业。

⑤　莫等闲句：不要轻易就虚掷了青年时期的大好时光。

⑥　靖康耻：指宋钦宗靖康二年金兵攻破汴京，北宋国亡之耻。

⑦　长车：兵车。贺兰山：在今宁夏回族自治区西北境，宋时属西夏。此处借指金人所在地。缺：险要的关隘。

⑧　胡虏：对女真族侵略者的蔑称。胡：古时对北方、西方少数民族的泛称。

⑨　匈奴：古代北方少数民族之一，此处指女真贵族统治者。

⑩　天阙：帝王宫阙所在，指帝京。朝天阙：谓收复山河，以朝汴京。

【赏析】

宋绍兴六年(1136)，岳飞率军北上，直逼北宋故都汴京，大有一举收复失地、洗雪国耻之势。一心议和的宋高宗却命岳飞班师。岳飞痛感坐失良机，悲愤交加而作这首词。上片抒写作者渴望为国建功的迫切心情。开头写景叙事，在潇潇大雨停歇时，他登楼倚栏，遥望远方有待收复的山河，悲愤的情绪无法抑制，仰天放声长啸。数句壮怀激越，气盖山河。时值青壮年的岳飞，正是有所作为之时，转战南北都在为收复中原而热血奋搏，与偏安一隅、虚掷年华的议和派形成了鲜明的对比。此数句笔力雄健，掷地有声。下片直吐壮怀，外族入侵的国耻深仇，忠贞报国的臣子之心，借助简短的三字句喷薄而出，铿锵有力。不仅如此，他还要率军长驱西北，直捣黄龙，这就更显示了岳飞的将帅气度和军事谋略。“壮志”一联合掌，淋漓尽致地表达了岳飞要收复失地、彻底杀败侵略者的决心。末两句表示，等到胜利的那天，一定会去旧都汴京报捷，碧血丹心，倾自肺腑。

这首词以具体生动的形象表达了作者精忠报国的情怀和建功立业的壮志，胸襟阔远豪迈，情感悲愤激烈，情词并茂。语言铿锵有力，用典熨帖，偶句精工。全词以雷贯火燃之势一气贯通，凝聚着激奋人心、鼓舞人们杀敌上战场的精神力量，一向广为传诵，具有深远的社会影响，是古代爱国诗歌的经典篇章。

【延伸阅读】

假使我们不去打仗

田间

假使我们不去打仗，
敌人用刺刀
杀死了我们，

还要用手指着我们骨头说：
“看，
这是奴隶！”

【点评】

田间(1916—1985)，现代诗人，安徽无为人。这首诗是其代表作，作于1938年。篇幅短小精悍，却短促有力，是鼓点式的短行诗，极具震撼人心的力量，在中国现代诗歌史上占有重要的地位。

念奴娇(洞庭青草)

张孝祥

张孝祥(1132—1169),字安国,别号于湖居士,历阳乌江(今安徽省和县)人。南宋词人,书法家。出生于明州鄞县,少年时迁居芜湖。历任秘书郎、著作郎、集英殿修撰、中书舍人等职。有《于湖居士文集》《于湖词》传世。

洞庭青草,[1]
近中秋、更无一点风色。
玉鉴琼田三万顷,[2]
着我扁舟一叶。
素月分辉,
明河共影,
表里俱澄澈。
悠然心会,
妙处难与君说。

应念岭海经年,[3]
孤光自照,
肝胆皆冰雪。[4]
短发萧骚襟袖冷,[5]
稳泛沧浪空阔。[6]
尽挹西江,[7]
细斟北斗,[8]
万象为宾客。[9]
扣舷独啸,
不知今夕何夕![10]

必读理由

这首词借景抒情,物我映带,表现出词人阔大的胸襟与高远的气度,意境清空高旷,音律奇峭振拔,是古代中秋词的名作。

【注释】

① 洞庭、青草:均湖名。洞庭湖在湖南岳阳西边,青草湖在洞庭湖南。
② 玉鉴:玉镜。琼:美玉。此处均指月光下皎洁的湖水
③ 岭海:两广地界,因北有五岭,南有南海,故名。
④ 肝胆冰雪:谓心地光明磊落,冰清玉洁。
⑤ 短发萧骚:头发短而稀少。
⑥ 沧浪(láng):青苍色的水。
⑦ 尽挹(yì):吸尽。挹:用勺子舀水。西江:西来的大江。
⑧ 细斟:浅斟低酌。此句谓将北斗作酒斗取饮。
⑨ 万象:天地万物。谓以万物为宾客,与之共饮。
⑩ 不知句:用赞叹语表示今夜是良夜。

【赏析】

这首词为宋孝宗乾道元年(1166),张孝祥任广南西路经略安抚使,次年落职由桂林北归,赴湖南途中经过洞庭湖时所作。词的上片描写洞庭湖夜空皎洁、湖面澄澈的寥廓风光。开头即写地点、时间、风止波静的气象,“玉鉴”两句总括皎洁月光的如玉般光亮平滑的洞庭湖面和人物的诗意行迹,万顷碧波,扁舟一叶,平远阔大的境界是词人旷远宁静襟怀的写照。“素月”三句分写圆月、星河与湖面彼此映照、上下澄明、湖天一色的美景,词人心胸也如这明月与碧波一样内外澄澈。下面自然得出人与自然融为一体、彼此相得的妙谛,无法言传,只可意会。下片借景抒情,“应念”三句承上启下,追述岭海为官一年的经历,表明自己光风霁月、坦荡无私的胸怀。“短发”二句谓两袖清风,头发短稀,仍不以为意,平静地泛舟湖面,这是对自己磊落襟抱的进一步抒写。“尽挹”三句想象奇特,以我为主而万物为宾,以北斗为器,舀长江之水,与天地万物尽情对饮,胸襟阔大,气象高远。末两句写扣舷而歌,愉悦之极,表现出对宇宙奥秘、人生哲理的深刻体悟。

张孝祥是南宋豪放词派的代表人物之一。这首词上片写景,景中寓情;下片抒情,境界高远。此前文学史上关于洞庭的吟唱,多半借景浇愁,或感慨时事,缅怀先人,这首词却通过澄明空阔景象的描绘,展现其高洁的人格和阔大的气度,因而给读者以精神的激励和积极的艺术感染。全词景中含情,情因物感,悠然入妙,在写景抒情、物我映带的同时,还蕴含着人生理趣的感悟与升华;尤其是想象奇特,比喻自然精妙,意境清空高远,音律亦奇峭和谐,明显高于一般的情景交融之作,堪与苏轼的《水调歌头》相媲美。

【延伸阅读】

把酒问月

李白

青天有月来几时？我今停杯一问之。人攀明月不可得，月行却与人相随。皎如飞镜临丹阙，绿烟灭尽清辉发。但见宵从海上来，宁知晓向云间没？白兔捣药秋复春，嫦娥孤栖与谁邻？今人不见古时月，今月曾经照古人。古人今人若流水，共看明月皆如此。唯愿当歌对酒时，月光长照金樽里。

【点评】

这是李白应友人之请而作的一首咏月抒怀诗。诗作从酒到月，又从月归到酒，从空间和时间两个角度描写月的明澈与恒久，在海天景象的描绘和神话传说的点染中，写出月亮美好而神秘、高洁而永恒的形象，抒发了世事推移、人生短暂的感慨，展示了诗人孤高清洁、飘逸洒脱的性格。全诗四句一转韵，抑扬顿挫，音律和谐，读来一气贯通，浑然天成。

书　愤

陆游

陆游(1125—1210),字务观,号放翁,越州山阴(今浙江绍兴)人。历任枢密院编修官兼编类圣政所检讨官、通判、安抚使、参议官、知州等职。南宋著名爱国诗人,生平作诗近万首。词和散文成就亦高。有《剑南诗稿》《渭南文集》等数十个文集存世。

早岁那知世事艰,①
中原北望气如山。
楼船夜雪瓜洲渡,②
铁马秋风大散关。③
塞上长城空自许,④
镜中衰鬓已先斑!
出师一表真名世,⑤
千载谁堪伯仲间!⑥

必读理由

这首诗追述壮岁情怀,自伤迟暮,感慨世事多艰,表明恢复中原、追比孔明的意愿,风格雄放而豪迈,是历代广为传诵的名篇。

【注释】

① 世事艰:指恢复中原之事不断遭到投降派的阻挠和破坏。

② 楼船:高大的战舰。瓜洲:瓜洲镇,在今镇江南边,是当时的江防要地。此句记载了宋高宗绍兴三十一年十一月宋将与金兵在瓜洲一带对抗作战的史实。

③ 铁马:披铁甲的战马。大散关:在今陕西省宝鸡市西南,是当时南宋的西部边界。此句概括陆游曾在大散关一带协助四川宣抚使王炎与金兵交战的一段经历。

④ 塞上长城:南朝刘宋名将檀道济曾自许“万里长城”,此处作者自比能抵御入侵之敌的万里长城。

⑤ 出师一表:诸葛亮曾在蜀汉后主时代出兵伐魏前,撰《出师表》表示为国鞠躬尽瘁的决心。此处作者表明自己恢复中原的意愿。名世:名传后世。

⑥ 伯仲:原指兄弟之间长幼次序,此处意谓相提并论、并驾齐驱。

【赏析】

这首诗作于宋孝宗淳熙十三年(1186)春,作者已62岁,以朝奉大夫、权知严州军州事起用。故诗作内容兼含追怀往事和立誓报国之意。诗的前四句叙事,后四句抒情。首句是历尽艰辛之后追忆早岁壮志时的深沉感慨,后三句则紧承首句,追叙自己青壮年时曾经有过的满腔豪情与历史壮举,以激昂铿锵的语句,描绘了一个横戈跃马、剑气冲天的儒将形象。五六两句陡然转折,慨叹壮岁曾自许长城,不料愿望无法达成,如今已鬓白迟暮,情何以堪,在今昔对比中传达出对世事维艰、壮志难酬的沉痛与悲愤。末两句赞扬诸葛亮收复中原的决心与才干,表达了诗人老骥伏枥,壮心不已,要效法诸葛亮鞠躬尽瘁、报效国家的意愿。

这首诗是陆游的七律名篇之一。全诗十分突出地运用了对比手法,诗人的今昔对比,古之诸葛亮与当朝权臣的对比,借此抒发了诗人大起大落的感情,突出了理想与现实的矛盾。颔联用语精妙,十四个字没有一个动词或虚词关联,全用名词衔接而成,也是六个意象的自然组合,画面丰富连贯,风格豪迈劲切,形象勇武激越。全诗感情景仰与痛恨交织,自豪与沉郁相融,跌宕起伏,气韵沉雄。

【延伸阅读】

破阵子(醉里挑灯)

辛弃疾

醉里挑灯看剑,梦回吹角连营。八百里分麾下炙,五十弦翻塞外声,沙场秋点兵。　　马作的卢飞快,弓如霹雳弦惊。了却君王天下事,赢得生前身后名。可怜白发生!

【点评】

这首词是作者为挚友陈亮所作。词人追忆当年抗金义军的军旅生涯,将军营、犒兵、军乐、阅兵、战马、弓弦等景与物组合成一幅丰富多彩的画面,写出了拳拳的爱国之心和威武的勇士之气,将忠君报国、建功立业的渴望推向抒情的顶峰。结句回到现实,以实笔表达壮志难酬、白发已生的悲愤。全词用典精当,不着痕迹,气势雄放。

钗头凤(红酥手)

陆游

红酥手,①
黄縢酒,②
满城春色宫墙柳。③
东风恶,④
欢情薄。
一杯愁绪,
几年离索。⑤
错,错,错!

春如旧,
人空瘦,
泪痕红浥鲛绡透。⑥
桃花落,
闲池阁。
山盟虽在,⑦
锦书难托。
莫,莫,莫!⑧

必读理由

这首词写于陆游与妻子唐婉乍离初遇之时,抒发了痛苦矛盾的情思,是爱情被礼教吞噬之后的悲歌,具备深厚的思想性和艺术感染力,亦千古名篇。

【注释】

① 红酥手:形容手的红润白皙。
② 黄縢酒:用黄纸封口的酒,是当时的官酒。縢:封缄。
③ 宫墙柳:宫墙旁边的柳树。绍兴曾为宋高宗行都,故称宫墙。
④ 东风:暗喻自己母亲。恶:猛。
⑤ 离索:离群索居;离散。
⑥ 鲛绡:传说中鲛人所织的丝绢,泛指手帕。
⑦ 山盟:海誓山盟。
⑧ 莫莫莫:犹言“罢!罢!罢!”意谓无可奈何,只得罢休。

【赏析】

据宋人笔记记载，陆游与妻子唐婉琴瑟和谐，然唐婉不得陆母欢心，两人被迫分开。后来陆游春日游沈园，唐婉得悉，遣人送黄封酒和果馔以慰。陆游感慨不已，遂作这首词。唐婉亦作词以和，不久抑郁而终。这首词记述了两人的这次相遇，传达了相思眷恋与悲苦愁怨交织的心情。上片追忆往事，先叙写昔日两人携手共游的欢乐，在人与景之特征性细节的撷取中，渲染了春色之美和唐婉的容颜性格之美；继以“东风恶”转折，点明由家长意志导致的夫妻分离之苦，激愤的感情无可遏制地倾泻而出。美满的姻缘被礼教的恶势力毁灭，几年的离散生活让双方都深受折磨，痛苦不堪，情思难抑，只得悲叹：一切都是错！下片描写重逢，呼应开头，春天的景象依然美好，但饱受分离之苦的人儿却憔悴不堪，没有了往日娇艳的颜容，泪痕湿透丝帕，心情也如桃花飘落一般低沉，旧情虽在，却难通情愫，欲说还休，只能随它去了。

这首词以春色为主要背景，抒写琴瑟失音的愁苦。上片追昔，下片抚今，而以“东风”转折，以“春如旧”呼应“满城春色”，以“桃花落”呼应“东风恶”，将不同时段内同一空间背景中的情事与场景叠印对照，又以“人空瘦”对比“红酥手”，越发显示分离之后双方的凄楚与悲凉，也就越显礼教的无情和可憎。全词内容与形式完美配合，句式短促，通篇仄韵，上下片分别用三叠词结句，造成断续哽咽、声情凄楚的音律，有恸不忍言、恸不能言的悲感，催人泪下，增强了悲剧的深度与广度。

【延伸阅读】

沈园二首

陆游

城上斜阳画角哀，沈园非复旧池台。伤心桥下春波绿，曾是惊鸿照影来。

梦断香消四十年，沈园柳老不吹绵。此身行作稽山土，犹吊遗踪一泫然。

【点评】

宋宁宗庆元五年(1199)春，陆游重游沈园，感伤往事，遂作这首诗，时已75岁。第一首写游园时触景生情，以景物凄凉渲染人非之悲；第二首写不能忘怀的旧情，以草木无情反衬诗人的深情。两诗一往情深，婉转缠绵，展示了陆游儿女情长的一面，给后人留下关于人生与爱情的价值的思考。

青玉案·元夕

辛弃疾

辛弃疾(1140—1207),字幼安,自号“稼轩居士”。汉族,历城(今山东省济南市)人。历任湖北、福建安抚使等职。南宋爱国词人。文学上与苏轼齐名,号称“苏辛”,与李清照并称“济南二安”。存词600多首,有《稼轩长短句》。

东风夜放花千树。①
更吹落、星如雨。②
宝马雕车香满路。
凤箫声动,③
玉壶光转,④
一夜鱼龙舞。⑤

蛾儿雪柳黄金缕,⑥
笑语盈盈暗香去。⑦
众里寻他千百度,
蓦然回首,⑧
那人却在,
灯火阑珊处。⑨

必读理由

这首词极写元夕的繁华热闹景象,塑造了不随流俗、自感寂寞的幽独美人的形象,表达了虽政治失意而不改其节的品质,是寄寓“伤心人别有怀抱”的佳作。

【注释】

① 花千树:形容元宵之夜花灯多如千树花开。
② 星如雨:形容烟花升空后星点四散的景象。
③ 凤箫声动:形容乐器演奏声。
④ 玉壶:喻月。光转:月光普照大地貌。
⑤ 鱼龙舞:鱼灯和龙灯舞动。
⑥ 蛾儿雪柳:均为女子头上的饰物。黄金缕:鹅黄色的柳丝,此处指金丝头饰。
⑦ 暗香:原指梅花,此处指美女。
⑧ 蓦然:忽然。

⑨　阑珊:暗淡;零落。

【赏析】

古人写上元节景象的诗词可谓不计其数,辛弃疾此作却独辟蹊径,别写寄托。上片写景,描绘元宵之夜灯火辉煌,烟花升空,星点如雨,月光普照,一片歌舞欢腾、繁华热闹的景象。下片写人,先写众多观灯美女艳妆结伴而来,笑语盈盈而去,令人目不暇接;再写抒情主人公所中意的那位佳人,不在如云好女之列,千百度地追寻她的身影,最后发现佳人站在灯火黯淡的僻静处。联系作者被劾落职、闲居上饶的境遇来看,这位佳人实际是不肯随波逐流、幽独自处的词人的自我写照,表现了他的抱负与节操,同时流露了孤芳自赏的悲戚感。梁启超曾评道:“自怜幽独,伤心人别有怀抱。”

这首词采用对比手法,上片的倾城狂欢与下片的佳人独立形成鲜明对照,衬托出不同流俗的人生境界。全词构思新颖,起句瑰异,收句和婉。“放”“吹”“满”“动”“转”“舞”等动词的运用,使花灯夜景与观灯人群均具动态的美感。元夕寻人,寻到意中人后,词作戛然而止,抒情主人公与“那人”见面后的情怀却不着一字,给读者留下了想象的广阔空间,曲折含蓄,余味不尽。王国维将“众里寻他千百度,蓦然回首,那人却在、灯火阑珊处”喻为古今成大事业大学问者必经的境界之一,说明了这首词具有超越形象、包含更多言外意涵的特点和魅力。

【延伸阅读】

蝶恋花(槛菊愁烟)

晏殊

槛菊愁烟兰泣露。罗幕轻寒,燕子双飞去。明月不谙离恨苦,斜光到晓穿朱户。　　昨夜西风凋碧树,独上高楼,望尽天涯路。欲寄彩笺兼尺素,山长水阔知何处。

【点评】

晏殊《蝶恋花》笔墨疏淡,格调温婉,抒写深秋怀人之情。上片由景物起笔,菊烟兰露、燕子飞去,点季候特征;月光穿户,衬离人愁恨。下片由景及人,写登楼望远,人在天涯,欲寄相思而不达。

蝶恋花(伫倚危楼)

柳永

伫倚危楼风细细。望极春愁,黯黯生天际。草色烟光残照里,无言谁会凭栏意。　　拟把疏狂图一醉。对酒当歌,强乐还无味。衣带渐宽终不悔,为伊消得人憔悴。

【点评】

柳永《蝶恋花》情思缠绵,风格疏狂。上片写境,亦登楼望远,凭栏怀人,春愁恰如春草,漫无边际;下片抒情,笔势开阖动荡,以健笔写柔情,提升境界,写出锲而不舍的坚毅和九死不悔的执着。

王国维在《人间词话》中曾借用宋词来比喻做大事业大学问者必经的三层境界,第一层是“昨夜西风凋碧树,独上高楼,望尽天涯路”,第二层乃“衣带渐宽终不悔,为伊消得人憔悴”,第三层即“众里寻他千百度,蓦然回首,那人却在灯火阑珊处”。

过零丁洋

文天祥

文天祥(1236—1283),初名云孙,字天祥;后改名天祥,字履善,号文山。吉州庐陵(今江西吉安)人。南宋民族英雄。历任湖南提刑、右丞相等职。后被元军所俘,从容赴义。与陆秀夫、张世杰被称为“宋末三杰”。有《文山先生全集》。

辛苦遭逢起一经,①
干戈寥落四周星。②
山河破碎风飘絮,
身世浮沉雨打萍。
惶恐滩头说惶恐,③
零丁洋里叹零丁。④
人生自古谁无死?
留取丹心照汗青。⑤

必读理由

这首诗概括了诗人一生的主要经历,反映了他为国牺牲、视死如归的大无畏精神,“留取丹心照汗青”也成了歌颂中华民族传统美德的名句,诗人也与诗作一起流芳百世。

【注释】

① 辛苦:进入仕途后历经艰辛。遭逢:遭遇朝廷选拔。起一经:依靠精通一种儒家经籍而通过考试为官。在宋理宗宝祐四年(1256)文天祥以进士第一名及第。

② 寥落:稀疏。四周星:四年。文天祥1275年在赣起兵勤王,至1278年被俘,历时四年。

③ 惶恐滩:赣江上著名的十八滩之一,在今江西省万安县。文天祥曾兵败于此。

④ 零丁洋:即伶仃洋,在今广东省珠江口外。文天祥被俘后囚于伶仃洋的战船上。

⑤ 留取:留得。汗青:古时用来书写的竹简,使用前先用火烤干水分的工序,后泛指书籍、史册。

【赏析】

这首诗是文天祥被俘之后,拒绝招降,誓死明志而作。首联叙他一生中两件大事,一是明经入仕,一是勤王。“干戈寥落”意味着如文天祥般高举义旗为国捐躯者之稀少,语带谴责。颔联写国事衰微,江山破碎,而亡国孤臣如浮萍漂泊水面,无所依托。

大厦将倾，诗人独木难支，个人命运与国家民族的命运息息相关，存亡与共，国家衰微，个人必定漂泊无依。颈联涵括了文天祥的艰难处境，无论是兵败惶恐滩头，还是被俘伶仃洋上，都让他倍感惶恐与孤单。前六句将国破家亡之恨、形单影只之困渲染到极致，尾联宕开一笔，谓人生终古有一死，自己只要留得爱国忠心于史册，死又何妨。末两句以磅礴的气势、悲壮的情感收束全篇，传达出文天祥视死如归、舍生取义的人生观。

这首诗构思巧妙，情感由悲怨凄苦转为慷慨悲壮；语言凝练，概括力强，"风飘絮""雨打萍"等比喻贴切自然，形象生动；对仗工稳，"山河破碎"与"身世浮沉"对举，将个人命运与国家命运紧密结合；"惶恐滩"与"零丁洋"这两个带有感情色彩的地名自然相对，并且被诗人用来表现曾经的"惶恐"和眼下的"零丁"，可谓诗史绝唱。诗作所蕴涵的为国捐躯、慷慨赴死的民族气节，使得这首诗成为千古不朽的壮歌。

【延伸阅读】

梅岭三章

陈毅

断头今日意如何?创业艰难百战多。此去泉台招旧部，旌旗十万斩阎罗。
南国烽烟正十年，此头须向国门悬。后死诸君多努力，捷报飞来当纸钱。
投身革命即为家，血雨腥风应有涯。取义成仁今日事，人间遍种自由花。

【点评】

《梅岭三章》是陈毅1936年在梅山被围，病伏丛莽间20余日时写于衣底的绝命诗，是陈毅在生死存亡的关头谱写的一曲壮歌。第一章表现诗人生死不渝的革命气节，第二章写对后死者继续未竟事业的期待，第三章抒写对革命胜利的信念和为国献身的意志。文天祥就义前书写于衣带中的《自赞》诗云："孔曰成仁，孟曰取义，惟其义尽，所以仁至。而今而后，庶几无愧。"陈毅这首诗借用"取义成仁"之义，在古典中注入新意，豪情四溢，气贯长虹。

虞美人(少年听雨)

蒋捷

蒋捷(生卒年不详),字胜欲,号竹山,阳羡(今江苏宜兴)人。宋亡后隐居不仕,人称“竹山先生”。长于词,与周密、王沂孙、张炎并称“宋末四大家”。其词多抒发故国之思、山河之恸,在宋季词坛上独标一格。有《竹山词》。

少年听雨歌楼上,
红烛昏罗帐。
壮年听雨客舟中,
江阔云低,
断雁叫西风。①

而今听雨僧庐下,
鬓已星星也。②
悲欢离合总无情,
一任阶前,
点滴到天明。

必读理由

这首词从“听雨”角度,表现了少年、壮年、晚年三个人生阶段的不同境遇与感受,在一定程度上映射了历史兴衰的嬗变过程,具有独到的况味,体现出思想的深刻性。

【注释】

① 断雁:失群的孤雁。
② 星星:形容鬓发花白。

【赏析】

蒋捷身处宋元易代的特殊历史阶段,少年在宋,壮岁遭江山易主,又在颠沛流离中度过后半生。这首词选择“听雨”的视角,书写少年、壮年、晚年三个不同人生阶段的不同境遇和不同感受,可以视作蒋捷一生经历的总括。上片写少年和壮年所历。少年听雨的画面,由“歌楼”“红烛”“罗帐”这样几个绮丽华艳的意象构成,在灯红酒绿、歌舞狂欢的景象中,透射的是不识愁苦、风流放诞的青春时光。壮年听雨的画面,以“客舟”为中心意象,辅以“江”“云”“断雁”“西风”四个沉郁凄凉的动态意象,映射了风雨飘摇的时代氛围和漂泊无依的个人境遇。下片写晚年境遇。“而今听雨”的画面中,“僧庐下”是特定空间,意谓历尽离乱仍无所依托,寄居僧庐;“鬓已星星”是特写镜头,谓身已衰老,心力交瘁;“一任点滴”是特定心境,貌似心如止水,波澜不惊,实则无力改变也很难适应外界的沉痛之语。“悲欢离合总无情”是总括一生经历得出的结论,点醒题旨。

这首词艺术上有其独到之处。它勾勒了三幅画面,既由春到秋再到冬,有季候特征,又涵括了人生由少年到壮岁再到晚年的三个不同阶段;它所点明的少年风流、壮年飘零、晚年孤冷的三种境遇,既是词人个性化的人生历程,又带有时代历史变迁的痕迹,具有象征的况味。与此相适应,词在形式上也呈现出线性的历时性的结构,三组画面的组合方式有似蒙太奇,意象的使用和叙议结合的表达方式,都使得这首词经典独到,余味悠长。

【延伸阅读】

丑奴儿(少年不识)

辛弃疾

少年不识愁滋味,爱上层楼。爱上层楼,为赋新词强说愁。　而今识尽愁滋味,欲说还休。欲说还休,却道天凉好个秋。

【点评】

这首词是辛弃疾淳熙八年(1181)罢职退居上饶期间游博山时所作。上片写少年登高望远,意气风发,不知愁苦,为写诗而造愁绪;下片写历尽世事艰难,饱经忧患、懂得愁味后,反而避谈愁绪了。“而今”表时间跨度之大,“识尽”表愁绪之多之深,以昔衬今,今昔对比,构思精巧,语言浅近,可与蒋捷《虞美人》同观。

摸鱼儿(恨人间)

元好问

元好问(1190—1257),字裕之,号遗山,世称遗山先生。山西秀容(今山西忻州)人。历任尚书省掾、左司都事、行尚书省左司员外郎等,金亡不仕。金末元初最有成就的文学家和历史学家,被尊为“北方文雄”“一代文宗”。其诗、文、词、曲,各体皆工。有《元遗山先生全集》,词集为《遗山乐府》。

恨人间,
情是何物,
直教生死相许?[1]
天南地北双飞客,[2]
老翅几回寒暑。[3]
欢乐趣,
别离苦,
是中更有痴儿女。[4]
君应有语。[5]
渺万里层云,
千山暮雪,
只影为谁去?[6]

横汾路,[7]
寂寞当年箫鼓。[8]
荒烟依旧平楚。[9]
招魂楚些何嗟及,[10]
山鬼自啼风雨。[11]
天也妒。[12]
未信与,[13]
莺儿燕子俱黄土。
千秋万古。

必读理由

这首词描绘了大雁殉情而死的故事,塑造了生死相许、忠贞不渝的大雁形象,寄人生哲理于咏物抒情之中,是一首经典的爱情悲歌。

为留待骚人，[14]
狂歌痛饮，
来访雁丘处。[15]

【注释】

① 直教:直至;竟是。相许:应允;报答。

② 双飞客:指双飞的大雁。

③ 老翅句:谓双雁总是双双飞翔,不知经历了多少个寒暑春秋。

④ 是中:此中。痴儿女:指殉情的大雁。

⑤ 君:指被杀的大雁。

⑥ 只影数句:代孤雁对已死之雁说:你死前应有所吩咐,云万里、山千重,让我形单影只,飞向何方?

⑦ 横汾路:指葬雁的地点。横汾:横渡汾水。汾水即汾河,在今山西省中部。

⑧ 当年箫鼓:汉武帝曾在汾水一带游幸欢乐,如今这里却是一片荒寂。

⑨ 平楚:平林。楚,丛莽。

⑩ 招魂:《楚辞》篇名。楚些(suò):“些”是语末象声词,《招魂》篇句尾均用“些”字,故称“楚些”。

⑪ 山鬼:《楚辞·九歌》篇名之一,描写山中女神失恋之悲。

⑫ 天也妒:指大雁的殉情,连上天也会嫉妒。

⑬ 未信与:言不信这对殉情的大雁会和一般的莺燕一样死葬黄土,默默无闻。

⑭ 骚人:诗人。

⑮ 雁丘:雁的坟墓,在今山西省阳曲县。

【赏析】

金章宗泰和五年(1205),元好问15岁,在附试并州的路上,遇到一个捕雁者,说早晨捕获一雁并杀之,另一只脱网的雁悲鸣不去,自投于地而死。元好问买下大雁并葬在汾水边上,名之雁丘。当时曾作《雁丘辞》,后又按《摸鱼儿》词调改定此稿。词的开篇使用问句,先声夺人,问世间、问苍天,“情”是何物,具备生死相许的力量?词人因大雁殉情而感震惊,其内在波动的情绪喷薄而出,为下文描写大雁殉情蓄势,也升华了殉情的普遍意义。大雁经冬历夏,双宿双飞,完全是恩爱夫妻相伴相随、相濡以沫的感人生活场景;“天南地北”写生活空间之广,“几回寒暑”写相伴时间之久。如今形影不离的伴侣已死,至爱已逝,自己孤独地活下去又有什么意义呢?数句是对大雁殉情前心理活动的揣摩。下片进一步抒情,先借助繁华热闹的历史场景与孤冷荒寂的现实的对比,暗示了真情的恒久。《招魂》《山鬼》俱用典,言即使是《招魂》也无法表达悲伤的感情,只能像山鬼那样独自悲啼于风雨尘世之间。它们的生死恋情连上天也生妒意,一定不会无闻于黄土,而定会千古留名。末三句展开想象,谓后来诗人会来寻访这小小雁丘,祭奠雁魂,表达了词人的哀思,延伸了大雁殉情故事的历时性意义,升华了殉情主题的价值。

全词围绕“情”字展开,层层深入,既有大雁生前欢愉的描写,也有大雁死后凄凉的叙述,名为悼雁,实则悼人,象征意味十分浓郁。词作用典熨帖,古今对比鲜明,词人以健笔写柔情,将缠绵之情与豪迈之笔相融为一,风格沉雄而又柔婉。清人刘熙载评元词“疏快之中,自饶深婉”,堪称佳评。

【延伸阅读】

摸鱼儿(问莲根)

元好问

问莲根,有丝多少,莲心知为谁苦?双花脉脉娇相向,只是旧家儿女。天已许。甚不教,白头生死鸳鸯浦?夕阳无语。算谢客烟中,湘妃江上,未是断肠处。　香奁梦,好在灵芝瑞露。人间俯仰今古。海枯石烂情缘在,幽恨不埋黄土。相思树,流年度,无端又被西风误。兰舟少住。怕载酒重来,红衣半落,狼藉卧风雨。

【点评】

金章宗泰和年间,河北大名府有一对青年男女因恋情遭阻,双双赴水殉情,后来采藕的人发现尸体,才真相大白。这年池塘中荷花开时均为并蒂。元好问附试并州经过大名时听说了这故事,遂作这首词。词作以饱含感情的笔触,描写这对恋人因不能遂愿而殉情,死后化作满池的并蒂莲花,讴歌了他们生死不渝的爱情。词作语言深情雅丽,运用喜山水的谢灵运、投湘水的湘之二妃、化为相思树的韩凭夫妻等典故,贴切自然,又增加了词作的文化蕴涵,读来缠绵之至,可与前一首《摸鱼儿》合观。

天净沙·秋思

马致远

马致远(约1250—约1321),字“千里”,晚年号“东篱”,大都(今北京)人。元代著名戏剧家、散曲家,与关汉卿、郑光祖、白朴并称“元曲四大家”,有文场“曲状元”之称。杂剧有《汉宫秋》等7种,散曲有120余首,今人辑有散曲集《东篱乐府》。

枯藤老树昏鸦,①
小桥流水人家。
古道西风瘦马。
夕阳西下,
断肠人在天涯。②

必读理由

这首词描写旅人秋思,画面疏淡,语言凝练,笔法简捷,容量巨大,被誉为“秋思之祖”。

【注释】

① 昏鸦:黄昏时归巢的乌鸦。
② 断肠人:指远离家乡、漂泊在外的旅人。

【赏析】

马致远是元代杰出的散曲作家,在元代曲家中具有领袖群英的地位。《天净沙·秋思》可谓其小令中的绝唱。这首小令描绘了一幅深秋羁旅图,准确地传达了游子的孤凄心境。枯藤老树是深秋景象,昏鸦点出黄昏时分。这时见到的小桥流水,风景自然安宁,其间有人家安居,十分安逸悠闲。而一位漂泊在外的游子,一匹瘦马,孤独寂寞地行走于古道西风之中,奔波不定,相比之下,则易生发羁旅之苦。夕阳余晖中,旅人自然会想到故乡也有这样温暖的家,然而自己却在旅途,这一切令人伤心断肠。“断肠人在天涯”是曲眼,具有画龙点睛之妙,将作者眼中所见之景物变为心中所感之景物,成为触发作者悲凉情绪的中介。全曲景中有情,情中有景,情景交融,构成一种悲凉沉郁的意境。

用最少的文字来表达丰富的情感,是这首小令成功的重要原因。此曲用字简练之至，枯藤、老树、昏鸦、小桥、流水、人家、古道、西风、瘦马，九个偏正名词词组分别组成了九幅秋天的景色图。从动静的角度看，藤、树是静物，昏鸦则是发声的动物；小桥、人家是静止的，流水则是动态的。景物动静变化，场景交叠组合，衬托出羁旅之人颠簸孤寂的境遇和哀惋凄苦的心态。全曲匠心独运，又自然天成，毫无雕琢痕迹。王国维誉之“纯是天籁”，元代音韵学家、戏曲作家周德清称之为“秋思之祖”。

【延伸阅读】

仙吕·赏花时

董解元

落日平林噪晚鸦，风袖翩翩吹瘦马，一径入天涯，荒凉古岸，衰草带霜滑。

瞥见个孤林端入画，篱落萧疏带浅沙。一个老大伯捕鱼虾，横桥流水。茅舍映荻花。

【点评】

董解元，金戏曲作家，生卒年与名字等均不详。有长篇讲唱文学《西厢记诸宫调》，世称《董西厢》。这首《赏花时》即选自《董西厢》。细读可见，马致远《天净沙·秋思》所选用的落日、晚鸦、瘦马、小桥、流水、茅舍等意象均从此曲得到启发，承袭痕迹明显，只是马作更凝练自然。另外，此曲虽也描画了西风瘦马的秋景，抒发了旅人孤寂的秋情，但对孤林、篱落、浅沙、荻花等组合成的如画景象有欣赏赞美之情，言“一个老大伯捕鱼虾”也有亲切温馨之感。故读之风格情调俱有较大不同。

水仙子·寻梅

乔吉

乔吉（1280—1345），一称乔吉甫，字梦符，号笙鹤翁，又号惺惺道人。太原人，流寓杭州。元代杂剧家、散曲作家。杂剧作品存目11种，今存3种。散曲创作与张可久齐名，《全元散曲》辑存小令209首，套曲11首。

冬前冬后几村庄，
溪北溪南两履霜，
树头树底孤山上。①
冷风来何处香，
忽相逢缟袂绡裳。②
酒醒寒惊梦，
笛凄春断肠，
淡月昏黄。

必读理由

这是乔吉借描写寻梅以抒发失意心绪的一首著名的小令。曲中运用白话，自然精巧，情景交融，结构紧密，堪称精品。

【注释】

① 孤山：指杭州西湖的孤山，位于里外二湖之间，旧时多有梅花。宋人林逋曾隐居于此。

② 缟：白色的绢。袂（mèi）：衣袖。绡：生丝织成的薄绸。

【赏析】

这支曲子落笔不俗，将立冬前后的几个村庄推到画面的中心，又将村前村后小溪南北岸边的霜上脚印推为特写镜头，写出了作者寻梅时间之久、空间跨度之大，也就体现出踏霜寻梅的心情之迫切。孤山上所有的梅树都找遍，而且从树头找到树底，表面上看是写寻梅者的细心与耐心，实则表达作者爱梅的情感。镜头定格于孤山，暗用宋人林逋养鹤植梅、“梅妻鹤子”的典故，表示以林逋自喻。“冷风来”一句承转前语，将梅花尚未面睹时暗香袭人的品格传神地表现出来。“忽”字精妙地传达了久寻不见、突现眼前的惊喜交加的心情；“缟袂绡裳”是将洁白的梅花比作一身素衣、飘逸淡雅的仙女，韵味无穷。“酒醒”两句写自己赏梅的感受，写刻意追求的高洁美好的梦境因寒风和笛声而中断,回到寒冷的现实后倍感凄凉哀伤。末句化用林逋“暗香浮动月黄昏”诗意,将失意心情与凄清美景融而为一,结束全曲。

此曲借写梅花以喻自己的爱梅、赏梅及失意的心情,景中寓情,情景交融。语言纯用白话,自然精巧。曲子前三句没有一个动词,也没有一个关联词,全都由名词组合而成,贯串三幅画面的是“寻”的线索,空间由大到小,步履由远及近,语意由浅入深。前三句为鼎足对,“酒醒”两句为合璧对,对仗工整,韵味十足。曲中用典也非常自然,不露痕迹。乔吉曾言作曲之法为“凤头猪肚豹尾”,此曲可为范本。

【延伸阅读】

山园小梅

林逋

众芳摇落独暄妍,占尽风情向小园。疏影横斜水清浅,暗香浮动月黄昏。霜禽欲下先偷眼,粉蝶如知合断魂。幸有微吟可相狎,不须檀板共金樽。

【点评】

林逋(967—1028),钱塘人,北宋诗人。有“梅妻鹤子”之誉。这是一首流传久远的咏梅绝唱。这首诗描写梅花,不着意于梅花的形貌,而重在写意传神,从不同角度渲染梅花迥异群芳、风情独擅的风骨,烘托其疏淡芳馨、高洁清远的神韵,反映了诗人淡泊清高的人格精神。

劲草行

王冕

王冕(1287—1359),字元章,号煮石山农、放牛翁、会稽外史、梅花屋主等。浙江诸暨人。元代著名画家、诗人,书法、篆刻皆自成风格。诗风质朴平易。著有《竹斋集》。

中原地古多劲草,
节如箭竹花如稻。
白露洒叶珠离离,①
十月霜风吹不倒。
萋萋不到王孙门,②
青青不盖谗佞坟。
游根直下土百尺,
枯荣暗抱忠臣魂。
我问忠臣为何死?
元是汉家不降士。
白骨沉埋战血深,
翠光潋滟腥风起。③
山南雨晴蝴蝶飞,
山北雨冷麒麟悲。④
寸心摇摇为谁道?
道旁可许愁人知?
昨夜东风鸣羯鼓,⑤
髑髅起作摇头舞。
寸田尺宅且勿论,
金马铜驼泪如雨。⑥

必读理由

这首诗借咏物以咏人,通过吟咏劲草来歌颂“汉家不降士”的精神气节,表达了作者由衷的崇敬和赞美,是元诗佳作。

【注释】

① 离离:露珠滚动貌。

② 萋萋:茂盛貌。

③ 潋(liàn)滟(yàn):水光闪动貌。

④ 麒麟:墓前石雕的麒麟。

⑤ 羯鼓:古代打击乐器,此处指战鼓。

⑥ 金马铜驼:汉代未央宫门前铸有铜马,故称金马门。金马铜驼在荆棘中,形容战乱后景象。

【赏析】

这是一首咏物诗,借咏赞坚韧不易折断的野草来比喻那些刚强不屈、坚守节操的“汉家不降士”,以表达作者的崇敬心情。全诗可分为两层,前八句为第一层,以咏物为主,描写劲草的自然形貌和风吹不倒的姿态,从草之茂盛写到草的气节,草生长蔓延的处所似乎出自草的有意选择,与王孙公子无缘,也绝对不长在谗佞的坟上;但是草根直下土中百尺,与忠臣之魂相拥相抱。第八句承上启下,由忠臣之魂写及忠臣的死因,过渡到咏人。后十二句为第二层,描绘汉家不降士为国死节的悲凉气氛,仍以“草”为线索,将士尸骨沉埋于地,战血滋养了劲草,晴时有蝴蝶飞舞,雨时有麒麟悲泣,而草在风中摇摆似乎为将士倾吐愁恨,一闻战鼓声声,将士骷髅也随风起舞。他们死后只占很小的一方土地,唯有金马铜驼在荆棘丛中飞泪如雨。第二层歌颂汉家不降士的气节源于第一层对劲草风骨的描绘,全篇构成一个和谐的整体。

这首诗运用比兴手法,以草起兴,以劲草比喻汉家不降士,草之刚韧不屈与人之坚贞不屈形成精神上的对应,句句写草,但又处处喻人,在凄凉冷落的景象中歌颂了汉家将士的威武气节,咏物与咏人合而为一。诗中所选取的诸多意象,如蝴蝶、麒麟、金马铜驼等,均烘染了一种寂寞凄楚的氛围,衬托出汉家将士身后的悲凉,也是对冷漠现实的一种谴责。

【延伸阅读】

北方

艾青

一天,
那个珂尔沁草原上的诗人
对我说:

“北方是悲哀的。”

不错
北方是悲哀的。
从塞外吹来的
沙漠风，
已卷去北方的生命的绿色
与时日的光辉
——一片暗淡的灰黄
蒙上一层揭不开的沙雾；
那天边疾奔而至的呼啸
带来了恐怖
疯狂地
扫荡过大地；
荒漠的原野
冻结在十月的寒风里，
村庄呀，山坡呀，河岸呀，
颓垣与荒冢呀
都披上了土色的忧郁……
孤单的行人，
上身俯前
用手遮住了脸颊，
在风沙里
困苦地呼吸
一步一步地
挣扎着前进……
几只驴子
——那有悲哀的眼
　　和疲乏的耳朵的畜生，
载负了土地的
痛苦的重压，
它们厌倦的脚步
徐缓地踏过
北国的

修长而又寂寞的道路……

那些小河早已枯干了
河底已画满了车辙，
北方的土地和人民
在渴求着
那滋润生命的流泉啊！
枯死的林木
与低矮的住房，
稀疏地，阴郁地
散布在灰暗的天幕下；
天上，
看不见太阳，
只有那结成大队的雁群
惶乱的雁群
击着黑色的翅膀，
叫出它们的不安与悲苦，
从这荒凉的地域逃亡
逃亡到
绿荫蔽天的南方去了……

北方是悲哀的。
而万里的黄河
汹涌着浑浊的波涛，
给广大的北方
倾泻着灾难与不幸；
而年代的风霜
刻画着
广大的北方的
贫穷与饥饿啊。

而我
——这来自南方的旅客，
却爱这悲哀的北国啊。

扑面的风沙
与入骨的冷气
决不曾使我咒诅；
我爱这悲哀的国土，
一片无垠的荒漠
也引起了我的崇敬。
——我看见
我们的祖先
带领了羊群，
吹着笳笛
沉浸在这大漠的黄昏里；
我们踏着的
古老的松软的黄土层里
埋有我们祖先的骸骨啊，
——这土地是他们所开垦，
几千年了
他们曾在这里
和带给他们以打击的自然相搏斗，
他们为保卫土地
从不曾屈辱过一次，
他们死了
把土地遗留给我们——
我爱这悲哀的国土，
它的广大而瘦瘠的土地
带给我们以淳朴的言语
与宽阔的姿态，
我相信这言语与姿态
坚强地生活在大地上
永远不会灭亡；
我爱这悲哀的国土
古老的国土
——这国土
养育了我所爱的
世界上最艰苦

与最古老的种族。

1938年2月4日 潼关

【点评】

这首诗是艾青的代表作品。诗作前半段描绘了战乱中的北方国土的暗淡、忧郁、荒凉与痛苦,表达了诗人内心的沉郁与愤激。“而我”以下为诗的后半段,直接抒发诗人对北方国土的深情的爱,在对祖先开垦土地、保卫土地并葬于黄土的历史的回顾中,获取了力量和信心,在悲哀忧郁的情调中加入了激昂与坚定。全诗句式自由,语言朴素,韵律舒缓,使用反复手法令各节内在脉络贯通一气,音律流畅,是现代自由体诗的典型代表。

临江仙(滚滚长江)

杨慎

杨慎(1488—1559),字用修,号升庵,四川新都(今成都市新都区)人。明代学者、诗人、文学家,曾任翰林院修撰、经筵讲官等,文、词、赋、散曲、杂剧、弹词均有涉猎。有《升庵集》81卷,《升庵长短句》3卷,《陶情乐府》4卷,《二十一史弹词》12卷等。

滚滚长江东逝水,
浪花淘尽英雄。①
是非成败转头空,
青山依旧在,
几度夕阳红。

白发渔樵江渚上,②
惯看秋月春风。
一壶浊酒喜相逢,③
古今多少事,
都付笑谈中。

必读理由

这首词将历史兴衰的感慨与人生浮沉的叹息融为一体,蕴涵深邃的人生哲理,读来荡气回肠,是明代咏史词的名篇。

【注释】

① 淘尽:涤荡一空。
② 渔樵:渔夫樵子。
③ 浊酒:用糯米、黄米等酿制的酒,色较浑浊。

【赏析】

这是杨慎所做《廿一史弹词》第三段《说秦汉》的开场词,清康熙年间毛伦、毛宗岗父子评刻《三国演义》,将这首词置于卷首,后随小说一起广泛流传。上片咏史,开头两句化用杜甫“不尽长江滚滚来”诗句和苏轼“大江东去,浪淘尽、千古风流人物”词句的意涵，比喻历史进程和英雄功绩如今已不复存在。“是非成败”句总括历史规律，暗含淡泊名利的隐士节操。又以“青山”和“夕阳”象征宇宙自然的永恒存在，与历史的兴衰更替、循环往复形成对照。下片写人，以白发渔樵喻哲人高士，以其惯看历史长河的古今嬗变、春秋代序来表达旷达超远的理想生活。渔夫樵子相逢把酒，将历代兴亡作为谈资以助酒兴，表现出作者鄙夷功利、超脱尘俗的淡泊情怀。

这首词抒情基调慷慨悲壮，豪迈高远，同时又有一种淡泊宁静的氛围。作者在思考人生易逝、历史更替与自然永恒之间的关系，试图归结更深刻的历史规律，寻找更有价值的人生追求，体现出超远旷达的襟怀。词作上片大处落笔，“长江”与“逝水”连用，“浪花”与“英雄”对照，“青山”与“夕阳”并举，意境阔大，涵义深远，精炼概括了历史的观念，寓哲理于景语之中；下片借助具体而典型的生活画面，表达对人生的看法，“渔樵”而在“江渚”，“秋月”继以“春风”，“浊酒”之中藏古今，意象生动，境界淡泊，意味深长。上下片内容各有侧重，结构井然一体，语言洒脱畅达，音韵和谐，读来心生豁达悲壮的慨叹。

【延伸阅读】

沉醉东风(二首)

胡祗遹

月底花间酒壶，水边林下茅庐，避虎狼，盟鸥鹭，是个识字的渔夫。蓑笠纶竿钓今古，一任他斜风细雨。

渔得鱼心满意足，樵得樵眼笑眉舒。一个罢了钓竿，一个收了斤斧，林泉下偶然相遇，是两个不识字的渔樵士大夫。他两个笑加加的谈今论古。

【点评】

胡祗遹(zhīyù)(1227—1295)，元代文学家。这是两支写林泉丘壑隐居生活的散曲小令，第一支曲中与鸥鹭为友的识字渔夫是避世隐居的高士的化身，第二支曲中渔夫樵夫是欲仕宦不可得的士大夫的代表，所谓“不识字”乃是故作旷达语，故有“渔得鱼”云云。“钓古今”和“谈今论古”都有纵观历史、看破红尘的超脱感，愤世嫉俗的隐痛借轻松幽默的语句带出，俗中含雅，可与杨慎《临江仙》比照阅读。

别云间

夏完淳

夏完淳(1631—1647),原名复,字存古,别号灵胥,松江华亭(今上海市松江)人。明末少年抗清英雄,著名诗人,被捕后不屈死节,年仅17岁。其诗多表现志士的慷慨悲壮之情与坚贞的气节。有《夏内史集》《玉樊堂词》。

三年羁旅客,[①]今日又南冠。[②]
无限河山泪,谁言天地宽。[③]
已知泉路近,[④]欲别故乡难。
毅魄归来日,灵旗空际看。[⑤]

必读理由

这首诗表达了作者眷恋故乡的情感和誓死不屈的决心,情绪昂扬激越,是明代诗作名篇。

【注释】

① 三年句:作者从参加抗清军队到只身流亡汉江,远离家乡已三年。
② 南冠:指囚犯。
③ 谁言句:谓天地如此之宽大,却无我容身之处。
④ 泉路近:死亡临近。
⑤ 灵旗:古代出征时所用的一种旗帜。

【赏析】

这首诗作于1647年秋季夏完淳被捕解送南京前别故乡松江(古时称云间)之时,是作者的一首慷慨悲壮的绝命词。诗作首联叙事,高度概括了夏完淳随从父亲夏允彝和老师陈子龙起兵抗清、辗转漂泊的斗争经历;颔联抒写重整山河的壮志终归落空后的失望与哀恸;颈联表达参透生死、不惧死亡的勇气,袒露了对故乡和亲人眷恋不舍的情怀;尾联抒发誓死不屈、坚决复明的信念,表示死后也要关注复明大业的进程。结句铿锵慷慨,掷地有声,昭示了诗人坚贞不屈的意志、为国捐躯的情怀、报国无日的憾恨,树立起爱国精神的丰碑。

这首诗感情豪壮悲慨，结构谨严。起笔叙事，“三年”与“又”联用，表示离乡之久、思念之深、永别之憾；承笔议论，着眼于国事，发国土沦丧之恨、山河破碎之悲；转笔抒情，着眼于家事，抒发怀念家乡和亲人的深情；结笔盟志，反振而起，表达誓志复明的决心。全诗基调昂扬，意脉贯通，语词率真，用典自然熨帖，对仗工稳，风格沉郁顿挫，毫无童稚之气。作者优异的文品与崇高的人品完美结合，成就这一篇诗中绝品，读来令人荡气回肠，心生无限敬意。

【延伸阅读】

狱中题壁

戴望舒

如果我死在这里，
朋友啊，不要悲伤，
我会永远地生存，
在你们的心上。

你们之中的一个死了，
在日本占领地的牢里，
他怀着深深的仇恨，
你们应该永远地记忆。

当你们回来，从泥土
掘起他伤损的肢体，
用他们胜利的欢呼，
把他的灵魂高高扬起，

然后把他的白骨放在山峰，
曝着太阳，沐着飘风；
在那暗黑潮湿的土牢，
这曾是他唯一的美梦。

【点评】

1941年12月太平洋战争爆发，不久日军侵占香港，戴望舒因主持《星岛日报》副刊《星座》被捕入狱，这首诗系身陷囹圄、受尽酷刑折磨时所写。诗作抒写了作者为民族大义而慷慨赴死的决心，也表达了抗日必胜的信念，感情由伤感转为激愤再走向悲壮，气势磅礴，感人至深。

醉落魄·咏鹰

陈维崧

陈维崧(1625—1682),字其年,号迦陵,江苏宜兴人。康熙十八年(1679),举博学鸿词,授翰林院检讨。清初词人,文学家,诗、骈文皆工,词作1800余首。词宗苏、辛,骨力遒劲,开拓了词之境界。有《湖海楼全集》。

寒山几堵,
风低削碎中原路,[1]
秋空一碧无今古。
醉袒貂裘,
略记寻呼处。[2]

男儿身手和谁赌,[3]
老来猛气还轩举。[4]
人间多少闲狐兔,
月黑沙昏。
此际偏思汝。[5]

必读理由

这首词借咏鹰来咏怀抒志,表达词人除奸惩恶的愿望,画面生动,声色俱厉,是古代咏物诗词的佳篇。

【注释】

① 削碎:形容鹰掠地飞过时的力量。
② 寻呼:指呼鹰寻猎。
③ 赌:较量。
④ 轩举:飞扬。
⑤ 汝:指鹰。

【赏析】

这是一首咏物诗,也是一首述志的抒情诗。杜甫曾多次在诗中写到思擒狡兔、搏杀凡鸟的猎鹰形象,有严惩人间凶残险恶之徒的意味。陈维崧的这首词作,沿用了传统的鹰意象及其象征内涵，写出了新意。上片开头三句描写深秋景色，同时也在写鹰："寒山"为鹰的栖息之地，"风低"言鹰的掠地而飞，"秋空"乃是鹰高翔的环境。三句写鹰的性情雄姿。接两句写呼鹰围猎的情景，"略记"表明此处曾是词人过去围猎的场所，那时曾醉中袒露貂裘，伸出臂膀向空中呼鹰出猎。两句写出词人年轻时呼鹰寻猎、意气风发的情状。下片作一转折：男子汉大丈夫有一身好本领，能和谁较量比试？词人提出问题，未作回答，接言自己如今老了，但仍然斗志昂扬，勇猛不减当年。末三句运用比喻，说明人世间还有很多奸猾贪惨的邪恶势力等待铲除，而现在正是月黑沙黄、狐兔猖獗、四出为非作歹的时候，我偏偏想到了你啊，雄鹰！数句表达了词人疾恶如仇、锄奸去恶的个性与情志。

古来咏物诗往往立意不高，这首词却立足高远，以鹰自喻，表达了渴望施展抱负、建功立业的人生理想。词中借景写鹰，避实就虚，虽不写鹰的姿态而其姿态自见，不绘其形而能传其神，笔触空灵，画面生动。后半从鹰转写男儿身手，大大提高了词作的思想价值，有杜诗"何当击凡鸟，毛血洒平芜"的神髓，内蕴深厚。全词咏鹰，不落行迹，句句切题，构思细密，用典精妙，措辞激烈，是清词豪放派的代表作。

【延伸阅读】

江城子·密州出猎

苏轼

老夫聊发少年狂。左牵黄，右擎苍。锦帽貂裘，千骑卷平冈。为报倾城随太守，亲射虎，看孙郎。　酒酣胸胆尚开张。鬓微霜，又何妨！持节云中，何日遣冯唐？会挽雕弓如满月，西北望，射天狼。

【点评】

这是苏轼1075年冬知密州时所作，是公认的苏轼第一首豪放词。起句以一"狂"字抒写雄放磊落之气，继写一身猎装，百姓随行出猎，场面壮阔，气势浩大。下片写酒后意兴正浓，胆气更壮，词人壮心不已，不禁以西汉魏尚自喻，期冀朝廷遣冯唐那样的使节召回自己，得到信任和重用，而自己也会奔赴前线，为国立功。这首词韵律铿锵，气势雄浑，感情奔放，读来令人襟怀雄放。

金缕曲(此恨何时已)

纳兰性德

纳兰性德(1655—1685),满族叶赫那拉氏,原名成德,字容若,号楞伽山人。以词闻名,现存349首,哀感顽艳,有南唐后主遗风。王国维有评:“北宋以来,一人而已。”一生著作颇丰,有《通志堂集》20卷、《渌水亭杂识》4卷,《词林正略》;辑《大易集义粹言》80卷,《陈氏礼记说补正》38卷。

此恨何时已![1]
滴空阶,
寒更雨歇,[2]
葬花天气。[3]
三载悠悠魂梦杳,
是梦久应醒矣。
料也觉人间无味。
不及夜台尘土隔,[4]
冷清清一片埋愁地。[5]
钗钿约,[6]竟抛弃。

必读理由

纳兰性德悼亡词有40首之多,均血泪交迸之作,这首是其悼亡词的代表作,其哀感顽艳的真挚情怀,于此可见一斑。

重泉若有双鱼寄,[7]
好知他,
年来苦乐,
与谁相倚。[8]
我自中宵成转侧,[9]
忍听湘弦重理。[10]
待结个他生知己。
还怕两人俱薄命,
再缘悭剩月零风里。[11]
清泪尽,
纸灰起。

【注释】

① 已:终止,结束。

② 寒更:寒夜。

③ 葬花天气:指妻子死于落花时节。

④ 夜台:墓穴。

⑤ 埋愁地:指墓地。

⑥ 钗钿约:指夫妇之间以钗钿为定情信物,表达生死爱情。

⑦ 重泉:黄泉,九泉。双鱼:指书信。古诗有“客从远方来,遗我双鲤鱼。呼童烹鲤鱼,中有尺素书”之句,后以双鱼喻书信。

⑧ 相倚:相伴。

⑨ 转侧:辗转反侧,无法入眠。

⑩ 忍听:不忍听。湘弦:原指湘妃弹的弦琴,此处指纳兰妻子卢氏生前用过的琴。

⑪ 缘悭:缘分少。剩月零风:残月凄风,喻时日无多。

【赏析】

这首词是纳兰性德作于其妻卢氏逝去三年后的忌日,即康熙十九年五月三十日,正当暮春时节。上片叙天人永隔之恨,起笔直抒恩爱夫妻生离死别的无穷憾恨,虽然三年过去,沉重的哀思仍然缠扰词人,无法释怀。言“空”言“寒”,既是自然冷清景象,更是词人寂寞心境;“葬花”系双关,既点出卢氏死于暮春的葬花时节,又暗示卢氏如落花般被埋葬。三年来希望梦中相逢,却无法如愿,词人明白一切都是现实而不是梦境,推想妻子认为生不如死,幽冥之境虽然冷清,却可以将愁绪一同埋掉,所以抛弃生死不弃的钗钿誓约,正是因为人世无味。这就在无限思念之中寄托了词人对人生和命运的绝望与厌弃。下片抒思念亡妻之情,设想九泉之下妻子会寄来书信,这样就能了解她死后的苦乐和相伴的魂灵。接句词锋一转,从追思亡妻叙及自己的无眠情绪,并希望与亡妻结个“他生知己”;但词人又疑惧来世即使重续情缘,也可能还会尝到剩月零风的苦痛。这是词人心灵深处的恐惧与战栗,因此以“清泪尽,纸灰起”六字作结,淋漓尽致地抒发了一种孤寂绝望的心境。

全词没有用典,不加藻饰,用语明白如话,但因其内在情感力量的丰厚和凄婉,而传达出一种无法压抑的悲恸与哀伤。词作将伤春之感与悼亡之思熔铸于空阶滴雨、暮春葬花这样的凄美画面中,又将追思往事与冥想九泉相融无间,实写与虚拟结合,更凄绝地表达了一种可以穿越生死时空的爱情的力量。也正因此,这首词才成为悼亡词中的绝唱。

【延伸阅读】

蝶恋花

纳兰性德

辛苦最怜天上月，一夕如环，昔昔都成玦。若似月轮终皎洁，不辞冰雪为卿热。　　无那尘缘容易绝，燕子依然，软踏帘钩说。唱罢秋坟愁未歇，春丛认取双栖蝶。

【点评】

这首词亦为悼念亡妻而作，通篇运用比兴手法，借明月的圆少缺多，追怀往昔爱情生活，感叹世间最美好的事物不易圆满；又借燕子呢喃、蝴蝶双栖反衬词人自己的孤单寂寞，进一步寄托缠绵不尽的哀思。全词情感真挚，风格哀婉，由于其艺术上的成功，词作的情感意义与审美价值已超出了对一人一事的悼亡本身，而成了歌颂深挚永恒爱情的词中名篇。

满江红(小住京华)

秋瑾

秋瑾(1875—1907),字璿(xuán)卿,号竞雄,别署鉴湖女侠,浙江绍兴人。清末杰出的女革命家,女诗人。婚后随夫居于北京,因感于民族危机,立志革命。1904年赴日留学,次年加入同盟会,同年归国,积极参与民族解放、妇女解放运动。1907年组织光复军,起义失败后被捕殉难。

小住京华,[1]
早又是、中秋佳节。
为篱下,
黄花开遍,
秋容如拭。[2]
四面歌残终破楚,[3]
八年风味徒思浙。[4]
苦将侬、强派作蛾眉,[5]
殊未屑![6]

身不得,
男儿列。
心却比,
男儿烈!
算平生肝胆,
因人常热。[7]
俗子胸襟谁识我?
英雄末路当磨折。
莽红尘、何处觅知音?[8]
青衫湿![9]

必读理由

这是一首述志词,作者虽身为女子,心却比男儿更烈,为了拯救民族危亡,甘愿受难,抒发了强烈的爱国激情和崇高的献身精神,是晚清词作名篇。

【注释】

① 小住京华:指到北京不久。

② 拭:拂拭。此句谓秋空澄净。

③ 四面楚歌终破楚:用《史记·项羽本纪》典故,谓中国处于帝国列强的入侵和包围中,前途危在旦夕。

④ 八年:秋瑾于光绪二十二年在湖南与王廷钧结婚,距这首词写作正好八年。

⑤ 侬:我。蛾眉:本指女子美好的双眉,后代指女子。

⑥ 未屑:不屑,不愿。

⑦ 因人:为他人。

⑧ 莽:广阔无际。

⑨ 青衫湿:泪湿青衫。用白居易《琵琶行》典故。

【赏析】

这首词写于1903年秋瑾随夫迁居北京后不久。开篇一句平淡无奇,而“早又是”则透出胸中不平之意。黄花开遍,秋空晴朗,本是饮酒赏菊的好时光,然而词人却抑郁不乐。原因来自两个方面,一是清廷的腐败无能招致帝国列强对中国的蚕食瓜分,国家民族正处于危难之中;二是八年的婚姻生活并不幸福,这个封建官宦家庭带给词人的只有痛苦,所以只好借助回忆故乡来排遣郁闷。而秋瑾虽然容貌英美,但她却不甘愿沦为男子的附庸,希望有自己独立的人格。上片将写景和叙事融为一体,下片则直道自己的平生肝胆与英雄胸襟。身为女子是秋瑾一大憾事,在妇女地位低下的当时,秋瑾奋而抗争,不仅超越了自我和一般女性,而且也超越了男子和整个时代,成为晚清历史上屈指可数的革命先驱之一。因此“心却比男儿烈”,正表明了词人献身革命的决心。“平生肝胆”为国家民族而热,凡夫俗子无法理解自己英雄的胸襟。“末路”则表明虽知路途艰难却还是要奋力前行的勇气,末三句以红尘之广阔与知音之寥寥形成对比,抒发了革命征途上独行者的悲哀。

秋瑾诗词常借时序变化抒发情志,写秋景不为悲秋,而往往寄寓深厚。这首词写秋是为抒情述志,家事国事交织悲慨之中,表现了词人忧国忧民的情怀和为国献身的壮志,感情脉络由郁闷孤寂转为慷慨激越再转入落拓黯然,跌宕起伏,沉郁悲凉。全词语言平易明白,用典自然无痕,读来音律短促铿锵,掷地有声,是女性词作的绝唱。

【延伸阅读】

黄海舟中日人索句并见日俄战争地图

秋瑾

万里乘云去复来,只身东海挟春雷。忍看图画移颜色,肯使江山付劫灰。浊酒不销忧国泪,救时应仗出群才。拼将十万头颅血,须把乾坤力挽回。

【点评】

这首诗作于1905年。1904年2月在中国领土上爆发日俄战争,清政府却宣布中立。这首诗开头两句写自己赴日留学又回国的经历,中两联就日俄战争抒发感慨,末两句表示不惜牺牲生命,挽救国家民族于危难的壮烈情怀。全诗篇幅不长,情辞激烈,表现了诗人英勇无畏、为国献身的英雄气概,读来令人动容。

己亥杂诗(九州生气)

龚自珍

龚自珍(1792—1841),字尔玉,又字璱人,号定庵,仁和(今浙江杭州)人。清代思想家、文学家,改良主义先驱。曾任内阁中书、宗人府主事和礼部主事等官职。著有《定庵文集》,留存文章300余篇,诗词近800首,今人辑为《龚自珍全集》。

九州生气恃风雷,①
万马齐喑究可哀。②
我劝天公重抖擞,
不拘一格降人才。

必读理由

这首诗语言精练,气势磅礴,表达了对贤才的期待和变革现实的渴望,是一首出色的政治诗。

【注释】

① 九州:古代把全国分为中冀州、兖州、青州、徐州、扬州、荆州、豫州、幽州、雍州,后以九州作为中国的代称。恃(shì):倚靠,凭借。

② 万马齐喑(yīn):比喻清朝统治下死气沉沉的政治局面。喑:哑。究:终究。

【赏析】

清道光十九年(1839),龚自珍辞官南归,写下一组七言绝句,共315首,统名《己亥杂诗》。这首诗是其中一首,为作者南归途中经过镇江时所作。作者自注云:"过镇江,见赛玉皇及风神、雷神者,祷词万数,道士乞撰青词。"青词是道士祭神时献给天神的祝文,可见这首诗是替道士所撰的青词。然作者借青词形式,表现具有强烈现实意义的政治内容,表达他对当时严酷沉寂的政治气氛的极度不满,渴望有狂风惊雷扫荡这沉闷寂寥,为国家带来生机勃勃的气象。他呼吁清政府能不拘一格选拔人才,来适应社会变革的需要。这在当时的中国,不啻是一声振聋发聩的呐喊,充满惊天动地的震撼力。

这首诗艺术表现上也有其独特之处,作为青词,其中"天公"指上天、上苍,"风雷"指风神、雷神,这些词语均为借喻,用以指现实中的最高统治者及其整治社会的手段措施;“万马齐喑”则用以比喻沉闷死寂的现实状况。全诗想象力丰富,感情激越,生动形象,寓意深刻,气势磅礴,是晚清诗作的佳篇。

【延伸阅读】

己亥杂诗(浩荡离愁)

龚自珍

浩荡离愁白日斜,吟鞭东指即天涯。落红不是无情物,化作春泥更护花。

【点评】

这首诗在《己亥杂诗》中列第五,作于辞官南归、刚离都门之时。前两句写日暮时分出东城门离开京都,从此与朝廷远隔天涯,愁绪浩茫无边,难以自禁;后两句以落红和春泥为喻,表达了虽不在官位仍要奉献自己的生命热情,培育人才,为国效力。这首诗以落红自况,形象贴切,其寓意已超出了龚自珍这首诗的本义,成为具有普遍意义的经典诗句。

炉中煤

郭沫若

郭沫若(1892—1978),原名郭开贞,字鼎堂,乳名文豹,号尚武。四川省乐山市人。笔名沫若、石沱、高汝鸿、羊易之等。我国现代著名的文学家、考古学家、思想家、古文字学家、历史学家、书法家、学者,中国新诗的奠基人,有诗集《女神》《星空》《瓶》等。

啊，我年青的女郎!
我不辜负你的殷勤，
你也不要辜负了我的思量。
我为我心爱的人儿
燃到了这般模样!

啊，我年青的女郎!
你该知道了我的前身?
你该不嫌我黑奴卤莽?
要我这黑奴的胸中，
才有火一样的心肠。

啊，我年青的女郎!
我想我的前身
原本是有用的栋梁，
我活埋在地底多年，
到今朝才得重见天光。

啊，我年青的女郎!
我自从重见天光，
我常常思念我的故乡，
我为我心爱的人儿

必读理由

这首诗将诗人对祖国的忠诚与眷恋比成对待恋人一般强烈,表达了爱国热情和为国献身的愿望,是郭沫若五四时期的诗歌代表作之一。

燃到了这般模样！

1920年1、2月间作

【赏析】

这是一首饱含眷恋祖国感情的抒情诗。诗人曾言："'五四'以后的中国，在我的心目中就像一位葱俊的有进取气象的姑娘，她简直就和我的爱人一样。"（郭沫若《创造十年》）这首诗运用拟人、比喻等手法，将自己比作可以熊熊燃烧的炉中煤，将祖国比作"我心爱的"年青美丽的女郎，全诗即围绕炉中煤和女郎之间的关系而展开。第一节抒写诗人与心爱的祖国相思相恋之情，第二节倾吐诗人对祖国的衷肠，第三节表达了愿意将自己的生命与才华奉献给祖国的热望，第四节进一步表达渴望回到祖国怀抱的激情。"炉中煤"的燃烧象征着诗人的激情，它的黑色外表和火样心肠象征平民的地位和人格，它原为栋梁、今又重见天光，象征诗人不愿庸碌度过一生、希望奉献才干于祖国的心情。"炉中煤"的意象将物的形态与特性、诗人的才华与愿望、时代精神与文化氛围等高度融合，成为这首诗的核心意象。

全诗语言明白晓畅，感情饱满，各节均以"啊，我年青的女郎"开头，仿佛亲切深情的呼唤，情感既奔放又深婉；每节五行，每行音节大致整齐，全诗平仄通押，一韵到底，形式上统一和谐，兼之末段与首段语句复沓，造成了回环往复的旋律美。闻一多曾评价曰："不独艺术上他的作品与旧诗词相去最远，最要紧的是他的精神完全是时代的精神——二十世纪底时代的精神。"（闻一多《〈女神〉之时代精神》）可为的评。

【延伸阅读】

天上的市街

郭沫若

远远的街灯明了，
好像闪着无数的明星。
天上的明星现了，
好像点着无数的街灯。

我想那缥缈的空中，
定然有美丽的街市。
街市上陈列的一些物品，
定然是世上没有的珍奇。

你看，那浅浅的天河，
定然是不甚宽广。
那隔河的牛郎织女，
定能够骑着牛儿来往。

我想他们此刻，
定然在天街闲游。
不信，请看那朵流星，
那怕是他们提着灯笼在走。

1921年10月24日

【点评】

这首诗是郭沫若留学日本时所作。诗人将天上星空和人间街市相比拟，明星有如街灯，天空珍宝无数；牛女相依相伴，提着灯笼闲步。诗人以想象充实了虚无缥缈的星空，在与凡间无二的生活场景的描述中，颠覆了传说故事的悲剧基调，而代之以自由幸福的美好生活，充满了诗人的独特个性与理想色彩。

教我如何不想她

刘半农

刘半农(1891—1934),名复,字半农,江苏江阴人。著名文学家、语言学家和教育家,五四新文化运动的先锋人物。曾参加《新青年》编辑工作。后旅欧留学,获法国国家文学博士学位。1925年任北京大学教授。一生著作甚丰,有《瓦釜集》《扬鞭集》《半农杂文》,编有《初期白话诗稿》,学术著作有《中国文法通论》《四声实验录》等。

天上飘着些微云,
地上吹着些微风。
啊!
微风吹动了我头发,
教我如何不想她?

必读理由

这是一首情诗,诗中出现了“她”,可视为恋人,也可视为祖国。这是中国第一个使用“她”字的诗作,它让中国女性在文字上有了一个专有的位置。

月光恋爱着海洋,
海洋恋爱着月光。
啊!
这般蜜也似的银夜,
教我如何不想她?

水面落花慢慢流。
水底鱼儿慢慢游。
啊!
燕子你说些什么话?
教我如何不想她?

枯树在冷风里摇,
野火在暮色中烧。
啊!

西天还有些儿残霞，
教我如何不想她？

1920. 伦敦

【赏析】

这首诗是刘半农1920年在伦敦时写的一首白话诗，初次发表时名《情歌》。1926年，语言学家赵元任将它谱成歌曲，随即在青年知识分子中广泛流传开来。这首诗不是一首普通的情歌，它还表达了诗人对祖国的深深思念。全诗四节，每节都是先写景后抒情。第一节写天高云淡，微风吹拂，旅居海外的诗人亦如浮云般漂泊，风吹头发撩动了他思念故乡的情怀。第二节写月光如银，海洋静穆，海天一色的美景也让怀乡的情绪涌上了诗人的心头。第三节写花落水面，鱼游水底，燕子呢喃的画面触动了诗人内心的相思情愫。第四节写枯树冷风，暮色野火，西天残霞的余晖映照中，诗人仍然禁不住思念故土。

全诗运用了传统的比兴手法，景中含情，画面优美。语言明白晓畅，形式整齐，韵律和谐。整体韵式整齐中带有变化：每节一二行分别押“eng(un)”“ɑng”“ou”“ɑo”韵，四五行通押“ɑ”韵；每节一二四行步式基本一致，是2/3/2或2/3/3，第五行完全一样，都是“教我如何不想她”。这种形式增强了诗作的音乐节奏感，而且末句重复也形成了诗歌回环复沓的节律美，读来朗朗上口，优美感人，是五四诗歌的经典之作。

【延伸阅读】

雅典的少女

拜伦

雅典的少女呵，在我们分别以前，
把我的心，把我的心交还！
或者，既然它已经和我脱离，
留着它吧，把其余的也拿去！
请听一句我临别前的誓语：

你是我的生命，我爱你。
我要凭那松开的鬈发，
每阵爱琴海的风都追逐着它；
我要凭那长睫毛的眼睛，

睫毛直吻你颊上的嫣红；
我要凭那野鹿似的眼睛誓语：
你是我的生命，我爱你。

还有那我久欲一尝的红唇，
还有那轻盈紧束的腰身；
我要凭这些定情的鲜花，
它们胜过一切言语的表达；
我要说，凭爱情的一串悲喜：
你是我的生命，我爱你。

雅典的少女呀，我们分了手；
想着我吧，当你孤独的时候。
虽然我向着伊斯坦堡飞奔，
雅典却抓住我的心和灵魂：
我能够不爱你吗？不会的！
你是我的生命，我爱你。

【点评】

拜伦(1788—1824)，英国19世纪浪漫主义诗人。这首诗是拜伦第一次访问希腊时所写，诗人抒写了对一位美丽热情、充满青春朝气的雅典少女的炽烈的爱，将爱与生命齐观，并反复咏唱“你是我的生命，我爱你”，缠绵而又深挚。相比之下，刘半农的诗重比兴，清丽柔婉；这首诗则直抒浓情，坦率热烈。

生离死别

周恩来

周恩来(1898—1976),字翔宇,原籍浙江绍兴,生于江苏淮安。无产阶级革命家、政治家、军事家、外交家,党和国家主要领导人之一,中国人民解放军主要创建人之一,中华人民共和国的开国元勋。有《周恩来著作选集》。

壮烈的死,
苟且的生。
贪生怕死,
何如重死轻生!

生别死离,
最是难堪事。
别了,牵肠挂肚;
死了,毫无轻重,
何如做个感人的永别!

没有耕耘,
哪来收获?
没播革命的种子,
却盼共产花开!
梦想那赤色的旗儿飞扬,
却不用血来染他,
天下哪有这类便宜事?
坐着谈,
何如起来行?
贪生的人,
也悲伤别离,
也随着死生,

必读理由

这首诗是周恩来白话诗的代表作,诗作以掷地有声的语言和气贯长虹的气概,抒发了对革命烈士的深深悼念之情,表达了一个革命家愿为国家民族的未来壮烈牺牲的伟大生死观。

只是他们却识不透这感人的永别，
永别的感人。

不用希望人家了!
生死的路，
已放在各人前边，
飞向光明，
尽由着你!
举起那黑铁的锄儿，
开辟那未耕耘的土地。
种子撒在人间，
血儿滴在地上。

本是别离的，
以后更会永别!
生死参透了，
努力为生，
还要努力为死，
便永别了，又算什么?

【赏析】

这首诗是周恩来为悼念20世纪20年代初期革命烈士黄爱(1897—1922)所作。1922年1月12日，湖南第一纱厂工人举行大罢工，遭到军阀政府的镇压，身为湖南劳工会驻会干事和教育部主任的黄爱闻讯后与庞人铨赶到现场，代表工人向军阀政府谈判；16日夜反动军阀政府派兵包围湖南劳工会，两人被捕，次晨惨遭杀害。与黄爱情谊颇深的周恩来时在德国，获悉此事后以无比悲愤的心情写下了这首诗。诗作开篇直道生死命题，铿锵有力，凝练警策；第二节充分赞扬了烈士永别人间的感人力量，激励生者继续前行；第三节表达了愿为国家民族的未来抛头颅、洒热血的决心；第四节向革命者发出号召；末节以大无畏的革命精神，表达一个革命先驱的生死观：为革命而生，为革命而死，死亡并不惧怕，将永别当做寻常事。语句中透露出作者敢于直面惨淡的人生、踏着烈士的足迹继续前行的无畏气概和献身精神，它可以使高山仰止，日月凝辉。

这首诗既是悼亡之作，高度评价了友人之死的价值，表达革命者崇高伟大的生死观；同时也是作者的革命自白书，对生者的激励和自我的誓志豁然呈现。诗作语言平易明白，又高度凝练，融热情的歌颂与深刻的哲理为一体，意境开阔，节奏鲜明，升华了生命的意义，警策劲切，发人深省。全诗充分发挥了自由体诗的特点，写得起伏跌宕，酣畅淋漓，读来精神振奋，襟怀豁达，如有浩然正气激荡于天地宇宙之间。

【延伸阅读】

大江歌罢

周恩来

大江歌罢掉头东，邃密群科济世穷。面壁十年图破壁，难酬蹈海亦英雄。

【点评】

这首诗写于1917年9月周恩来东渡日本前夕。首句暗用苏词典故，气势豪迈。次句抒发壮志，言深入细致地研究社会科学以挽救国家的危亡。第三句用达摩大师面壁而坐的典故，表明东渡留学、刻苦钻研，是为了学成之后为祖国人民做一番大事业。第四句用陈天华留学日本、后投海殉国之事，言即使理想无法实现，壮志难酬，哪怕投海也是英雄。诗作表现了青年周恩来为了祖国的繁荣昌盛而求学海外、更愿献出自己的生命的壮志豪情，用典巧妙，修辞恰当，境界宏阔，超凡拔群。

热　情

朱湘

朱湘(1904—1933),字子沅,安徽太湖人。现代诗人,“清华四子”之一。1922年开始在《小说月报》上发表新诗,并加入文学研究会。曾任教于安徽大学外文系。被鲁迅称为“中国的济慈”。有诗集《夏天》《草莽集》等。

必读理由

这首诗是对生命热情的礼赞,表达了诗人对冷酷尘世的憎恶和生命力量的讴歌,想象丰富,意境深远,是朱湘的代表作。

忽然卷起了热情的风飚,
鞭挞着心海的波浪,鲸鲲;
如电的眼光直射进玄古;
更有雷霆作嗓,叫入无垠。

我们问,为什么星宿万千,
能够亘古周行,不相妨碍?
吸力,是吸力把它们牵住——
吸力中最强的岂非恋爱?

这无爱的地球罪已深重,
除去毁灭之外没有良方。
我们把它一脚踢碎之后,
展开双翼在大气内翱翔。

我们的热情消溶去冰冻,
苏醒转月宫的白兔,桂花,
我们绑起斫情根的吴刚,
一把扔去填天狼的齿牙。

我们发出流星的白羽箭,
射死丑的蟾蜍,恶的天狗。
我们挥彗星的筱帚扫除,

拿南箕撮去一切的污朽。

我们把九个太阳都挂起，
一个正中，八个照亮八方：
我们要世间不再有寒冷，
我们要一切的黑暗重光。

我们拿北斗酌天河的水，
来庆贺我们自己的成功。
在河水酌饮完了的时候，
牛郎同织女便永远相逢。

欢乐在我们的内心爆裂，
把我们炸成了一片轻尘，
看哪像灿烂的陨星洒下，
半空中弥漫有花雨缤纷！

十四，八，二十四。

【赏析】

这首诗题为《热情》，抒写热情来临时的各种感受和体验。这种热情，可以理解为由恋爱触发，也可以理解为生命本身的激情，而后者更具普遍性的意义。诗作开篇抒写激情突然来临时的感受：内心波涛汹涌，眼光如电般穿透远古时空，嗓音如雷霆，声震太空。接着诗人发出天问，思考太空的星宿能彼此无碍地周行的原因，是在它们之间有爱的吸力，这就点出激情之源来自恋爱。诗人憎恶身边没有温暖的尘世环境，幻想双双飞到太空中生活，于是画面便在太空中展开：生命的激情可以消融冰块，唤醒月中白兔吴刚；可以射杀邪恶的势力，扫除一切污浊；可以升起九个太阳，让世界全部变得温暖；更可以让人世间的牛郎织女都幸福团聚。由于激情的力量，诗人快乐无极，到达幸福的巅峰，生命的意义也随之升华。

这是一首生命的礼赞，激情的讴歌。诗人一反在其他诗作中表现出来的宁静温和安详柔软，用力地喊出他心中对生命的看法，表达他对尘世之爱的关注和善良诚挚的愿望，充满了惊心动魄的感人力量。诗作共8节，每节一转韵，音律和谐而又变化，同时表现出诗人惊人的想象力和娴熟的写作技巧。读"我们发出流星的白羽箭……"和"我们拿北斗酌天河的水……"数句，仿佛有《诗经·小雅·大东》"维南有箕，不可以簸扬；维北有斗，不可以挹酒浆"和《楚辞·九歌·东君》的"青云衣兮白霓裳，举长矢兮射天狼。操余弧兮反沦降，援北斗兮酌桂浆”的韵味。诗中白兔、吴刚、蟾蜍、天狗、九个太阳、北斗、牛女等传统诗歌意象的组合，建构了诗歌画面的神奇、浪漫与瑰丽；而陨星、轻尘、花雨等意象，则又呈现了美丽异常的诗境，将诗人对生命激情的体验表达得灿丽至极。

【延伸阅读】

答梦

朱湘

我为什么还不能放下？
因为我现在漂流海中，
你的情好像一粒明星
垂顾我于澄静的天空，
吸起我下沉的失望，
令我能勇敢的前向。

我为什么还不能放下？
是你自家留下了爱情，
他趁我不自知的梦里
顽童一样搬演起戏文——
我真愿长久在梦中，
好同你长久的相逢！

我为什么还不能放下？
我们没有撒手的辰光：
好像波圈越摇曳越大，
虽然堤岸能加以阻防，
湖边柳仍然起微颤，
并且拂柔条吻水面。

情随着时光增加热度，
正如山的美随远增加；
棕榈的绿阴更为可爱
当流浪人度过了黄沙：

爱情呀，你替我回话，
我怎么能把她放下？

【点评】

这是一首爱情的赞歌。真正的爱情令人澄静，启人向上，随着时间的流逝，越来越散发着动人的魅力，让人怀恋，也越加深挚，让人永远难以放下。这首诗善用比喻，将抽象的情感诉诸明星、水波、棕榈的绿荫等意象，令诗句充满了清新柔婉的绘画美。诗作每节用两韵，前三节首句重复，末两句后退一格，形成了诗作整齐而又灵活的形式美和舒缓优雅的音乐美。

死　水

闻一多

闻一多(1899—1946),原名闻家骅,又名多、亦多、一多,字友三、友山。生于湖北省蕲水县(今湖北省浠水县)。现代诗人,学者,民主战士。有诗集《红烛》《死水》等,古典文学研究则有《楚辞校补》《神话与诗》《古典新义》等著作。

必读理由

这首诗表达了破坏旧世界、创造新生活的热望,是一首最能代表闻一多的思想境界、艺术观念和诗作风格的作品。

这是一沟绝望的死水,
清风吹不起半点漪沦。
不如多扔些破铜烂铁,
爽性泼你的剩菜残羹。

也许铜的要绿成翡翠,
铁罐上绣出几瓣桃花。
再让油腻织一层罗绮,
霉菌给他蒸出些云霞。

让死水酵成一沟绿酒,
飘满了珍珠似的白沫;
小珠们笑声变成大珠,
又被偷酒的花蚊咬破。

那么一沟绝望的死水,
也就夸得上几分鲜明。
如果青蛙耐不住寂寞,
又算死水叫出了歌声。

这是一沟绝望的死水,
这里断不是美的所在,
不如让给丑恶来开垦,

看他造出个什么世界。

1925年4月

【赏析】

1925年诗人回国之后，目睹国内军阀混战、民不聊生的现状，愤激之余写下这首诗。诗作围绕“死水”这一中心意象，从多角度、多层面描写死水的形态和特质，讽刺了当时腐败丑恶的社会现实，表达了诗人的绝望与愤激。诗开篇即对现实作出形象化的判断：“这是一沟绝望的死水。”死水之令人绝望，表现为风来时没有半点涟漪。而诗人觉得这死水死寂的程度还不够深，应以恶制恶，以毒攻毒，索性再让它更加沉寂、污秽、混乱、丑恶，所以多扔些破铜烂铁、剩菜残羹，让铜绿铁锈更多，水面堆积油腻，生出霉菌，长满泡沫，蚊蝇飞舞，乌烟瘴气。诗人认为这样才是名副其实的死水。倘若有青蛙鸣叫，算是寂静中多了份热闹。诗人最后给出断语：这一沟绝望的死水，绝对是一个丑恶的世界。诗人希望死水快快枯竭死去，表达了对现实的厌恶与愤恨、对春水早日诞生的渴望。这是一个觉醒者的振臂呐喊，也是一个热血男儿爱国激情的沉郁喷发。

全诗构思新颖精巧，运用铺叙和象征手法，想象丰富，层层递进，夸张描绘死水的死寂腐烂，虚实相生，形象生动，色彩鲜明。诗作语言典雅富丽，笔法辛辣老到，意味深长，前后两次使用“绝望”来给死水下断语，斩钉截铁，掷地有声，恰当地表达了诗人的愤慨之情。全诗节奏感极强，每行字数相等，音节相仿，每节一转韵，读来韵律和谐，具有音乐的美感，是闻一多追求诗歌“三美”（音乐美、绘画美、建筑美）的典范之作。

【延伸阅读】

一句话

闻一多

有一句话说出就是祸，
有一句话能点得着火。
别看五千年没有说破，
你猜得透火山的缄默？
说不定是突然着了魔，
突然青天里一个霹雳
爆一声：
“咱们的中国！”

这话叫我今天怎么说？
你不信铁树开花也可，
那么有一句话你听着：
等火山忍不住了缄默，
不要发抖，伸舌头，顿脚，
等到青天里一个霹雳
爆一声：
“咱们的中国！”

【点评】

这首诗以“一句话”——“咱们的中国”为中心，以“祸”写实，谴责现实政治的黑暗恐怖；以“火”暗喻，形容广大民众积蓄已久的愤慨和力量。“火山”之喻，暗示民众力量一旦爆发，可以产生翻天覆地的巨大变化。继用铁树开花为喻，表达诗人对中国未来的坚定信念，又重复火山爆发意象，盛赞国人创造理想中国的决心和力量。全诗语言平易，比喻浅近，通押一韵，音律整齐和谐，具有形式美和音乐美。

雨 巷

戴望舒

戴望舒(1905—1950),原名戴梦鸥,笔名艾昂甫、江思等。浙江杭州人。现代著名诗人和文学翻译家,20世纪30年代“现代派”的代表诗人。早期诗作凄婉朦胧,后期诗作趋于写实明朗。有《我的记忆》《望舒草》《望舒诗稿》等。

撑着油纸伞，独自
彷徨在悠长、悠长
又寂寥的雨巷，
我希望逢着
一个丁香一样地
结着愁怨的姑娘。

她是有
丁香一样的颜色，
丁香一样的芬芳，
丁香一样的忧愁，
在雨中哀怨，
哀怨又彷徨；

她彷徨在这寂寥的雨巷，
撑着油纸伞，
像我一样，
像我一样地，
默默彳亍着，
冷漠，凄清，又惆怅。

她默默地走近
走近，又投出

必读理由

这首诗借丁香暗喻心愁,借姑娘象征希望,以优美舒缓的音律抒发了凄清哀怨之情。由于它的成功,作者被称为“雨巷诗人”。

太息一般的眼光，
她飘过
像梦一般地，
像梦一般地凄婉迷茫。

像梦中飘过
一枝丁香地，
我身旁飘过这女郎；
她默默地远了，远了，
到了颓圮的篱墙，
走尽这雨巷。

在雨的哀曲里，
消了她的颜色，
散了她的芬芳，
消散了，甚至她的
太息般的眼光
丁香般的惆怅。

撑着油纸伞，独自
彷徨在悠长、悠长
又寂寥的雨巷，
我希望飘过
一个丁香一样地
结着愁怨的姑娘。

【赏析】

这首诗写于1927年夏天，当时国内一片白色恐怖氛围，戴望舒避居于松江友人家中，处境孤寂，情绪惆怅。诗人所描绘的狭长寂寥的“雨巷”，是当时沉闷枯寂现实的反映；诗中的抒情主人公“撑着油纸伞”，独自彳亍在雨巷中，正是诗人孤寂迷惘心情的外现；而那位有着丁香一样美丽的颜色和散发着丁香般芳香的少女形象，正是当时中国知识分子忧虑现实、梦怀理想的心境的象征，她给人以未来的希望，但这希望又飘忽不定，结着愁怨，这就在希望中带有失望，梦想中含有怅惘。希望的渺茫与难以实现，是大革命失败后有追求有理想的青年知识分子彷徨心境的真实反映。

全诗借助“油纸伞”“雨巷”“丁香般的女郎”等意象，描绘了一幅梅雨季节江南长巷的飘忽怅惘图景，构成了一个象征意味浓郁的抒情意境，给人以朦胧幽深的美感。诗作以象征手法抒情，使诗人的内在情感与心绪表现得更加形象，也更显含蓄蕴藉，给读者留下了丰富的想象空间。全诗运用了复沓、叠句、重唱等艺术手法，营造出一种回环往复的旋律美，描绘了孤独行走中的彷徨、惆怅、哀怨、低回的情绪，传达出一代知识分子丰富曲折、幽微精妙的情感体验，使诗的音乐性更自然贴切地表达中国人的心灵颤动。叶圣陶曾誉这首诗替新诗的音节“开了一个新的纪元”。

【延伸阅读】

青团

刘祖慈

青团，一种江南小食。以野苎麻汁掺和糯米粉制成，颜色青翠可人，常以芝麻豆沙为馅儿，望之令人怀念江南。

青青的青团，软软的青团
轻轻软软，软软青青是江南
青青是芳草的青青、山林的青青
软软是春泥的软软田园的软软
青也是江南，软也是江南，
轻轻软软软软轻轻是江南的青团

香香的青团，甜甜的青团
香香甜甜甜甜香香是江南
香香是山花的香香野菜的香香
甜甜是春风的甜甜春水的甜甜
香也是江南，甜也是江南
香香甜甜，甜甜香香是青团的江南

是江南，是江南的青团
是青团的江南啊
是江南

【点评】

刘祖慈(1939—2021),皖籍诗人,中国作家协会会员。这首诗吟咏“青团”,以小见大,从触觉、视觉、味觉、嗅觉等角度写其软、青、轻、甜、香五大特征,借以象喻“江南”,抒发了对拥有芳草、山林、山花、野菜、春风的江南的挚爱之情。借鉴古典诗词的复沓手法,设置叠词和反复,是这首诗艺术上最大的特点。青青、软软、轻轻、香香、甜甜反复出现在诗中,在简单语词的复沓重唱里,营构了形式的建筑美和韵律的音乐美,烘托出江南风光轻软香甜的情致与韵味,是当代不可多得的咏物佳作。

再别康桥

徐志摩

徐志摩(1897—1931),原名章垿,字槱森,留学美国时改名志摩。浙江海宁人。现代诗人、散文家,新月派代表诗人。1920年赴英国留学,深受欧美浪漫主义和唯美派诗人的影响,有《志摩的诗》《翡冷翠的一夜》《猛虎集》《云游》等诗集,另有散文集、小说与剧作、翻译等作品。

轻轻的我走了,
正如我轻轻的来;
我轻轻的招手,
作别西天的云彩。

那河畔的金柳,
是夕阳中的新娘;
波光里的艳影,
在我的心头荡漾。

软泥上的青荇,
油油的在水底招摇;
在康河的柔波里,
我甘心做一条水草!

那榆荫下的一潭,
不是清泉,是天上虹;
揉碎在浮藻间,
沉淀着彩虹似的梦。

寻梦?撑一支长篙,
向青草更青处漫溯;

必读理由

这首诗传达了徐志摩浓厚的康桥情结,是一首传世之作。其首行和末行被刻写在剑桥大学国王学院后园的白色大理石石碑上,成为连接中国和国王学院的纽带。

满载一船星辉，
在星辉斑斓里放歌。

但我不能放歌，
悄悄是别离的笙箫；
夏虫也为我沉默，
沉默是今晚的康桥！

悄悄的我走了，
正如我悄悄的来；
我挥一挥衣袖，
不带走一片云彩。

1928.11.6 中国海上

【赏析】

康桥是英国剑桥大学所在地。徐志摩在1920年10月至1922年8月间在此留学，1928年故地重游，11月6日在乘船回国的途中写成这首诗。徐志摩说："我的眼是康桥教我睁的，我的求知欲是康桥给我拨动的，我的自我意识是康桥给我胚胎的。"(徐志摩《吸烟与文化》)因此康桥情结贯穿了诗人一生的文学创作之中，而这首诗无疑是最著名的一首。诗作第一节写诗人作别康桥时的离愁别绪，三个"轻轻的"连用，传达了诗人依依不舍的深情，而这情思化作了绚丽的云彩。第二至第六节，描写诗人在康桥的河边漫步、河中泛舟的画面，夕阳金柳、软泥青荇、树下水潭、河中青草、河面星辉等意象，组合成了一幅色彩鲜亮、颇具动感的康河图景。新娘一般沐浴着夕阳金辉的河柳的艳影，始终在诗人心头荡漾不去，漂浮着水藻的清泉蕴藏着诗人爱恋的梦，而诗人愿做柔波里的水草，愿在康河里寻梦，愿在流连忘返、黑幕来临时放歌，都是诗人对康桥、康河眷恋无比的深深情愫的外现。末节又以两个"悄悄的"对应开头"轻轻的"之语，写出诗人最终告别康桥康河时的毅然决然，潇洒之中表达了学子对母校的深挚的爱。

这首诗一共七节，中间五节在写景中抒情，情景交融，首节和末节在叙事中表意，首尾呼应，开合有致，全篇层次井然，一气呵成，自然流贯。诗人善用比喻，将眷恋比作云彩，将金柳比作新娘，将清泉比作清梦，十分别致优美；且善用反复、叠字，读来抑扬顿挫，朗朗上口，有一种涟漪般的节奏，与诗人情感的起伏相应和，韵律上呈现了一种独特的美感。这首诗是中国现代诗中最优美的篇章之一，也是徐志摩诗化人生的最佳体现。

【延伸阅读】

偶然

徐志摩

我是天空里的一片云，
偶尔投影在你的波心——
你不必惊异，
更无须欢喜——
在转瞬间消灭了踪影。

你我相逢在黑夜的海上，
你有你的，我有我的，方向；
你记得也好，
最好你忘掉，
在这交会时互放的光亮。

【点评】

这首诗描写有爱却不得不分开的苦涩与难忘，而其意义与蕴涵却已超越了诗作本身，显示其艺术的张力。人生旅途上有很多美好的东西会与你偶然交会，又匆匆消逝，这交会时互放的光亮会长伴你的一生。诗以整齐、柔丽、清爽的句子来书写人类微妙的灵魂的秘密，上下节格律对称，形式完美，读起来纡徐从容，委婉顿挫，余味无穷。

惯于长夜过春时

鲁迅

鲁迅(1881—1936),原名周树人,字豫山、豫亭,后改名为豫才。浙江绍兴人。文学家、思想家、革命家,中国文化革命的主将。著作以小说、杂文为主,著有《呐喊》《彷徨》《朝花夕拾》《野草》《坟》《华盖集》等。

惯于长夜过春时,
挈妇将雏鬓有丝。①
梦里依稀慈母泪,
城头变幻大王旗。②
忍看朋辈成新鬼,
怒向刀丛觅小诗。
吟罢低眉无写处,
月光如水照缁衣。③

必读理由

这是一首悼亡诗,也是一篇讨伐黑暗现实的檄文。诗作凝重悲壮,充满对青年烈士的哀戚,表现出作者激越、慈悲的精神形象。

【注释】

① 挈(qiè):携带;带领。将:携带。鬓:脸旁靠近耳朵的部位,鬓角。丝:蚕丝。蚕丝是白色的,此指白头发。

② 大王:指1929—1930年相与混战的各地军阀。

③ 缁衣:黑衣。

【赏析】

这首诗是鲁迅为悼念柔石、殷夫等左联五烈士而作。柔石(1902—1931),浙江宁海人,共产党员,曾任《语丝》编辑,与鲁迅同办"朝花社",是左联重要成员,1931年1月在上海被捕,同年2月7日与殷夫、欧阳立安等23人同被国民党秘密杀害。鲁迅曾写《为了忘却的记念》一文追悼。这首诗写于悲愤之中。诗人以反语起笔,言已习惯于度过漫漫长夜一般的春天时光,"惯于"透露出作者的愤激与无奈。次句以白描手法写出一个携妻带子、鬓已斑白的诗人形象,古诗习以白发表愁绪,故"鬓有丝"暗示是由内心的悲愤与哀愁催白了头发。“慈母”是包含鲁迅母亲和柔石母亲在内的诸多革命者的母亲，她们担忧儿女们的生命安全，而后者却正在为革命事业前仆后继，奋勇牺牲，鲁迅仿佛看到了她们悲伤的泪。然而国内军阀混战，民不聊生，“城头变幻大王旗”正是对蒋桂战争、蒋阎冯战争连年爆发、生灵涂炭的黑暗现实的生动描画。面对朋友们一个个英勇赴死，作者并未徒然伤悲，而是敢于直面惨淡的人生，以文学为武器批判现实，表现出绝不妥协的人格精神。在白色恐怖笼罩大地之时，诗稿吟完也没有能公开表达的空间，只好独自在冷白如水的月光下，身着黑衣，肃穆而立，自我倾诉了。尾联表达的正是鲁迅此时此地的特殊心境，是深情的致哀，也是悲愤的控诉。

这首诗抒发了对死难烈士的悲悼和对黑暗现实的愤怒，情感沉郁悲愤，力透纸背。全诗风格冷峻，结构起伏跌宕，对仗工整，内蕴深厚，读来动人心魄。

【延伸阅读】

别了，哥哥

——算作是向一个Class的告别词吧

殷夫

别了，我最亲爱的哥哥，
你的来函促成了我的决心，
恨的是不能握一握最后的手，
再独立地向前途踏进。

二十年来手足的爱和怜，
二十年来的保护和抚养，
请在这最后的一滴泪水里，
收回吧，作为恶梦一场。

你诚意的教导使我感激，
你牺牲的培植使我钦佩，
但这不能留住我不向你告别，
我不能不向别方转变。

在你的一方，哟，哥哥，

有的是，安逸，功业和名号，
是治者们荣赏的爵禄，
或是薄纸糊成的高帽。

只要我，答应一声说，
“我进去听指示的圈套”
我很容易能够获得一切，
从名号直至纸帽。

但你的弟弟现在饥渴，
饥渴着的是永久的真理，
不要荣誉，不要功建，
只望向真理的王国进礼。

因此机械的悲鸣扰了他的美梦，
因此劳苦群众的呼号震动心灵，
因此他尽日尽夜地忧愁，
想做个Prothemua偷给人间以光明。[1]

真理和愤怒使他强硬，
他再不怕天帝的咆哮，
他要牺牲去他的生命，
更不要那纸糊的高帽。

这，就是你弟弟的前途，
这前途满站着危崖荆棘，
又有的是黑的死，和白的骨，
又有的是砭人肌筋的冰雹风雪。

但他决心要踏上前去，
真理的伟光在地平线下闪照，
死的恐怖都辟易远退，
热的心火会把冰雪溶消。

别了，哥哥，别了，
此后各走前途，
再见的机会是在，
当我们和你隶属着的阶级交了战火。

1929.4.12

【注释】

① Prothemua：人名，普罗米修斯。

【点评】

这首诗是左联五烈士之一的殷夫(1910—1931)与当时在国民党政府供职的大哥决裂时所作。殷夫自幼聪颖好学，大他15岁的大哥一直着力照顾培养他，供他读书。因为参与革命，殷夫曾多次入狱，前两次都被大哥保释出来并施以软禁，限制他的自由。对真理的渴求和对民众疾苦的关心，促使殷夫下决心和大哥以及大哥所代表的阶级决裂，写下这首著名的诗作。殷夫曾根据《彼得斐诗集》中的格言翻译出四句话：“生命诚可贵，爱情价更高，若为自由故，二者皆可抛！”后成为被广泛传诵的名诗。他先后写了一系列诗作，讴歌革命者英勇无畏的战斗精神，成为左联初期最有成就和影响的诗人。

预 言

何其芳

何其芳(1912—1977),原名何永芳,四川万县(现重庆万州)人。中国著名诗人,散文家,文学评论家,“汉园三诗人”之一。著作主要有散文集《画梦录》,诗集《预言》《夜歌》等。

必读理由

这首诗表达了20世纪30年代青年人对爱情的渴望和精神上的迷惘与追求,是那代青年的心灵“画梦录”。

这一个心跳的日子终于来临。
你夜的叹息似的渐近的足音,
我听得清不是林叶和夜风私语,
麋鹿驰过苔径的细碎的蹄声。
告诉我,用你银铃的歌声告诉我,
你是不是预言中的年青的神?

你一定来自那温郁的南方,
告诉我那儿的月色,那儿的日光,
告诉我春风是怎样吹开百花,
燕子是怎样痴恋着绿杨。
我将合眼睡在你如梦的歌声里,
那温馨我似乎记得,又似乎遗忘。

请停下,你疲劳的奔波,
进来,这儿有虎皮的褥你坐!
让我烧起每一个秋天拾来的落叶,
听我低低唱起我自己的歌。
那歌声将火光一样沉郁又高扬,
火光一样将我的一生诉说。

不要前行,前面是无边的森林,
古老的树现着野兽身上的斑纹,

半生半死的藤蟒一样交缠着，
密叶里漏不下一颗星。
你将怯怯地不敢放下第二步，
当你听见了第一步空寥的回声。

一定要走吗？等我和你同行，
我的足知道每条平安的路径，
我可以不停地唱着忘倦的歌，
再给你，再给你手的温存。
当夜的浓黑遮断了我们，
你可以不转眼地望着我的眼睛。

我激动的歌声你竟不听，
你的足竟不为我的颤抖暂停！
像静穆的微风飘过这黄昏里，
消失了，消失了你骄傲的足音……
呵，你终于如预言中所说的无语而来，
无语而去了吗，年青的神？

1931年秋天，北平

【赏析】

这首诗写于诗人19岁时。这是一个青春悸动的年龄，是对爱情和未来有无穷梦幻的年龄。题名《预言》，既是对将要发生事情的预想，也有“传说”的意味，“预言中的年青的神”无疑指代“传说中的爱神”，因此这是一首爱情的颂歌。诗人倾诉与年青的神的相遇与相别，表达了甜蜜与哀怨、希望与怅惘交织的心路历程。第一节以夜的叹息、林叶与夜风私语、麋鹿的蹄声来形容女神渐渐来临时的足音，将爱情来临时的心灵惊悸和欣喜祈盼描写得细腻而美妙。第二节赞美女神来自月色柔美、日光明媚、花开春风、燕栖绿杨的南方，借此表达对女神的由衷爱慕。第三节至第五节，诗人一气呵成，抒发了对女神的爱恋激情：他邀请女神到虎皮褥上坐，用秋叶点燃温暖的篝火，唱着自己写的恋歌；他哀告女神不要再继续前行，因为森林是那样茂密而又寂寥；如果女神一定要前行，诗人愿意一直陪伴，用足为她引导路径，用手给她温暖，用眼睛为她照明。诗作至此，将爱恋的情感推向高潮，表达了“执子之手，与子偕老”的爱情信念。这是诗人对爱情之路的形象化阐释，也是诗人生命观的诗化体现。末节写女神并未停步不前，这象征着爱情的可望而不可即，抒发了诗人对爱情的迷惘与哀怨。

这首诗以充满激情和幻想的情调，传达出青春的热情与气息，在清风明月般的优美意境中，歌唱爱情的甜蜜与痛楚，意象鲜明丰富，比喻贴切生动，对爱情的追求与倾诉又十分执着，一往情深，在婉转哀伤的风格中展示了诗人的爱情观，首尾照应，设问、反问和重复的语句增加了音律的优美，有一种起伏跌宕的韵味。

【延伸阅读】

爱情

何其芳

晨光在带露的石榴花上开放。
正午的日影是迟迟的脚步
在垂杨和菩提树间游戏。
当南风无力地
从睡莲的湖水把夜吹来，
原野更流溢着郁热的香气，
因为常春藤遍地牵延着，
而菟丝子从草根缠上树尖。
南方的爱情是沉沉地睡着的，
它醒来的扑翅声也催人入睡。

霜隼在无云的秋空掠过。
猎骑驰骋在荒郊。
夕阳从古代的城阙落下。
风与月色抚摩着摇落的树。
或者凝着忍耐的驼铃声
留滞在长长的乏水草的道路上，
一粒大的白色的陨星
如一滴冷泪流向辽远的夜。
北方的爱情是警醒着的，
而且有轻的残忍的脚步。

爱情是很老很老了，但不厌倦，
而且会作婴孩脸涡里的微笑。
它是传说里的王子的金冠。

它是田野间的少女的蓝布衫。
你呵，你有了爱情
而你又为它的寒冷哭泣！
烧起落叶与断枝的火来，
让我们坐在火光里，爆炸声里，
让树林警醒了而且微颤地
来窃听我们静静地谈说爱情。

【点评】

《爱情》也是何其芳早期创作的诗歌，同样显示出他将爱情的发生与大自然的生命气象糅为一体的浪漫风格。古典诗文中，“南方”通常意味着温暖缠绵，“北方”则往往意味着寒冷悲凉。这首诗将爱情分为南方的和北方的，实则象征爱情的两种不同形态和体验。南方的爱情是甜美温柔的，北方的爱情则悲哀而执着；无论何种风格，爱情永远是古老而又纯真、高贵而又平凡、忧郁而又美丽。这首诗在绵长的旋律和隐含的节奏中，散发出梦幻般的忧郁美，是其早期诗歌风格的代表作之一。

你是人间的四月天

——一句爱的赞颂

林徽因

林徽因(1904—1955),原名徽音,福建闽侯人。作家,中国第一位女性建筑学家,胡适誉之为中国一代才女。文学创作包括散文、诗歌、小说、剧本、译文和书信等,代表作为《你是人间的四月天》,小说《九十九度中》等。

我说你是人间的四月天;
笑响点亮了四面风,轻灵
在春的光艳中交舞着变。

你是四月早天里的云烟,
黄昏吹着风的软,星子在
无意中闪,细雨点洒在花前。

那轻,那娉婷,你是,鲜妍
百花的冠冕你戴着,你是
天真,庄严,你是夜夜的月圆。

雪化后那片鹅黄,你像;新鲜
初放芽的绿,你是;柔嫩喜悦
水光浮动着你梦期待中白莲。

你是一树一树的花开,是燕
在梁间呢喃,——你是爱,是暖,
是希望,你是人间的四月天!

必读理由

这首诗用绵密美丽的意象为喻,表达爱的深挚内涵,格律和谐,形式优美,是林徽因诗歌的代表作。

【赏析】

这首诗是林徽因1934年春天写给她和梁思成的长子梁从诫的。当时梁从诫不到两岁,正是学语学步、天真烂漫的童稚时期,诗人以诸多意象为喻,书写细腻柔丽的爱子情愫,表现出轻盈优雅之美。诗作先推出“四月天”这一意象,以春风轻灵、春光明媚、春色多变等四月天的季候特征,象喻孩子活泼开朗、轻快多动的个性特征。第二节至第四节则分别以四月天中各种不同的具象来比喻童稚生活中的各种画面:轻淡柔软的“云烟”以喻肌肤,晶莹闪亮的“星子”以喻星眸,“雨点”以喻泪点;其天真鲜妍有如四月天里的百花和圆月,其娇嫩喜悦有如四月天柳枝上新生的鹅黄,草地上冒出的绿芽,水光中浮动的白莲,其成长多变有如一树树花不断开放,其稚嫩可爱有如梁间燕子软语呢喃……最后诗人直抒对孩子的爱意,概言“你”就是“爱”,就是“暖”,就是“希望”,而这一切特征均为“人间的四月天”所全部涵括。

全诗借助多重象喻,来书写孩子的天真烂漫、活泼开朗及其所表现出来的爱和希望,表达了女诗人对孩子的深沉的爱,内容纯净,意象优美,笔调有如诗作所描写的画面一样轻灵美丽、温暖喜悦。诗人注重韵律的和谐和形式的美感,词语虽有跳跃,语意却自然连贯,五节句式大致整齐,各节比喻也形成了排比群,各种喻像色彩缤纷,动静交融,表现出形式的新颖与完美,在清新柔丽的意境中让读者感受到心灵愉悦的震颤。诗人去世时,哲学家金岳霖曾题挽联曰:“一身诗意千寻瀑,万古人间四月天。”可以说,这首诗奠定了林徽因在中国现代诗史上的地位。

【延伸阅读】

我怎么能把你来比作夏天?

莎士比亚

我怎么能够把你来比作夏天?
你不独比它可爱也比它温婉;
狂风把五月宠爱的嫩蕊作践,
夏天出赁的期限又未免太短。
天上的眼睛有时照得太酷烈,
它那炳耀的金颜又常遭掩蔽;
被机缘或无常的天道所摧折,
没有芳艳不终于凋残或销毁。
但是你的长夏永远不会凋落,
也不会损失你这皎洁的红芳,
或死神夸口你在他影里漂泊,
当你在不朽的诗里与时同长。
只要一天有人类,或人有眼睛,

这诗将长存，并且赐给你生命。

【点评】

这是英国戏剧家、诗人威廉·莎士比亚（1564—1616）著名的十四行诗之一。诗人将心上人比作夏天以表达爱慕之情，相比之下夏天和太阳都有不足，而如夏的“你”却在“我”不朽的诗中获得永恒。诗言比喻不恰当，实则收到比恰当比喻更好的烘托效果。

大堰河，我的保姆

艾青

艾青(1910—1996)，原名蒋正涵，号海澄，曾用笔名莪加、克阿、林壁等，浙江省金华人。20世纪中国现代诗的代表诗人之一。1928年入国立杭州艺术专科学校绘画系，翌年赴法国勤工俭学。1932年初回国，在上海加入中国左翼美术家联盟。1985年获法国文学艺术最高勋章。

> **必读理由**
> 这首诗是作者第一次使用“艾青”之名所作，是艾青的成名作，也是其诗歌的代表作之一。

大堰河，是我的保姆。
她的名字就是生她的村庄的名字，
她是童养媳，
大堰河，是我的保姆。

我是地主的儿子；
也是吃了大堰河的奶而长大了的
大堰河的儿子。
大堰河以养育我而养育她的家，
而我，是吃了你的奶而被养育了的，
大堰河啊，我的保姆。

大堰河，今天我看到雪使我想起了你：
你的被雪压着的草盖的坟墓，
你的关闭了的故居檐头的枯死的瓦菲，
你的被典押了的一丈平方的园地，
你的门前的长了青苔的石椅，
大堰河，今天我看到雪使我想起了你。
你用你厚大的手掌把我抱在怀里，抚摸我；
在你搭好了灶火之后，
在你拍去了围裙上的炭灰之后，
在你尝到饭已煮熟了之后，

在你把乌黑的酱碗放到乌黑的桌子上之后，
在你补好了儿子们的为山腰的荆棘扯破的衣服之后，
在你把小儿被柴刀砍伤了的手包好之后，
在你把夫儿们的衬衣上的虱子一颗颗的掐死之后，
在你拿起了今天的第一颗鸡蛋之后，
你用你厚大的手掌把我抱在怀里，抚摸我。

我是地主的儿子，
在我吃光了你大堰河的奶之后，
我被生我的父母领回到自己的家里。
啊，大堰河，你为什么要哭？

我做了生我的父母家里的新客了！
我摸着红漆雕花的家具，
我摸着父母的睡床上金色的花纹，
我呆呆地看着檐头的我不认得的“天伦叙乐”的匾，
我摸着新换上的衣服的丝的和贝壳的纽扣，
我看着母亲怀里的不熟识的妹妹，
我坐着油漆过的安了火钵的炕凳，
我吃着碾了三番的白米的饭，
但，我是这般忸怩不安！因为我
我做了生我的父母家里的新客了。

大堰河，为了生活，
在她流尽了她的乳汁之后，
她就开始用抱过我的两臂劳动了；
她含着笑，洗着我们的衣服，
她含着笑，提着菜篮到村边的结冰的池塘去，
她含着笑，切着冰屑悉索的萝卜，
她含着笑，用手掏着猪吃的麦糟，
她含着笑，扇着炖肉的炉子的火，
她含着笑，背了团箕到广场上去晒好那些大豆和小麦，
大堰河，为了生活，
在她流尽了她的乳液之后，
她就用抱过我的两臂，劳动了。

大堰河，深爱着她的乳儿：
在年节里，为了他，忙着切那冬米的糖，
为了他，常悄悄地走到村边的她的家里去，
为了他，走到她的身边叫一声“妈”，
大堰河，把他画的大红大绿的关云长贴在灶边的墙上，
大堰河，会对她的邻居夸口赞美她的乳儿；
大堰河曾做了以个不能对人说的梦：
在梦里，她吃着她的乳儿的婚酒，
坐在辉煌的结彩的堂上，
而她的娇美的媳妇亲切的叫她“婆婆”
…………

大堰河，深爱着她的乳儿！
大堰河，在她的梦没有做醒的时候已死了。
她死时，乳儿不在她的旁侧，
她死时，平时打骂她的丈夫也为她流泪，
五个儿子，个个哭得很悲，
她死时，轻轻地呼着她的乳儿的名字，
大堰河，已死了，
她死时，乳儿不在她的旁侧。

大堰河，含泪的去了！
同着四十几年的人世生活的凌侮，
同着数不尽的奴隶的凄苦，
同着四块钱的棺材和几束稻草，
同着几尺长方的埋棺材的土地，
同着一手把的纸钱的灰，
大堰河，她含泪的去了。

这是大堰河所不知道的：
她的醉酒的丈夫已死去，
大儿做了土匪，
第二个死在炮火的烟里，
第三，第四，第五

在师傅和地主的叱骂声里过着日子。
而我，我是在写着给予这不公道的世界的咒语。
当我经了长长的漂泊回到故土时，
在山腰里，田野上，
兄弟们碰见时，是比六七年前更要亲密！
这，这是为你，静静的睡着的大堰河
所不知道的啊！

大堰河！今天，你的乳儿是在狱里，
写着一首呈给你的赞美诗，
呈给你黄土下紫色的灵魂，
呈给你拥抱过我的直伸着的手，
呈给你吻过我的唇，
呈给你泥黑的温柔的脸颜，
呈给你养育了我的乳房，
呈给你的儿子们，我的兄弟们，
呈给大地上一切的，
我的大堰河般的保姆和她们的儿子，
呈给爱我如爱她自己的儿子般的大堰河。

大堰河，
我是吃了你的奶而长大了的
你的儿子，
我敬你
爱你！

雪朝，十四，一，一九三三。

【赏析】

1932年1月，艾青因参加左翼美术家联盟而被捕关押，在一个下雪的早晨，他从看守所的窗口望出去，见一片白茫茫雪景，触动了他对自己的保姆的回忆，于是写下这首诗。诗中保姆大堰河是生活中的真人，她的故事也是真实的故事。作者将曾经发生过的一切写进这首诗，表达了他对保姆真挚深厚的感情。保姆没有自己的名字，她所出生的村庄的名字就是她的名字，她的生活空间也很逼仄，故居有“檐头的枯死的瓦菲”，门前有“长了青苔的石椅”，“一丈平方的园地”还被典押出去，死后也只用着

“四块钱的棺材和几束稻草”,进了“草盖的坟墓”。她常在的处所是灶前灶边、村边结冰的池塘、晒谷物的广场。她的故事都是一些普通的琐碎的生活小事,搭灶火、拍围裙上的炭灰、补儿子们的扯破的衣服、为小儿子包扎伤口、洗衣服洗菜、切萝卜、掏猪食、晒谷物、切冬米糖。但是她劳累之余也有爱,也有梦,她每天都抱着乳儿,抚摸着乳儿,她梦见乳儿长大娶媳妇,梦见自己当了婆婆。没有她的呵护,回家的乳儿无法适应自家冷漠的环境氛围;失去了她的照料,她的儿子们不是死去,就是在挨骂受穷中过日子。她死去时,儿子们个个哭得很伤心。显然,大堰河是一个象征,是大地的象征,也是中国千千万万普通劳动者的象征,一个辛勤养育儿女、深爱儿女的伟大母亲的象征。

诗作明白如话,善于从平常的生活画面中提炼出很有代表性的细节,表达了作者深情的赞美和歌颂,内涵丰富而深刻。全诗不押韵,各节行数、各行字数均不一样,诗句呈散文化的特征;全诗和各节均注重首尾呼应,多节开头均呼“大堰河”,使得各节之间的内在联系非常紧密,加上多处使用排比,形成了一气流贯、优美流畅的和谐整体,完美体现了艾青自由体诗的风格。

【延伸阅读】

雪落在中国的土地上

艾青

雪落在中国的土地上,
寒冷在封锁着中国呀……

风,
像一个太悲哀了的老妇
紧紧地跟随着
伸出寒冷的指爪
拉扯着行人的衣襟,
用着像土地一样古老的话
一刻也不停地絮聒着……

那从林间出现的,
赶着马车的
你中国的农夫
戴着皮帽

冒着大雪
要到哪儿去呢？

告诉你
我也是农人的后裔——
由于你们的
刻满了痛苦的皱纹的脸
我能如此深深地
知道了
生活在草原上的人们的
岁月的艰辛。

而我
也并不比你们快乐啊
——躺在时间的河流上
苦难的浪涛
曾经几次把我吞没而又卷起——
流浪与监禁
已失去了我的青春的
最可贵的日子，
我的生命
也像你们的生命
一样的憔悴呀。

雪落在中国的土地上，
寒冷在封锁着中国呀……

沿着雪夜的河流，
一盏小油灯在徐缓地移行，
那破烂的乌篷船里
映着灯光，垂着头
坐着的是谁呀？

——啊，你

蓬发垢面的少妇
是不是
你的家
——那幸福与温暖的巢穴——
已被暴戾的敌人
烧毁了么?
是不是
也像这样的夜间,
失去了男人的保护,
在死亡的恐怖里
你已经受尽敌人刺刀的戏弄?

咳,就在如此寒冷的今夜,
无数的
我们的年老的母亲,
都蜷伏在不是自己的家里,
就像异邦人
不知明天的车轮
要滚上怎样的路程?
——而且
中国的路
是如此的崎岖,
是如此的泥泞呀。

雪落在中国的土地上,
寒冷在封锁着中国呀……

透过雪夜的草原
那些被烽火所啮啃着的地域,
无数的,土地的垦植者
失去了他们所饲养的家畜
失去了他们肥沃的田地,
拥挤在
生活的绝望的污巷里;

饥馑的大地
朝向阴暗的天，
伸出乞援的
颤抖着的两臂。

中国的苦痛与灾难，
像这雪夜一样广阔而又漫长呀！
雪落在中国的土地上，
寒冷在封锁着中国呀……

中国，
我的在没有灯光的晚上
所写的无力的诗句
能给你些许的温暖么？

1937年12月28日 夜间

【点评】

这首写于1937年的长诗，以极富象征性和概括性的语句，反映了抗战初期中国人民的苦难和抗争，表达了诗人深厚而沉郁的感情。雪落大地、寒冷封锁的意象反复出现，为全诗笼罩上一种沉重凄凉的氛围，赶马车的农夫、坐船头的少妇、离家园的老母，是中国民众的代表；崎岖的路、乞援的两臂，充斥着激愤的情绪。末段表达了诗人要以赤诚来温暖祖国苦寒大地的深切愿望。诗作有力地冲破了抗战初期诗坛平庸空洞的状况，唱出了为国复仇的最强音。

忆秦娥·娄山关

一九三五年二月

毛泽东

毛泽东(1893—1976),字润之,笔名子任,湖南湘潭人。无产阶级革命家、政治家、战略家、理论家,中国共产党、中国人民解放军、中华人民共和国的主要缔造者和领导人。诗词创作120余首,多为革命进程和时代精神的反映,也有一些赠答之作。

西风烈,①
长空雁叫霜晨月。②
霜晨月,
马蹄声碎,③
喇叭声咽。④

雄关漫道真如铁,⑤
而今迈步从头越。⑥
从头越,
苍山如海,
残阳如血。

必读理由

这首词描写了红军长征中征战娄山关的紧张激烈场景,悲壮苍凉,声情激越,在作者诸多词作中风格独异。

【注释】

① 烈:猛烈;劲力。
② 霜晨:有霜的早晨。
③ 碎:繁杂;杂乱。
④ 喇叭:军号。咽(yè):呜咽,幽咽。
⑤ 雄关:雄伟的关隘,此处指娄山关。
⑥ 从头越:重新开始,红军再次跨越娄山关。

【赏析】

娄山关是红军长征途中的著名天险之一。1935年遵义会议之后,红军再次越过娄山关,与国民党军队激烈交战。这首词是毛泽东数首长征诗词中较早的一篇,可视作一幅战地素描。上片写红军向娄山关进发,西风猛烈,雁声悲凄,白霜满地,残月在天,一片肃穆紧张的战前氛围。“霜晨月”重复,仿佛联唱递吟,既点明行军的时刻和氛围,也为马蹄声、喇叭声的出现铺垫背景。因任务紧迫,军令森严,所以听不到一点人声,而只描写了风声、雁声、马蹄声、喇叭声,在静寂氛围中突出了红军战士慷慨赴敌的英雄气概。下片写越过娄山关时的见闻与感受,莫说娄山关如铁一般坚固雄伟,如今红军已战败敌军,大跨步从山头越过去了。句中歌颂了战士的英勇,也表达了胜利后的兴奋与喜悦。“从头越”亦用叠句,唱叹之味浓厚。“苍山”两句境界阔大,“如海”形容山势起伏之状,“如血”形容夕阳殷红之色,形象鲜明。

这首词上片写景,下片抒情兼写景,景中寓情,情中含景,体现了作者的文学才情和表达技巧。结构上也有其独到之处,上片“霜晨”谓晨色,下片“残阳”谓晚景,彼此相对,写出行军作战的历时性,见出构思之缜密;就风格而言,上片凄清沉郁,下片激昂壮丽,一为冷色调,一为暖色调,情感色彩对比鲜明,反映出一代伟人的大无畏气概。从音韵角度看,这首词采用《忆秦娥》牌子,用的是仄声韵,读起来顿挫之至,有特别的激越壮烈之感。

【延伸阅读】

念奴娇·昆仑

一九三五年十月

毛泽东

横空出世,莽昆仑,阅尽人间春色。飞起玉龙三百万,搅得周天寒彻。夏日消溶,江河横溢,人或为鱼鳖。千秋功罪,谁人曾与评说？　　而今我谓昆仑:不要这高,不要这多雪。安得倚天抽宝剑,把汝裁为三截。一截遗欧,一截赠美,一截还东国。太平世界,环球同此凉热。

【点评】

这首词作于长征途中到达岷山之时。以“昆仑”为题抒怀,是诗歌史上的第一次。这首词工于发端,首句写出昆仑山的阔大磅礴气势,“莽”绘其形态,“阅尽”谓其看遍人间沧桑。“飞起”两句形容尽雪山的蜿蜒夭矫与高寒冷冽。“夏日”三句写昆仑之雪既有灌溉航行之利,又有泛滥成灾之过。故继以评论,感慨昆仑功罪参半,自古无人站在国计民生的立场上说话。上片铺叙,下片则以对话体设想昆仑所能发挥的更大作用:去其高,减其多雪,再裁作三段,两段分送欧美,一段留在东土,这样可以调节地球气候,创设全球的生态平衡。这首词气魄宏大,笔力雄健,想象奇绝,视界阔远,显示了一代伟人高远宏伟的胸怀和超妙绝伦的艺术表现力。

沁园春·雪

一九三六年二月

毛泽东

北国风光，
千里冰封，
万里雪飘。
望长城内外，
惟余莽莽；①
大河上下，②
顿失滔滔。
山舞银蛇，③
原驰蜡象，④
欲与天公试比高。
须晴日，
看红装素裹，⑤
分外妖娆。

江山如此多娇，
引无数英雄竞折腰。⑥
惜秦皇汉武，⑦
略输文采；
唐宗宋祖，⑧
稍逊风骚。
一代天骄，
成吉思汗，⑨
只识弯弓射大雕。
俱往矣，
数风流人物，⑩

必读理由

这首词咏雪，脱尽前人窠臼，精工豪放，一气呵成，议论纵横，襟抱远大，是20世纪咏物词的绝唱。

还看今朝。

【注释】

① 莽莽：无边无际貌。

② 大河：黄河。

③ 山舞银蛇：覆盖着白雪的群山蜿蜒夭矫，宛如银色的长蛇在舞动。

④ 原驰蜡象：白雪覆盖的秦晋高原丘陵起伏，宛如蜡制的象群在奔驰。原：高原，指秦晋高原。

⑤ 红装素裹：红日和白雪交相辉映的景象。红装：原指女子盛妆，此处指红日光辉普照大地。素裹：原指身穿素色的丝绢，此处指白雪覆盖大地。

⑥ 折腰：崇敬；倾倒。

⑦ 秦皇：秦始皇嬴政。汉武：汉武帝刘彻。

⑧ 唐宗：唐太宗李世民。宋祖：宋太祖赵匡胤。

⑨ 成吉思汗（hán）：元太祖铁木真。

⑩ 风流人物：指英俊的、杰出的、对一个时代有很大影响的人物。

【赏析】

这首词描写北方的大雪。作者先写北方冰封雪飘的阔大壮伟场面："北国"为地点，二三句言"风光"的内涵和地域特征，"千里万里"极言降雪地区之广。"望"字领起以下七句，设想登高所见雪景：长城内外因大雪覆盖而连成莽莽一片，黄河上下游因结冰而失去往日波涛汹涌的气势；远处山脉有如长长的银蛇舞动，秦晋高原上的丘陵有如蜡象在奔驰，它们都像是要和老天较量一下高低似的。数句写出冰雪的形态和精神。"须晴日"三句，设想雪后天晴，红日白雪交相辉映的壮丽景色，并给予由衷的赞美。词以"江山如此多娇"换头，承上启下，"引"字接得非常自然，"无数英雄"囊括了历史上所有英雄豪杰。"惜"字领起以下七句，以铺叙手法点出几个代表人物，秦皇、汉武、唐宗、宋祖、成吉思汗，虽有雄才大略，以武功征服天下，但他们文采风流还是不够出色。如今他们都已经成为历史的旧迹，真正的历史豪杰出在当今时代，今朝的风流人物会具备更卓越的文武才能，创造更加伟大的历史业绩，武功文治，必将超越所有的历史英杰。末三句作者表达了伟大的抱负和坚强的自信，大气磅礴，豪迈雄壮。

这首词上片描写北方雪景，境界阔大，笔法灵活多变；下片由江山而及人物，从咏雪而迁至咏史，铺叙议论，纵横捭阖，题外之旨深厚隽永。咏物而不拘于物，咏物咏怀融为一体，描写抒情合而为一，词的意境与气魄宏大高远，新时代的精神意趣贯穿于绵密潇洒的组织结构中，达到极高的审美境界。

【延伸阅读】

沁园春·长沙

一九二五年

毛泽东

独立寒秋，湘江北去，橘子洲头。看万山红遍，层林尽染；漫江碧透，百舸争流。鹰击长空，鱼翔浅底，万类霜天竞自由。怅寥廓，问苍茫大地，谁主沉浮？

携来百侣曾游，忆往昔峥嵘岁月稠。恰同学少年，风华正茂；书生意气，挥斥方遒。指点江山，激扬文字，粪土当年万户侯。曾记否，到中流击水，浪遏飞舟？

【点评】

这首词上片写今日之游。前三句点明游赏的时间、地点和独游状态。“看”字领起七句，描写独立于橘子洲头时所见景色：从山景到江景，从天空到水底，色彩明丽，动静结合，俯仰自如，然后总写自然界万物都在竞相自由生长。“怅寥廓”三句生发感慨，提出由谁主宰大地的问题。下片写昔日之游，同一个地点，却是集体同来，且在“峥嵘岁月”。“恰”字七句，忆念当年游伴，如蔡和森、何叔衡、张昆弟等，都在意气风发、才华横溢的青春年华，对国家大事非常关注，研究讨论相关文章，视权贵如粪土。最后又特地写出“中流击水”这样一个兴味盎然的画面，生动形象地呈现出少年豪情。词作今昔对比，虚实结合，发出要旋转乾坤、主宰江山的宏愿，写景叙事抒情兼而有之，音律顿挫，形式错综，与《沁园春·雪》一样，在山川景物的描绘中体现出巍峨壮阔的崇高美。

赞　美

穆旦

穆旦(1918—1977),原名查良铮,祖籍浙江海宁,出生于天津。20世纪著名诗人、翻译家,“九叶诗派”的代表诗人,有《探险者》《穆旦诗集》《旗》等诗集,曾大量翻译过普希金、拜伦、雪莱、济慈、艾略特等人的诗歌作品,另有文艺理论译著多部。

走不尽的山峦的起伏，河流和草原，
数不尽的密密的村庄，鸡鸣和狗吠，
接连在原是荒凉的亚洲的土地上，
在野草的茫茫中呼啸着干燥的风，
在低压的暗云下唱着单调的东流的水，
在忧郁的森林里有无数埋藏的年代。
它们静静地和我拥抱：
说不尽的故事是说不尽的灾难，沉默的
是爱情，是在天空飞翔的鹰群，
是干枯的眼睛期待着泉涌的热泪，
当不移的灰色的行列在遥远的天际爬行；
我有太多的话语，太悠久的感情，
我要以荒凉的沙漠，坎坷的小路，骡子车，
我要以槽子船，漫山的野花，阴雨的天气，
我要以一切拥抱你，你，
我到处看见的人民呵，
在耻辱里生活的人民，佝偻的人民，
我要以带血的手和你们一一拥抱。
因为一个民族已经起来。

一个农夫，他粗糙的身躯移动在田野中，
他是一个女人的孩子，许多孩子的父亲，

必读理由

这首诗写于民族危亡、内外忧患的历史阶段,是苦难民族和觉醒人民的精神赞歌。

多少朝代在他的身边升起又降落了
而把希望和失望压在他身上，
而他永远无言地跟在犁后旋转，
翻起同样的泥土溶解过他祖先的，
是同样的受难的形象凝固在路旁。
在大路上多少次愉快的歌声流过去了，
多少次跟来的是临到他的忧患；
在大路上人们演说，叫嚣，欢快，
然而他没有，他只放下了古代的锄头，
再一次相信名词，溶进了大众的爱，
坚定地，他看着自己溶进死亡里，
而这样的路是无限的悠长的
而他是不能够流泪的，
他没有流泪，因为一个民族已经起来。

在群山的包围里，在蔚蓝的天空下，
在春天和秋天经过他家园的时候，
在幽深的谷里隐着最含蓄的悲哀：
一个老妇期待着孩子，许多孩子期待着
饥饿，而又在饥饿里忍耐，
在路旁仍是那聚集着黑暗的茅屋，
一样的是不可知的恐惧，一样的是
大自然中那侵蚀着生活的泥土，
而他走去了从不回头诅咒。
为了他我要拥抱每一个人，
为了他我失去了拥抱的安慰，
因为他，我们是不能给以幸福的，
痛哭吧，让我们在他的身上痛哭吧，
因为一个民族已经起来。

一样的是这悠久的年代的风，
一样的是从这倾圮的屋檐下散开的
无尽的呻吟和寒冷，
它歌唱在一片枯槁的树顶上，
它吹过了荒芜的沼泽，芦苇和虫鸣，

一样的是这飞过的乌鸦的声音。
当我走过，站在路上踯躅，
我踯躅着为了多年耻辱的历史
仍在这广大的山河中等待，
等待着，我们无言的痛苦是太多了，
然而一个民族已经起来，
然而一个民族已经起来。

【赏析】

《赞美》写于1941年12月，当时正是抗战最艰难的相持阶段，中华民族正在深重的贫穷与苦难中觉醒。在中国南方大地上辗转迁徙、颠沛流离多年的诗人，将自己的生活感受融进了诗作，借助农夫形象，赞美中华民族坚忍不拔、顽强不屈的精神品格。诗一开头即展开全景式的扫描，借助山峦、河流、草原、村庄、森林、沙漠、小路等地理景象和野草、暗云、骡子车、槽子船、野花等具体物象，描绘出一个饱经沧桑、历尽苦难的祖国。在这样辽阔的背景上，诗人推出了一个受难、忧患的农夫形象，作为大地上苦难民众的代表，他无言，含蓄，坚忍，放下锄头溶进民族解放的斗争中去，哪怕死亡也在所不惜。诗人从他的身上看到了民族的品格和民族的希望，并由此联想到他的家人仍在家中忍耐饥饿，面对恐惧，而他却并不因此放弃肩负的民族重任，他们才是民族的脊梁。因此，即使现实仍然是那样呻吟、寒冷、枯槁、痛苦，满目疮痍，诗人的脚步也仍然那样踯躅缓慢，但诗人却坚信，中华民族已经觉醒，民族命运必将得到改变。诗人将最热情的赞美献给当时苦难而平凡的民众，表现出他敏锐的洞察力和感悟力，显示了诗歌直面现实的思想深度。

诗人以“我”为视角，依循“现实大地——人民觉醒——民族未来”的内在脉流，将自己亲见的诸多生活意象密集于诗中，借以展示灾难深重的中国人民坚毅顽强的精神品格，隐含着诗人对祖国和人民深沉的爱。全诗忽略外在形式的整齐铿锵，突出了内在情感的深长和醇厚，又以重复“然而一个民族已经起来”结束，在雄浑中透出激昂，凝聚着动人心魄的力量。

【延伸阅读】

我爱这土地

艾青

假如我是一只鸟，
我也应该用嘶哑的喉咙歌唱：
这被暴风雨所打击着的土地，
这永远汹涌着我们的悲愤的河流，
这无止息地吹刮着的激怒的风，
和那来自林间的无比温柔的黎明……
——然后我死了，
连羽毛也腐烂在土地里面。

为什么我的眼里常含泪水？
因为我对这土地爱得深沉……

一九三八年十一月十七日

【点评】

“土地”是艾青诗歌最常用的意象之一，也是这首诗的中心意象。诗人希望像鸟一样歌唱这遭受日寇欺凌的土地，歌唱人民心中的悲愤、对侵略者的激怒、对未来的憧憬，最后像鸟一样死后也完全献身于土地。末两句是这首诗精华，表达了诗人对祖国深沉的爱。

什么能从我们身上脱落

冯至

冯至(1905—1993),原名冯承植,字君培。河北涿县人。现代诗人,翻译家,古典文学学者。曾留学德国,后任教于西南联大外语系。1942年创作了一组著名的十四行诗。小说有《蝉与晚秋》《仲尼之将丧》等,散文有《山水》集。

什么能从我们身上脱落,
我们都让它化作尘埃:
我们安排我们在这时代
像秋日的树木,一棵棵

把树叶和些过迟的花朵
都交给秋风,好舒开树身
伸入严冬;我们安排我们
在自然里,像蜕化的蝉蛾

把残壳都丢在泥里土里;
我们把我们安排给那个
未来的死亡,像一段歌曲,

歌声从音乐的身上脱落,
归终剩下了音乐的身躯
化作一脉的青山默默。

必读理由

这首诗歌颂生命的新生和永恒,呈现出生命哲学和人文情怀的深广度,是其十四行诗的代表作。

【赏析】

十四行诗体(Sonnet)在14至16世纪文艺复兴时期流行于欧洲大陆,16世纪中叶传入英国,成为英国诗坛的重要诗体。20世纪传入中国后音译为"商籁体",虽有所变异,但一些基本元素仍在:总数14行,每节音步相同,韵式整饬。冯至《十四行集》主题是对生命的沉思。这首诗从"时代"切入,以树木在秋风中落尽树叶和花朵、蝉蛾在秋冬之际蜕尽残壳为喻，进而生发联想：人类死亡就是蜕尽躯壳，就像音乐脱落歌声，留下了音乐本身的永恒，人类生命的永恒当在于人的精神。这是对人类生与死的哲学思考，躯壳的死去会转化到精神的永恒，死亡是永生的起点，躯壳不过是尘埃，尘埃脱尽就会超越死亡。这就是生命的真谛。这是一场深刻的生命体验，它借助理智而凝重的诗句，表达了与永恒之自然同在的豁达、通透的生命观。

这首诗以“我们”为视角，意味着对人类生死的整体思考。树木落叶、蝉蛾蜕壳、音乐不歌，成为“我们”死亡的形象而又富有韵味的喻体。诗人借鉴了西方十四行诗体的传统，改创出汉语十四行诗的新体式，成为变体：段式是4-4-3-3，韵式是ABBA、ACCA、DAD、ADA，读来音韵和谐，音节错落而又整饬，富有音乐效果。

【延伸阅读】

智慧之歌

穆旦

我已走到了幻想底尽头，
这是一片落叶飘零的树林，
每一片叶子标记着一种欢喜，
现在都枯黄地堆积在内心。

有一种欢喜是青春的爱情，
那是遥远天边的灿烂的流星，
有的不知去向，永远消逝了，
有的落在脚前，冰冷而僵硬。

另一种欢喜是喧腾的友谊，
茂盛的花不知道还有秋季，
社会的格局代替了血的沸腾，
生活的冷风把热情铸为实际。

另一种欢喜是迷人的理想，
它使我在荆棘之途走得够远，
为理想而痛苦并不可怕，
可怕的是看它终于成笑谈。

只有痛苦还在，它是日常生活
每天在惩罚自己过去的傲慢，
那绚烂的天空都受到谴责，
还有什么彩色留在这片荒原？

但惟有一棵智慧之树不凋，
我知道它以我的苦汁为营养，
它的碧绿是对我无情的嘲弄，
我咒诅它每一片叶的滋长。

一九七六年三月

【点评】

穆旦于1976年初摔伤，一年后心脏病突发去世。这首诗表达的是对生命过程的回忆和生命智慧的思考。诗人将到生命的尽头，往事便如树木落尽的叶子全都堆积于心：青春时的爱情有如流星，结局各不相同；曾经的友谊如花盛开，却被生活异化；为了理想而痛苦跋涉，信仰到最后也难免失落；痛苦是生活常态，现实有如荒原。但人生的痛苦养育了生命的智慧树，对爱情、友谊、理想的反思成了智慧的思想资源，它的茂盛生长依赖于“我”的身体衰亡，诅咒它是因为生命将尽，但它却会获得永生，这又令人欢喜，这种欢喜相对于过去生活的欢喜，要更有价值，也更凝重。这首诗先内敛后奔泻，舒缓与激切相融，情绪节奏变化有致，可与冯至十四行诗对比诵读。

囚 歌

叶挺

叶挺(1896—1946),字希夷,广东惠阳人。曾参加领导八一南昌起义。抗战爆发后任新四军军长。1941年皖南事变中负伤被捕,1946年3月获释,4月8日由重庆返延安途中,因飞机失事遇难。

为人进出的门紧锁着,
为狗爬出的洞敞开着,
一个声音高叫着:
——爬出来吧,给你自由!
我渴望自由,
但我深深地知道——
人的身躯怎能从狗洞子里爬出!
我希望有一天,
地下的烈火,
将我连这活棺材一齐烧掉,
我应该在烈火与热血中得到永生!

必读理由

这首诗是叶挺被囚时现实处境的形象写照,凝聚着他对生命、自由与尊严的辩证关系的深邃思考,成为20世纪中国诗歌的红色经典。

【赏析】

1941年1月,国民党动用了八倍于新四军的兵力,发动了“皖南事变”,军长叶挺被捕,被囚禁于上饶集中营。1942年,叶挺被转至陪都重庆郊外某地关押。不久后,叶挺的一封信辗转到了郭沫若手中,信中附着这首诗。关押期间,蒋介石屡屡劝降,叶挺从未屈服。后经中共代表多次交涉,蒋介石被迫于1946年3月释放叶挺。4月8日,叶挺与王若飞、博古等人乘飞机从重庆去延安,因飞机失事遇难。几十年后,四八空难真相才被揭示:这是一场精密的暗杀行动。《囚歌》是一首著名的白话述志诗。诗作开头两句即以形象的语言,将囚禁于狱中的革命者人身自由与人格尊严相分离的状态描述出来,对比中蕴涵鲜明的褒贬态度。三四句更生动地表明,所谓的人身自由是以人格的沦丧为代价才能获取的。五六七三句表达作者对自由与人格关系的深刻认识，在面对所谓“自由”的诱惑时，他作出了高傲的拒绝。这是一种“宁为玉碎，不为瓦全”的高尚气节的反映。最后四句作者表达了要与这牢狱一起被革命烈火烧毁的决心，抒发了将在死亡中得到永生的壮烈情怀，体现出一个革命先驱大无畏的献身精神。

郭沫若在《叶挺将军的诗》一文中曾这样评价这首诗：“这里燃烧着无限的激愤，但也放射着明澈的光辉，这才是真正的诗。他有峻烈的正义感，使他横逆永不屈服，而同时又有透辟的人生观，使他自己超越一切的苦难之上……他的诗是用生命和血写成的，他的诗就是他自己。”

【延伸阅读】

就义诗

夏明翰

砍头不要紧，只要主义真。杀了夏明翰，还有后来人！

【点评】

夏明翰(1900—1928)，中国最早加入共产党的先驱之一，是革命烈士中的优秀诗人。这首气吞山河的就义诗是他被国民党杀害之前所写，充满了坚定的革命信念和为真理而献身的大无畏英雄气概。它清新质朴，短小精悍，英豪刚健，有震撼人心的感染力。

地球对着火星说

邵燕祥

邵燕祥(1933—2020),祖籍浙江萧山,出生于北京,当代诗人。历任中央人民广播电台编辑、记者,《诗刊》副主编,中国作协第三、四届理事。著有诗集《在远方》《迟开的花》,有《邵燕祥抒情长诗集》。

必读理由

这首诗描写爱情的热烈、神圣与交错而过的憾恨,是爱情的历史特质的诗性倾诉,在同时代的诗作中别具风格。

在满天的繁星中间,我寻找着你,
我凝视着你,你知道吗?
谁说你远在天边——
你是这样的热烈而分明。

在一长串的日子以前,
我们曾经离得这样近;
——假若能长久地互相照耀……
那时我轻声呼唤;没有应声。

闪笑的睫毛,握手的余温,
交臂错过的一瞬,永远难了的衷情……
在太阳系里,我愉快而矜持地运行;
但是谁懂得这种难言的隐痛!

许多的岁月飞逝了,
我们都经历了不少里程,
又是银河当空的夏天的夜晚,
我们又一次这样相近。

你看我什么变了,什么没有变?
你可望见我望你的眼睛?
说是近,却还是这样的遥远,

未来的岁月又是这样无穷。

今夜，天地间这样安静，
只有一颗星在讲话，对着另一颗星……
是不是所有的星，全都夜夜合不上眼？
是不是所有的星，全都燃烧着渴望的心？

1956年8月30日

【赏析】

20世纪50年代，刚刚结束了血与火的战争，中国掀起了生产建设的高潮。这首诗选择了特殊时代的爱情作为表现的题材，以地球和火星两个星球为喻，抒写爱情的发生、心灵的靠近和灵魂深处的悸动，但现实却有诸般无奈，不能让这段爱情顺利发展，因此爱情的双方只能矜持、冷静地克制恋情。然而爱情的力量却又无法抵挡，当心灵再一次靠近，爱情发出了深情的召唤，彼此心底的渴望再一次变得这么强烈，让双方无法入眠，怅惘未来岁月的漫长与煎熬。由于它略去了具体的原因和情节，注重爱情本身的发生与心灵的悸动的表达，从而使得这种苦涩无奈的爱情倾诉成了诸多无奈爱情的真情告白，这就扩大了诗作的思想和艺术容量，具有了一定的经典意义。

这首诗以星球为喻，繁星中的寻找有如“众里寻他千百度”的专注执着，星球运行中的靠近与远去以喻爱情双方距离的时近时远，星在夜空中的闪亮以喻渴望爱情的眼睛，而夜空里星与星的对话，既反衬爱情双方在现实中的无法对话，又象喻了你我因爱情燃烧而无法入眠的痛楚与苦涩。诗作体现了一种深邃的生命思考和思辨的美质、燃烧的诗情，其流畅的语言节奏所表达出的如泣如诉、如怨如慕的情思，反映了作者情感的真挚与艺术的圆熟。

【延伸阅读】

距离

蔡其矫

在现实和梦想之间
你是红叶焚烧的山峦
是黄昏中交集的悲欢；
你是树影，是晚风
是归来路上的黑暗。

在现实和梦想之间
你是信守约言的鸿雁
是路上不预期的遇见；
你是欢笑，是光亮
是烟花怒放的夜晚。

在现实和梦想之间
你是晶莹皎洁的雕像
是幸福照临的深沉睡眠；
你是芬芳，是花朵
是慷慨无私的大自然。

在现实和梦想之间
你是来去无踪的怨嗔
是阴雨天气的苦苦思念；
你是冷月，是远星
是神秘莫测的深渊。

【点评】

这首诗所写之距离，是理想与现实之间的距离，也是相爱而不能如愿的恋人之间的距离。诗作以密集的意象，将这种有距离的爱情所致的幸福与苦涩描述得淋漓尽致：红叶燃烧的山峦、信守约言的鸿雁、烟花怒放的夜晚、晶莹的雕像、芬芳的花朵等，均是爱情的热烈、甜美、灿烂、幸福的象喻；而归路的黑暗、冷月、远星、神秘莫测的深渊则是爱情不能实现时的心灵的痛楚黯淡的象喻。诗作中间两节抒发爱情的幸福与美丽，首节和末节则揭示它怨嗔苦思、悲欢交集的特质。可与《地球对着火星说》一诗比照诵读。

有　赠

曾卓

曾卓(1922—2002),原名曾庆冠,笔名有马莱、阿文、方宁等。原籍湖北黄陂,生于湖北武汉。现代诗人,作家。2003年荣获国际华人诗会当代诗魂金奖。有诗集《门》《悬崖边的树》《老水手的歌》《曾卓抒情诗集》等。

我是从感情的沙漠上来的旅客,
我饥渴、劳累、困顿。
我远远地就看到你窗前的光亮,
它在招引我——我的生命的灯。

我轻轻地叩门,如同心跳。
你为我开门。
你默默地凝望着我,
(那闪耀着的是泪光么?)

你为我引路、掌着灯。
我怀着不安的心情走进你洁净的小屋,
我赤着脚,走得很慢,很轻,
但每一步还是留下了灰土和血印。

你让我在舒适的靠椅上坐下。
你微现慌张地为我倒茶、送水。
我眯着眼——因为不能习惯光亮,
也不能习惯你母亲般温存的眼睛。

我的行囊很小,
但我背负着的东西却很重,很重,
你看我的头发斑白了,我的背脊佝偻了,

必读理由

这首诗表达了对苦难人生的无畏和对爱情温暖的渴望,在人间至情的表白中传达出温润而坚忍的流动的美感。

虽然我还年轻。

一捧水就可以解救我的口渴，
一口酒就使我醉了，
一点温暖就使我全身灼热，
那么，我能有力量承担你如此的好意和温情么？

我全身颤栗，当你的手轻轻地握着我的。
我忍不住啜泣，当你的眼泪滴在我的手背。
你愿这样握着我的手走向人生的长途么？
你敢这样握着我的手穿过蔑视的人群么？

在一瞬间闪过了我的一生，
这神圣的时刻是结束也是开始。
一切过去的已经过去，终于过去了，
你给了我力量、勇气和信心。

你的含泪微笑着的眼睛是一座炼狱。
你的晶莹的泪光焚冶着我的灵魂。
我将在彩云般的烈焰中飞腾，
口中喷出痛苦而又欢乐的歌声。

1961. 11

【赏析】

这首诗所抒写的感情与作者的特殊经历分不开。曾卓在20世纪40年代时因受到胡风影响和提携而开始写作，1955年因受胡风案的牵连被捕入狱，1957年因病保外就医，1959年下放农村，两年后才回到自己家中。诗人从身陷囹圄到重获自由再到回家，心情复杂，顾虑重重，而这首诗即描写了这一特殊的历史场景。家中的灯光是诗人生命的长明灯，爱人迎接的泪光和茶水是情感的温存，而诗人头发斑白、背脊佝偻，心中忐忑不安，生活的需求又是那么低微，只要一捧水、一口酒、一点温暖，当爱人握住他的手，他禁不住战栗和啜泣，爱人的温情接纳赋予了诗人生命的勇气和信心。两人携手以握相约共行的“神圣的时刻”，一种基于人间至爱至情的精神力量即刻升腾，诗人感受到了它的博大和强烈，自己的灵魂也得以净化，所有的痛苦都化作欢乐充满了他的心胸。这是一种能包容人间苦难的坚贞和神圣，是愿意共同承担人生风雨的真爱的誓言，这首至情真爱的歌，其价值已超越了它的本身，而升华为对人间温情的永恒歌颂。

这是一首深沉的哀歌。它表达的感情内容丰富而细腻，既有重获自由的庆幸，又有尚未卸去的历史重负，既有对家庭和爱情的渴盼，又有内心深处的疑虑和担忧。作者难以梳理清楚，只是用一种舒缓而迟疑的笔调娓娓道来，在真实的叙事画面中写出"我"的担心和"你"的包容，将重逢的刹那拉长为缓慢的精神历程，全诗朴素、自然、流畅，读来倍感温馨亲切。在面对诱惑容易迷失自我的时候，在遭遇困厄容易陷入精神囹圄的时候，我们需要这样的温情和力量，至少，我们需要这首诗。

【延伸阅读】

悬崖边的树

曾卓

不知道是什么奇异的风
将一棵树吹到了那边——
平原的尽头
临近深谷的悬崖上
它倾听远处森林的喧哗
和深谷中小溪的歌唱
它孤独地站在那里
显得寂寞而又倔强
它的弯曲的身体
留下了风的形状
它似乎即将倾跌进深谷里
却又像是要展翅飞翔……

【点评】

这首诗写于1970年，诗人托物起兴，以一棵悬崖边的树来象喻被时代风暴逼临人生悬崖而又顽强生存着的人们。它寂寞、孤独、无望，似乎要跌进深渊，却又倔强地伸向自由的天空。这是一棵人格化的树，无疑它是诗人心灵的象征，是无数遭受劫难的人们对国家未来和个人命运满怀憧憬的精神风貌的展示。它写出了让灵魂战栗的时代感，因此它虽然篇幅短小，抒情冷静而舒缓，却仍然成为作者最为人熟知的诗作。

等你，在雨中

余光中

余光中（1928—2017），祖籍福建永春，生于江苏南京。1947年入金陵大学外语系。1953年与覃子豪、钟鼎文等共创“蓝星”诗社。后赴美获爱荷华大学艺术硕士学位。有诗集20余种、散文集16种、翻译作品11种。

必读理由

这首诗将现代人的感情熔铸到古典诗词空灵的情韵中，是余光中爱情诗的代表作。

等你，在雨中，在造虹的雨中
蝉声沉落，蛙声升起
一池的红莲如火焰，在雨中

你来不来都一样，竟感觉
每朵莲都像你
尤其隔着黄昏，隔着这样的细雨

永恒，刹那，刹那，永恒
等你，在时间之外
在时间之内，等你，在刹那，在永恒

如果你的手在我的手里，此刻
如果你的清芬
在我的鼻孔，我会说，小情人

诺，这只手应该采莲，在吴宫
这只手应该
摇一柄桂桨，在木兰舟中

一颗星悬在科学馆的飞檐
耳坠子一般地悬着
瑞士表说都七点了。忽然你走来

步雨后的红莲，翩翩，你走来
像一首小令
从一则爱情的典故里你走来

从姜白石的词里，有韵地，你走来

1962年5月27日

【赏析】

这是一首优美空灵的爱情诗，描述了一次约会前的等待心理。诗人没有描写等待时的焦急或沮丧，而是书写等待时情感升腾的幻感与联想，在“我”的独白中刻写深挚而美妙的爱情心理。约会的时间在夏日的黄昏，地点在莲池边，雨幕、蝉声、蛙声、红莲等物象，营构了优美朦胧、声色并茂的约会氛围。等待时刹那也会感到漫长，而爱情只要真挚，即使只刹那也是永恒。莲花的清芬触发了“我”的联想：“你”的手当年曾在吴宫采莲，也曾在木兰舟摇桨，西施的美貌和李清照的优雅集于“你”一身。抒情主人公沉醉于美妙的想象中，而他的情人忽然出现，于是红莲意象与美人形象再度融为一体：美人如雨后红莲翩翩而至，有如姜夔抒写爱情典故的小令，那样精致美好，韵味悠长。诗至此戛然而止，给读者留下了无限想象的空间。

这首诗将写景与抒情、用典与象喻精巧地熔铸为一个整体，彩虹、红莲的意象色彩明媚，黄昏时的细雨则又朦胧迷茫，此景此境宜于约会，也宜于抒发明媚朦胧的爱情。眼前的红莲的清芬让诗人联想到古典美女的风姿和古典诗词的雅韵，而情人在画面中已与袅娜妩媚的红莲合而为一。全诗句式参差，语意顿挫，文字清丽，音韵柔婉，形式上体现出诗人对现代格律诗建筑美的追求，而其意境则又承袭了古典诗词的空灵韵味，在古典的情韵中抒发了现代人的感情，达到一种既清纯而又精美的境界。

【延伸阅读】

永远，我等

余光中

如果早晨听见你倾吐，最美的
那动词，如果当晚就死去
我又何惧？当我爱时
必爱得凄楚，若不能爱得华丽

你的美无端地将我劈伤，今夏
只要伸臂，便有奇迹降落
在摊开的手掌，便有你的降落
在我的掌心，莲的掌心

例如夏末的黄昏，面对满池清芬
面对静静自燃的灵魂
究竟哪一朵，哪一朵会答应我
如果呼你的小名？

只要池中还有，只要夏日还有
一瓣红艳，又何必和你见面？
莲是甄甄的小名，莲即甄甄
一念甄甄，见莲即见人

只要心中还有，只要梦中还有
还有一瓣清馨，即夏已弥留
即满地残梗，即漫天残星，不死的
仍是莲的灵魂

永远，我等你分唇，启齿，吐那动词
凡爱过的，远不遗忘。反受过伤的
永远有创伤。我的伤痕
红得惊心，烙莲花形

【点评】

这首诗以莲喻人，抒写爱情的忧伤。莲的红艳有如情人的红艳，莲的清芬有如情人的清芬，而情人如莲般圣洁的灵魂会超越形貌与时空的拘囿，获得永恒。这样的美丽，令“我”情不能已：未得莲的爱，会有永远的伤痕；若得莲的爱，死亦不惧。这首诗构思的精巧，即在于得与不得之间的“等待”，诗人独白式的倾诉，也让读者有即刻诵读的冲动。

思　念

蔡其矫

蔡其矫(1918—2007),福建晋江人。1938年入鲁迅艺术学院文学系学习,1939年在华北文艺学院文学系任教,1941年开始发表诗作,1953年到北京中央文学讲习所任教。有诗集《迎风集》《双虹集》《福建集》《迎水集》《醉石》《蔡其矫诗歌回廊》等15种。有"中国诗歌界的常青树"之誉。

我对你的思念充满春意
前面是
波纹鲜明的流水,
背后
展开一片绿色的原野,
寂静的云影下面
你的微笑有如鸟群翩飞。

必读理由

这首诗抒写深挚默契的思念之情,表达了对现实人生的关注,展示了一种永恒的人文情怀。

我对你的思念从不静止
有如月亮升起
掠过一层层的树枝——
你从我的心灵走出
沿着一层层的记忆
以焕发的容光照亮周围。

我对你的思念重返真实
在有塔的山上
细雨蒙蒙中的缄默,
为倾心而永久等待
既无言
也未曾示意。

【赏析】

这首诗写于1974年，蔡其矫的诗歌并没有抒写那个时代常见的政治题材，而是抒写对现实人生的深切关注，富有人道主义的内涵。诗人的“思念”之情源于诗人对自我友情与爱情的真实体验，由于诗作略去了思念的具体故事，远离其前因后果，而只突出“思念”本身含蓄、纯真、默契的特征，这就使得诗作成为“思念”之情的经典告白，而拥有了永不过时的艺术魅力。诗分三节，第一节以春波荡漾喻思念之情荡漾起伏，以鸟群翩飞的自由、舒展、快乐来比喻所思念的人儿轻快的微笑；第二节以月之升起喻思念之情从不静止，而所思念的人儿植根于“我”的心灵深处，让“我”的生活充满了明亮的光辉；第三节以细雨中的山塔喻思念之情的殷深、恒久和不求回报，写出思念的纯真和宝贵。毫无疑问，这是对人间真情的深情礼赞，是圣洁心灵的含蓄歌咏，在无视人的感情需求的年代，显得弥足珍贵。

这首诗运用三组意象对思念之情作整体象征，自然展开了三幅优美清新的画面：一是春意，由流水、绿野、云影、鸟群翩飞构成；二是月夜，由树枝、月光构成；三是塔山，由山塔、细雨构成。春意图以喻对方快乐的微笑，月光图以喻对方动人的美丽，塔山图以喻自我的倾心等待，在静谧的想象中充盈对“思念”真谛的诠释。全诗句式参差，意象优美，情感含蓄，在某种程度上代表了蔡其矫诗歌的艺术成就和创作风格。2004年2月14日情人节，蔡其矫右手握着殷红的玫瑰花，左手拿着写有《思念》的粉红诗笺，站在福州街头，送给路上过往的情侣。

【延伸阅读】

怀想

蔡其矫

有冰冷的河弯过木屋
那热切的脸向我凝视。
有如盖的树笼罩河上
拨我心弦用风的手指。

你是我黄昏空中的晚霞
我向你唱夕阳的诗。
而你的歌却是繁星
闪烁在我灵魂的深处。

我的诗只是萧萧黄叶
以温热的梦嘲笑暴风雨。
你的歌却似花的沉默
用永久的芬芳蔑视权威。

【点评】

1966年“文革”伊始，蔡其矫被关进牛棚批斗。1970年，他被下放到福建永安县坂尾果林场监督劳动。《怀想》一诗即是对永安山居生活的书写。它同样表现出诗人善用象喻艺术的优长，在诸多美丽意象的映照中唱出自尊自信、至情至性的心灵的歌。我们也可以把它当作情诗来读，它可以净化我们的灵魂，深深地拨动我们心底的琴弦。

致橡树

舒婷

舒婷(1952—),原名龚佩瑜,祖籍福建泉州。当代女诗人,朦胧诗派的代表作家之一。1979年开始发表诗歌,1980年至福建省文联工作,从事专业写作。有诗集《双桅船》《会唱歌的鸢尾花》《始祖鸟》,散文集《心烟》等。

必读理由

这首诗以女性诗人独到的情感体验,书写了属于女性的平等独立的爱情观,充溢着丰盈刚健之美。

我如果爱你——
绝不像攀援的凌霄花,
借你的高枝炫耀自己;
我如果爱你——
绝不学痴情的鸟儿,
为绿荫重复单调的歌曲;
也不止像泉源,
常年送来清凉的慰藉;
也不止像险峰,
增加你的高度,
衬托你的威仪。
甚至阳光。
甚至春雨。
不,这些都还不够!
我必须是你近旁的一株木棉,
做为树的形象和你站在一起。
根,紧握在地下,
叶,相触在云里。
每一阵风过,
我们都互相致意,
但没有人
听懂我们的言语。
你有你的铜枝铁干,

像刀，像剑，
也像戟；
我有我红硕的花朵，
像沉重的叹息，
又像英勇的火炬。
我们分担寒潮、风雷、霹雳，
我们共享雾霭、流岚、虹霓。
仿佛永远分离，
却又终身相依。
这才是伟大的爱情，
坚贞就在这里：
爱——
不仅爱你伟岸的身躯，
也爱你坚持的位置，
足下的土地。

1977.3.27

【赏析】

1977年3月，回城当工人的舒婷与诗人蔡其矫在厦门相遇，她对风流倜傥、才华横溢、以爱情为诗作题材和生活主体的诗人蔡其矫由衷敬佩。当蔡其矫感慨美貌和才干难以集于女子一身时，年轻气盛的舒婷大声吐露了自己的想法：其实女子对男子也有同样的标准，而且还有比男子更深切的失望。当夜，无法入眠的舒婷写出了这首诗。蔡其矫将诗带到了北京，艾青建议将原题《橡树》改为《致橡树》，北岛将它刊发在《今天》的创刊号上，很快便在青年中流传开来。这首诗以"木棉"象喻女性形象，以"橡树"象喻男性形象，表示绝对不做攀援的凌霄花、痴情的鸟儿一类倚靠橡树的附属物，或是清泉、险峰、日光、春雨这些滋润橡树、衬托橡树的陪衬物，而是作为一棵独立的"树的形象"与橡树平等地站在一起。这就颠覆了传统文化中以女性的人身依附为根基的两性关系，提出了互敬互爱、互相给予、心灵默契的爱情原则，赋予了爱情以颇具人文精神的现代性品格。这种对理想爱情的歌颂，蕴涵着思想的深度和人格的力量，震撼了一代又一代女性的心灵，成为追求平等爱情的当代女性的宣言书。

这首诗选择的意象与其内涵均有新颖亮丽的风采。"橡树"以喻男性的坚毅阳刚之美，"木棉"则一反传统女性柔软、妩媚、纤细等形象特征，呈现出刚劲、英勇、丰硕、灿烂的个性特质，而且她勇于分担生活艰难和乐于分享生活快乐的心态，则又表现出女性坚强勇毅的精神品格。诗作采用整体象征，在亲切可感的形象描述中渗透人生的哲理,在优美流畅的旋律中焕发出理想的光芒。

【延伸阅读】

我愿意是激流

裴多菲

我愿意是激流
是山里的小河
在崎岖的路上
在岩石上经过
只要我的爱人
是一条小鱼
在我的浪花中
快乐地游来游去

我愿意是荒林
在河流的两岸
面对一阵阵狂风
勇敢地作战
只要我的爱人
是一只小鸟
在我的稠密的
树枝间作窠，鸣叫

我愿意是废墟
在峻峭的山崖上
这静默的毁灭
并不使我懊丧
只要我的爱人
是青青的长春藤
沿着我荒凉的额
亲密地攀援而上

我愿意是草屋

在深深的山谷底
草屋的顶上
饱受风雨的打击
只要我的爱人
是可爱的火焰
在我的炉子里
愉快地缓缓闪现

我愿意是云朵
是灰色的破旗
在广漠的空中
懒懒地飘来荡去
只要我的爱人
是珊瑚似的夕阳
傍着我苍白的脸
显出鲜艳的辉煌

【点评】

裴多菲(1823—1849),匈牙利伟大的抒情诗人和民族文学的奠基人。这是裴多菲献给未婚妻尤利娅的爱情诗。诗人运用两组富有对照性的意象,表达了他博大无私的爱情观。在诗人的情感世界里,“我”是能越过险阻的激流,是能抵御狂风的荒林,是甘于牺牲的废墟,是能遮蔽风雨的草屋,是天空苍白的云朵;而“我的爱人”则是快乐的小鱼、安居的小鸟、青青的常春藤、愉快的火焰、辉煌的夕阳。诗中男性意象刚毅而悲壮,女性意象则欢快而灵动。五幅连续的象征图景,传达出诗人无私奉献的爱的情怀。这首诗对爱情观作出了与《致橡树》不同的诠释,是源于两诗抒情主体的性别立场的不同:一以男性而愿意自我牺牲,富于激情澎湃的意味;一以女性而追求人格独立,则更多理性的思考。

给他(三首)

林子

林子(1935—),本名赵秉筠,祖籍江苏泰兴,生于昆明,1956年毕业于云南大学中文系,曾任天津《新港》文学月刊、《哈尔滨文艺》编辑、哈尔滨文联专业作家。出版诗集《给他》《诗心不了情》《林子短诗选》等。组诗《给他》获1979—1980年全国中青年诗人优秀诗作奖。

必读理由

新时期爱情诗中像《给他》这样具有恒久魅力的作品并不多。这是当代女性以爱的视角写给男性的最好的华章。

所有羞涩和胆怯的诗篇,
对他,都不适合;
他掠夺去了我的爱情,
像一个天生的主人,一把烈火!
从我们相识的那天起,
他的眼睛就笔直地望着我,
那样深深地留在我的心里,
宣告了他永久的占领。
他说:世界为我准备了你,
而我却无法对他说一个“不”字,
除非存心撕裂了自己的心……
我们从来用不着海誓山盟,
如果谁竟想得起来怀疑我们的爱情,
那么,就再没有什么能够使人相信!

爱情为什么这样奇特,
像一阵大雾弥漫了心的山谷;
脉脉含情的眼睛却分外明亮,
像阳光射进了森林深处……
爱情是水,搀和着两种元素,
心儿遭到它的冲击时,
永远尝受着两种相反的滋味。

要不然，为什么在离别的日子里，
会有微笑伴随着思念的忧愁；
而在爱人的怀抱里，
却偏有泪水沾湿了甜蜜的嘴唇。
在爱情的翅膀下面，你的心
常常不知道是在向着太阳飞翔，
还是在往无底的深渊里下降……

只要你要，我爱，我就全给，
给你——我的灵魂、我的身体。
常春藤般柔软的手臂，
百合花般纯洁的嘴唇，
都在等待着你……
爱，膨胀了它的主人的心；
温柔的渴望，像海潮寻找着沙滩，
要把你淹没……
再明亮的眼睛又有什么用，
如果里面没有映出你的存在；
就像没有星星的晚上，
幽静的池塘也黯然无光。
深夜，我只能派遣有翅膀的使者，
带去珍重的许诺和苦苦的思念，
它忧伤地回来了——你的窗户已经睡熟。

【赏析】

林子曾在1958年前后写下一组52首诗《给他》，后于1978至1983年之间又写了38首题名《给他》的组诗。上列三首写于1958年，在1980年《诗刊》1月号发表时，曾产生过轰动性效应，林子因此而获得“中国的白朗宁夫人”的美誉。爱情本来就是诗歌王国里一个最为古老的题材，古代中国有过无数动人心魄的爱情诗篇。然在20世纪50年代至70年代的中国，爱情却是一个禁锢的话题，即使到了70年代末期，人们谈到爱情时还是犹豫迟疑，而林子的诗却以其坦率大胆、热切深挚的情感倾诉，抒写了爱情的华美篇章，成为那个时代一道相当炫丽的人文风景线。林子的诗以女性的温柔、细腻和缠绵，诉说了浸透生命力度的爱情体验，在女性的性别意识受制于政治意识、女性的情感需求替代于社会标准的时代，它极大限度地张扬了女性的灵肉并重的爱情欲望,其女性意识和爱情质量都在这些惊世骇俗的表白中得到升腾,诗作因此而扩大了它的思想容量。

林子的诗艺术表现上有其独到之处。它采用了西方十四行诗的体式,句式大略整齐,热情的倾诉与理性的沉思有机结合,令诗作的韵律与节奏自然起伏,张弛有度。她以两地相思的自我体验,凝聚为《给他》中亮丽的诗行,以回应躯体与灵魂的悸动,“天生的主人”“爱情的翅膀”“有翅膀的使者”“你的窗户”等象喻,呈现出一般女性诗歌所没有的温柔缱绻的情致和奔放清亮的话语风格,拓展了诗作的情感内涵和艺术张力。这些都使林子的诗超越了同一时代女性爱情诗的整体创作水平,散发出恒久的艺术魅力。

【延伸阅读】

赠

舒婷

我为你扼腕可惜
在那些月光流动的舷边
在那些细雨霏霏的路上
你拱着肩，袖着手
怕冷似地
深藏着你的思想
你没有觉察到
我在你身边的步子
放得多么慢
如果你是火
我愿是炭
想这样安慰你
然而我不敢

我为你举手加额
为你窗扉上闪熠的午夜灯光
为你在书柜前弯身的形象
当你向我袒露你的觉醒
说春洪又漫过了
你的堤岸

你没有问问
走过你的窗下时
每夜我怎么想
如果你是树
我就是土壤
想这样提醒你
然而我不敢

1975.11.11

【点评】

这首诗以火与炭、树与土壤两组意义互相关联的意象为喻，表达了人与人之间对温暖情意的深度需要，同时也表现出爱情来临时的一种迟疑。诗作对尘世间人文情怀的呼唤、对思想独立的期待，传达了一代人的心声；诗中蕴涵的感情的迟疑与精神的忧郁，则又极为真切地反映出20世纪70年代中期青年人的时代精神特征。

就是那一只蟋蟀

流沙河

流沙河(1931—2019),原名余勋坦,四川金堂人。1949年入四川大学农业化学系学习,1957年1月参与创办诗刊《星星》。中国作协第四届理事。结集为《流沙河诗集》《故园别》《游踪》等20种。《故园六咏》荣获1979—1980年全国优秀新诗奖。

台湾y先生说:
"在海外,夜间听到蟋蟀叫,
就会以为那是四川乡下听到的那一只。"

就是那一只蟋蟀
钢翅响拍着金风
一跳跳过了海峡
从台北上空悄悄降落
落在你的院子里
夜夜唱歌

就是那一只蟋蟀
在《豳风·七月》里唱过
在《唐风·蟋蟀》里唱过
在《古诗十九首》里唱过
在花木兰的织机旁唱过
在姜夔的词里唱过
劳人听过
思妇听过
就是那一只蟋蟀
在深山的驿道边唱过
在长城的烽台上唱过

必读理由

这首诗以蟋蟀为中心意象,象征两岸共同的民族血脉和传统文化,是一首内蕴深刻的抒情佳作。

在旅馆的天井中唱过
在战场的野草间唱过
孤客听过
伤兵听过

就是那一只蟋蟀
在你的记忆里唱歌
在我的记忆里唱歌
唱童年的惊喜
唱中年的寂寞
想起雕竹做笼
想起呼灯篱落
想起月饼
想起桂花
想起满腹珍珠的石榴果
想起故园飞黄叶
想起野塘剩残荷
想起雁南飞
想起田间一堆堆的草垛
想起妈妈唤我们回去加衣裳
想起岁月偷偷流去许多许多

就是那一只蟋蟀
在海峡那边唱歌
在海峡这边唱歌
在台北的一条巷子里唱歌
在四川的一个乡村里唱歌
在每个中国人脚迹所到之处
处处唱歌
比最单调的乐曲更单调
比最谐和的音响更谐和
凝成水
是露珠
燃成光
是萤火

变成鸟
是鹧鸪
啼叫在乡愁者的心窝

就是那只蟋蟀
在你的窗外唱歌
你在倾听
你在想念
我在倾听
我在吟哦
你该猜到我在吟些什么
我会猜到你在想些什么
中国人有中国人的心态
中国人有中国人的耳朵

【赏析】

台湾诗人余光中曾在四川以北县悦来场读中学，晚上做作业时，常闻窗外蟋蟀的鸣叫。1982年6月，余光中自台湾写给流沙河的信中说："当我怀念大陆的河山，我的心目中有江南，有闽南，也有无穷的四川。在海外，夜间听到蟋蟀叫，就会以为那是在四川乡下听到的那一只。"流沙河由此感发为诗。诗作以蟋蟀为中心意象，串联起古今与两岸的时空。第一节以蟋蟀跳过海峡开篇，将大陆与海岛的地理空间紧密连接为一体。第二节运用两组境象抒写"蟋蟀"承载民族历史文化的功能：一是《诗经》、《古诗十九首》、《木兰辞》、姜夔词等经典文学作品中都写到蟋蟀的鸣叫，那是劳人与思妇寂寞时的慰藉；一是深山驿道、长城烽台、旅馆天井、战场野草都有过蟋蟀的鸣叫，那是孤客与伤兵感伤时的心声。第三节以"你""我"为视角，以两位诗人共同回忆童年的方式，描述故乡曾有的一切，吃月饼、赏桂花、摘石榴、堆草垛等，说明不同地域政治背景的海峡两岸共有一个相同的生我养我的祖国家园，共有相同的母爱。第四节直抒胸臆，言蟋蟀在海峡两岸同样在唱，唱着同样的歌，表达了"乡愁"这一题旨。第五节抒写两位诗人异地共听蟋蟀鸣唱，并由个人情感的体验上升为民族共有的文化心态，绾结全诗。

这首诗构思新颖巧妙，它以"蟋蟀"的鸣唱，将历史的纵向发展和空间分布、海峡两岸的地域背景和故园民间的生活习俗、童年和中年、你和我紧密联结，纵横交错，形成宽阔而又深邃的意境。诗人善用重复与排比，每节第一行均是"就是那一只蟋蟀"，二、三、四节多有排比，所有纷沓的意象均从"蟋蟀"发轫，反复吟咏，循环往复，最后又回到"蟋蟀"上,使得众多意象构架起一个有机的整体,形成了全诗流动畅达的音乐的旋律,充满了浓郁的抒情氛围。

【延伸阅读】

蝈蝈和蟋蟀

济慈

从不间断的是大地的诗歌：
当鸟儿疲于炎热的太阳
在树荫里沉默，在草地上
就另有种声音从篱笆飘过；
那是蝈蝈的歌声，它急于
享受夏日的盛宴的喜悦，
唱个不停；而等它需要停歇，
就在青草丛里稍稍憩息。
呵，大地的诗歌从不间断：
在孤寂的冬夜，当冰霜冻结，
四周静悄悄，炉边就响起了
蟋蟀的歌声，而室中的温暖
使人昏昏欲睡，我们会感觉
仿佛是蝈蝈在山坡上鸣叫。

【点评】

这是英国诗人济慈(1795—1821)早期创作的一首富有哲理韵味的小诗。诗人描写夏日郊外的蝈蝈与冬夜炉边的蟋蟀在大自然中交替歌唱的情景,而蝈蝈和蟋蟀生命力最旺盛的季节分别在春与秋,故诗人实际在吟咏自然之声四季不绝的规律,从而赞美了自然生命的永恒存在。全诗冬夏对比,末又由蟋蟀联想到蝈蝈,构思巧妙,浑然一体。

晓　荷

郑敏

郑敏(1920年－),女,福建闽侯人,生于北京,九叶诗派成员。作品有诗集《诗集(1942—1947)》《寻觅集》《心象》《郑敏诗集(1979—1999)》等。

必读理由

这首诗描写八月新开的荷花以及由此展开的遐思,在沉思冥想中完成了哲理的升华。

八月的破晓
陪伴着新开的荷花,
时间在犹疑中
回顾、停留、又移步向前,
地球在不断地旋转着,
花瓣在看不见地运动着,
含苞而又开放,
风微微地摆弄着荷花
雪白中泛出红晕,
在那微红的尖端
平衡着理想和静穆,
只有水珠
在铺着银绒的绿叶上滚动
碧玉的盘子上银色的流动
有时
被风带到另一个碧玉盘上,
在沉寂中发出雨滴声。

脚步的声音
都被小径上的长草吸没,
但一片微黄的杨树叶
在悄悄地飞舞、旋转,
飘下来了
大地蓦地经历了

一次无声的寒颤,
时间并没有停止,
秋天
已经到了树梢,但
荷花
仍在慢慢地伸展,
悠悠地打开,
仿佛说
让每个生命完成自己的历程,
这就是美。

在盛夏消逝时
结束了一个乐章
虽然夏天绿色的衣袂
已经从草地上拂过,走远了,
为什么不能在画幅上
留下秋天的色彩斑斓,
和萧疏而笔直的树林,
生命里有多少
遗忘时间的荷花,
尽管已是入秋了,
仍从容地舒展开花瓣,
走完自己的历程。
最终将残败的荷叶
低垂在水中,
那里有雪白的藕节。

1982年早秋

【赏析】

在九叶诗派中,诗人郑敏以长于思辨著称,感性的诗情和抽象的哲理在她的诗中水乳交融。她常常在日常生活中选取一个常见的事物或景致,进行精雕细刻般的描绘,赋予物象一种雕塑般的质感,塑造宁静而灵动的意境,并由此生发开去,在天、地、人、时间等多维的网络中探索宇宙和生命的奥秘。从这首《晓荷》中,我们可以充分领略到郑敏诗歌异于九叶诗派其他诗人的特色。

全诗共分为三节。第一节写荷花在八月盛开。诗人用欣喜的目光注视着在微风中摇摆的荷花,“雪白中泛出红”的花瓣,以及“在铺着银绒的绿叶上动”的水珠,这幅雅致清新的“初秋新荷图”展现了生命摆脱重压之后自在、舒展、轻松的本真状态。在第二节中,诗人神思飘飞,联想到理想、岁月与生命。年华最好的时候,我们满怀着热情,大踏步追寻自己的理想,但是命运变幻莫测,常常有不可抵挡的力量像“小径上的长草”将我们的脚步声吸没。但仍有不屈的“杨树叶”,虽然微黄,却仍然飞舞、旋转在空中,这份坚初、强令人动容,所以,它的飘落令大地也为之震颤!荷花也像微黄的黄树叶一样,“慢慢地伸展”“悠悠地打开”,以最优雅的姿势追求生命的完美。第三节借助优美的意象直抒胸臆:是的,最好的年华已像夏天一样走远了,但是哀叹和抱怨会让我们错过秋天,何不坦然“涵纳”过去,从容迎接生命的再度盛开?即使“最终将残败的荷叶/低垂在水中”,但生命收获了“雪白的藕节”,这样的生命是充实的、丰沛的,即使走到终点,也在天地间散发着动人的光彩。

作为九叶诗派的女诗人,郑敏的诗作幽深宁静,在优雅中暗含着今人心折的力度。同其他现代派诗人爱用一组意象表达主题不同的是,郑敏诗歌中往往只有一个意象贯穿全诗,如果有多个,其他意象也只是作为陪衬和对照出现。如本诗,“晓荷”的意象贯穿全篇,树叶、长草等只是陪衬。

【延伸阅读】

金黄的稻束

郑敏

金黄的稻束站在
割过的秋天的田里,
我想起无数个疲倦的母亲
黄昏的路上我看见那皱了的美丽的脸
收获日的满月在
高耸的树巅上
暮色里，远山是
围着我们的心边
没有一个雕像能比这更静默。
肩荷着那伟大的疲倦，你们
在这伸向远远的一片
秋天的田里低首沉思

静默。静默。历史也不过是
脚下一条流去的小河
而你们，站在那儿
将成为人类的一个思想。

【点评】

《金黄的稻束》是郑敏早期诗歌代表作之一。诗人将秋天田野里收割完毕留下的一捆捆稻束，转换成“疲倦的母亲”的意象，然后通过暮色、远山背景的烘托，使金黄的稻束成为感人至深的“静默”的雕像，继而升华为历史与生命的思考者。诗歌雕塑般的意象中凝结着诗人澄明的智慧与静默的哲思，表达了诗人对大地、自然和生命的敬畏与沉思。

黄河落日

李瑛

李瑛(1926—2019),河北丰润人,现代著名诗人。1949年毕业于北京大学中文系。历任《解放军文艺》总编、解放军文艺出版社社长、总政文化部部长等职。出版诗集、诗论集50种,其中《我骄傲,我是一棵树》《春的笑容》《生命是一片叶子》《我的中国》等诗集和长诗《一月的哀思》先后获过多种奖项。

必读理由

这首诗在黄河落日景象的描述中透出民族文化寻根的理性思考和思想力度,风格雄浑沉郁。

等了五千年
才见到这庄严的一刻
在染红一座座黄土塬之后
太阳，风风火火
望一眼涛涌的漩涡
终于落下了
辉煌的、凝重的
沉入滚滚浊波

淡了，帆影
远了，渔歌
此刻，大地全在沉默
凝思的树，严肃的鹰
倔强的陡峭的土壁
蒿艾气息的枯黄的草色

只有绛红的狂涛
长空下，站起又沉落
九万面旌旗翻卷
九万面鼙鼓云锣
一齐回响在重重沟壑
颤动的大地

竟如此惊心动魄

醉了，洪波
亮了，雷火
辛勤地跋涉了一天的太阳
坐在大河上回忆走过的路
历史已成废墟
草滩，爝火
峥嵘的山，固执的
裸露着筋络和骨骼
黄土层沉积着古东方
一个英雄民族的史诗和传说

远了，马鸣
断了，长戈

如血的残照里
只有雄浑沉郁的唐诗
一个字一个字
像余烬中闪亮的炭火
和浪尖跳荡的星星一起
在蟋蟀鸣叫的苍茫里闪烁

【赏析】

李瑛是新中国军旅诗坛最富有生命力且成就最高的诗人。这首诗以“黄河落日”景象为画面中心，描述黄河岸边日落时的辉煌凝重，黄河波涛的震荡翻卷，夕阳残照里的苍茫暮色，在帆影淡去、渔歌远去、树与鹰与山均沉默的环境氛围里，烘托出大自然雄伟壮阔的生命的力量。“五千年”一见的黄河落日，是中华民族五千年文明史的象征；山的筋骨是民族的筋骨，黄土层的历史是民族的历史，旌旗、鼙鼓象征着黄河边曾有的历史争战，唐诗、星星和蟋蟀则透露文学历程中的点点滴滴。黄土塬、狂涛、草滩、爝火、山脉……无不留下先民生活与奋斗的印迹。在这些热烈的跃动的或是沉思的静穆的意象构筑的宏阔图景中，饱含了诗人理性思考的深度与力度，他以深沉的感情，赋予这些具有历史感的自然物以生命和美感，从而奏响了刻画民族性格、歌颂民族历史的最强音。

这首诗写于1987年,借日落以写民族历史,以小见大,想象开阔,情感充沛,在鲜明的意象和阔大的意境中见出时空深邃的内涵,在浓烈的色彩与沉雄的声响的组合中呈现出壮阔的气势。全诗句式参差,韵律和谐,语言朴素简洁,比喻、通感、联想、夸张等表现手法的使用,使诗作呈现绘画美和音乐美,读来深沉雄浑,有独特的穿透力和感染力。

【延伸阅读】

我骄傲,我是一棵树

李瑛

我骄傲,我是一棵树,
我是长在黄河岸边的一棵树;
我是长在长城脚下的一棵树;
我能讲许许多多的故事,
我能唱许多许多支歌。

山教育我昂首屹立,
我便矢志坚强不仆;
海教育我坦荡磅礴,
我便永远正直地生活;
条条光线,颗颗露珠,
赋予我美的心灵;
熊熊炎阳,茫茫风雪,
铸就了我斗争的品格;
我拥抱着——
自由的大气和自由的风,
在我身上,意志、力量和理想,
紧紧的,紧紧的融合。

我是广阔田野的一部分,大自然的一部分,
我和美是一个整体,不可分割;
我属于人民,属于历史,
我渴盼整个世界
都作为我们共同的祖国。

无论是红色的、黄色的、黑色的土壤，
我都将顽强地、热情地生活。
哪里有孩子的哭声，我便走去，
用柔嫩的枝条拥抱他们，
给他们一只只红艳艳的苹果；
哪里有老人在呻吟，我便走去，
拉着他们黄色的、黑色的、白色的多茧的手，
给他们温暖，使他们欢乐。

我愿摘下耀眼的星星，
给新婚的嫁娘，
作她们闪光的耳环；
我要挽住轻轻的云霞，
给辛勤的母亲，
作她们擦汗的手帕。

雨雪纷飞——
我伸展开手臂覆盖他们的小屋，
作他们的伞，
使每个人都有宁静的梦；
月光如水——
我便弹响无弦琴，
抚慰他们劳动回来的疲倦的身子，
为他们唱歌。
我为他们抗击风沙，
我为他们抵御雷火。
我欢迎那样多的小虫——
小蜜蜂、小螳螂，小蝴蝶，
和我一起玩耍；
我拥抱那样多的小鸟——
长嘴的，长尾巴的，花羽毛的小鸟，
在我的肩头作窠。

假如有一天，我死去，我便平静的倒在大地上，
我的年轮里有我的记忆，我的懊悔，
我经受的隆隆的暴风雪的声音，
我脚下的小溪淙淙流响的歌；
甚至可以发现熄灭的光、熄灭的灯火，
和我引为骄傲的幸福和欢乐……

那是我对泥土的礼赞，
那是我对大地的感谢；
如果你俯下身去，会听见，
我的每一个细胞都在轻轻地说：
让我尽快地变成煤炭
——沉积在地下的乌黑的煤炭，
为的是将来献给人间
纯洁的光，
炽烈的热！

【点评】

这首诗运用了传统诗歌咏物抒怀的经典手法，将“我”直接象喻为一棵“树”，抒写其种种特性：正直坦荡地生活，和大自然、和祖国是不可分割的整体，与人们和谐相处，给予他们温暖和快乐，为小鸟小虫遮蔽风雨，死后还要成为炭火发光发热。显然，诗中树的品格，就是人类创造世界、奉献生命的品格。诗人驰骋想象，以热情的笔触歌咏这种无私的奉献精神，境界高远。全诗设喻确切，想象丰富，语言明畅，韵律和谐，很适宜诵读。

面朝大海，春暖花开

海子

海子(1964—1989)，原名查海生，出生于安徽怀宁县查湾村。1979年考入北京大学法律系。有近200万字的诗歌、诗剧、小说、论文和札记，曾于1986年获北京大学第一届艺术节“五四”文学大奖赛特别奖，于1988年获第三届《十月》文学奖荣誉奖。2001年与食指共同获得第三届人民文学奖诗歌奖。

从明天起，做一个幸福的人
喂马、劈柴，周游世界
从明天起，关心粮食和蔬菜
我有一所房子，面朝大海，春暖花开

从明天起，和每一个亲人通信
告诉他们我的幸福
那幸福的闪电告诉我的
我将告诉每一个人
给每一条河每一座山取一个温暖的名字

陌生人，我也为你祝福
愿你有一个灿烂的前程
愿你有情人终成眷属
愿你在尘世获得幸福
我只愿面朝大海，春暖花开

1989.1.13

必读理由

这首诗以朴素明朗的语言描述了尘世中的幸福生活，祈愿每一个陌生人获得世俗的快乐，是海子抒情短诗中的名篇。

【赏析】

这首诗最吸引人的是它的标题，明白如话，一望便懂，但又蕴涵深厚，存在悖论：既然面向大海，又如何看见春暖花开？春花烂漫当在山坡、原野、林间、花圃，在温暖的大地上，宽阔浩荡的海面不会有姹紫嫣红的景象。“大海”是海子后期诗作的中心意象，它象喻一种远离尘世纷扰的心灵家园，是海子寻找幸福与安宁的精神归宿。“幸福”是这首诗的关键词，首节定义“幸福”的内涵，是喂马、劈柴、周游世界、关注人间生活、居住于海边，这里既有物质生活的充实，也有精神生活的浪漫。中间一节伸展“幸福”的含义，是来自瞬间的心灵冲击，也来自他与亲人和每一个陌生人作心灵的沟通与情感的交流。末节为所有陌生人的前程和爱情祝福，为所有的山河重新命名，这种祝福本身也是海子所视为“幸福”的感受的层面。而海子自己却想远离世俗的幸福生活，追求精神的永恒安宁。显然，海子认为的“幸福”是一个体验与共享的过程，而不是结果。

全诗语言质朴清新，内蕴深沉，诗人以“闪电”比喻幸福的瞬间体验和震惊感受，以“给”“为”“愿”等词表达内心真挚的祈愿和祝福，以“我”和“你”“他们”“每一个人”“陌生人”等词表达对“他者”的人文关怀。全诗句式整齐而富于变化，内在韵律和谐明快，适宜诵读。

【延伸阅读】

黑夜的献诗

——献给黑夜的女儿

海子

黑夜从大地上升起
遮住了光明的天空
丰收后荒凉的大地
黑夜从你内部上升

你从远方来. 我到远方去
遥远的路程经过这里
天空一无所有
为何给我安慰

丰收之后荒凉的大地
人们取走了一年的收成
取走了粮食骑走了马
留在地里的人，埋得很深

草杈闪闪发亮，稻草堆在火上
稻谷堆在黑暗的谷仓
谷仓中太黑暗，太寂静，太丰收
也太荒凉，我在丰收中看到了阎王的眼睛

黑雨滴一样的鸟群
从黄昏飞入黑夜
黑夜一无所有
为何给我安慰

走在路上
放声歌唱
大风刮过山冈
上面是无边的天空

1989.2.2.

【点评】

这首诗多处使用了对比意象，如黑夜与光明、大地与天空、丰收与荒凉、闪闪发亮与黑暗、山冈与天空等，连一些感受也颇具对比意味，如一无所有与给我安慰。“黑夜”本是沉睡的、寂寞的象征，很少入诗，而海子却发现了黑夜的价值：它是有生命的、可以给人安慰的。没有黑夜也无所谓光明，没有荒凉也衬托不出丰收，在每一种对立的现象中深藏着自然生命的辩证法，海子对黑夜的歌颂，凝聚着他生命精神的思考。

帕斯捷尔纳克

王家新

王家新(1957—)。曾用笔名北新、磅家,湖北丹江口人。1978年考入武汉大学中文系。2006年至中国人民大学文学院任教。有诗集《纪念》《游动悬崖》《王家新的诗》《楼梯》,诗论集《人与世界的相遇》《夜莺在它自己的时代》,文学随笔集《对隐秘的热情》等。

必读理由

这首诗在较为开阔的视野中审视我们亲历的时代,浸透了当代知识分子对时代历史的人文关怀和诗性承担。

不能到你的墓地献上一束花
却注定要以一生的倾注,读你的诗
以几千里风雪的穿越
一个节日的破碎,和我灵魂的颤栗

终于能按照自己的内心写作了
却不能按一个人的内心生活
这是我们共同的悲剧
你的嘴角更加缄默,那是

命运的秘密,你不能说出
只是承受、承受,让笔下的刻痕加深
为了获得,而放弃
为了生,你要求自己去死,彻底地死

这就是你,从一次次劫难里你找到我
检验我,使我的生命骤然疼痛
从雪到雪,我在北京的轰响泥泞的
公共汽车上读你的诗,我在心中

呼喊那些高贵的名字
那些放逐、牺牲、见证,那些

在弥撒曲的震颤中相逢的灵魂
那些死亡中的闪耀，和我的

自己的土地！那北方牲畜眼中的泪光
在风中燃烧的枫叶
人民胃中的黑暗、饥饿，我怎能
撇开这一切来谈论我自己？

正如你，要忍受更疯狂的风雪扑打
才能守住你的俄罗斯，你的
拉丽萨，那美丽的，再也不能伤害的
你的，不敢相信的奇迹

带着一身雪的寒气，就在眼前！
还有烛光照亮的列维坦的秋天
普希金诗韵中的死亡、赞美、罪孽
春天到来，广阔天地裸现的黑色

把灵魂朝向这一切吧，诗人
这是幸福，是从心底升起的最高律令
不是苦难，是你最终承担起的这些
仍无可阻止地，前来寻找我们

发掘我们：它在要求一个对称
或一支比回声更激荡的安魂曲
而我们，又怎配走到你的墓前？
这是耻辱！这是北京的十二月的冬天

这是你目光中的忧伤、探询和质问
钟声一样，压迫着我的灵魂
这是痛苦，是幸福，要说出它
需要以冰雪来充满我的一生

1990.12

【赏析】

帕斯捷尔纳克(1890—1960),俄国作家、诗人,1958年获诺贝尔文学奖。这首诗以“帕斯捷尔纳克”为题,以对话的形式询问不同国度诗人的共同命运,寻找自己和帕斯捷尔纳克的精神契合点,借助异域诗人的悲剧反思自己亲历的时代知识分子的心灵历程,表达了对异域诗人的哀悼追思之情,也在灵魂的自我拷问中反映出中国当代知识分子对于国家与民族的人文关怀和历史承担。它与那些流行的喧哗与肤浅、个人的秘密与情调完全绝缘,而体现出一种知识分子坚守良知、敢于承担的整体性原则。在这个意义上,“帕斯捷尔纳克”成为一种精神象征,而不限于某个具体的诗人。

这首诗出现最多的意象是“雪”。“几千里风雪”“从雪到雪”“更疯狂的风雪”“雪的寒气”“冰雪”等语词,无疑都是象征,它意味着劫难、悲哀、痛楚、承受、坚忍;开头的穿越几千里风雪与末行的以冰雪充满生命,表明这种冰雪与人类生命有着本质的内在相通,从而表达了生命的痛楚和愿意承担苦难的心志。全诗结构严整,首尾照应,意象鲜明,对话体的抒情增加了思想蕴涵的密度和倾诉哀思的亲和感。“终于能按照自己的内心写作了/却不能按一个人的内心生活”“这是幸福,是从心底升起的最高律令”“这是痛苦,是幸福,要说出它/需要以冰雪来充满我的一生”等,已成为传诵不已的警句。

【延伸阅读】

萧红墓畔口占

戴望舒

走六小时寂寞的长途,
到你头边放一束红山茶,
我等待着,长夜漫漫,
你却卧听着海涛闲话。

【点评】

现代女作家萧红(1911—1942)在香港孤独病逝后,戴望舒与朋友拉了辆平板车送去火化,后葬在浅水湾。两年后的秋天,戴望舒与叶灵凤来到萧红墓前献花,并口占这首诗。诗作洗尽铅华,带着一份经历几多风雨的中年人的沉思与从容,抒写相距咫尺、生死殊隔的思念和等待。诗人的追思洒满六小时的寂寞来路,也染透在那一束鲜艳的山茶花瓣,他想和逝者对话,而逝者却不闻不问,对战争、纷乱和友情处之淡然。这首诗没有朦胧与怅惘,只在平淡中显出深挚,晓畅中呈现成熟。

青春中国

欧震

欧震(1963—),诗人,编辑,文化策划与撰稿人。现供职于安徽《马钢日报》社。从事诗歌、散文、报告文学写作,主要作品有《祝你成功》《世纪的冶炼》《快乐星期八》《青春特快》等。

必读理由

这首诗歌咏青春光明的中国,展示了当代人阅读历史、关注时代的生命向度。

用茫茫的夜色作墨
用疮痍的土地作纸
在鸦片战争的硝烟之后
是谁?
写下的两个字——中国
让人读得昏暗读得疲惫
更让人读得心痛读得悲愤
那萎缩在清末史书里的
消瘦的中国呵
那跪倒在《南京条约》里的
软弱的中国呵

那一天,无数的青年
走上了街头
面对淋漓的鲜血
面对惨淡的人生
他们的呐喊如同一阵阵惊雷
激荡着这昏睡的土地
他们就像一束束火焰
在曲折的道路中蔓延
盛开成五月绚丽的花朵
此后,他们加入到共产党人的行列中
他们义无返顾地选择了

用铁锤砸碎黑暗
用镰刀收割光明
他们走过漫道
他们越过雄关
他们驰骋疆场
他们英勇杀敌
他们要以枪杆做笔
写下一个崭新的中国
他们要以热血为色
描绘一个青春的中国

许多年后的今天
当我的目光穿越历史的峰峦
我依然可以感受到他们的呼吸
我又看见了
一群又一群的青年
那挂满汗水的面孔
我又听见了
他们嘹亮的歌声
在荒芜的土地上回荡
他们用无怨无悔的青春
在悠悠岁月中
写着一首爱的诗篇

是的，岁月悠悠、人生漫漫
那是一首激情澎湃的诗篇
那是一片开满鲜花的风景
那是一曲气势磅礴的交响
那是一座壮志凌云的丰碑

哦，中国，我要为你写一首诗
用太阳金色的语言
用心海浩瀚的蔚蓝
哦，中国，我要为你画一幅画
用春天百花的色彩

用五星红旗的光芒

今天，一个大写的中国
让人读得光明、读得酣畅
今天，一个腾飞的中国
更让人读得生动、读得自豪
这就是在世界的东方喷薄而出的
希望的中国
这就是在中国共产党领导下的
辉煌的中国
这就是我们的
青春中国！

【赏析】

《青春中国》写出后，作者在2002年以“打油郎”的网名将它贴到网上，立刻引起诸多朗诵爱好者和朗诵艺术家的喜爱，成为风靡网络的朗诵佳篇，赢得了相当高的点击率。这首诗从当代人阅读中国历史的视角，展示了中国一个半世纪以来走过的历程：鸦片战争带给中国满地疮痍，《南京条约》带来民族的屈辱与悲愤；五四运动的爆发震撼了大地，给中国带来簇新的风貌；中国共产党举起镰刀和铁锤，砸碎了旧世界，创建了新中国；今天的中国青年，则以青春和生命，创造美好的家园光明的未来，让中国巍然屹立于世界的东方。诗人撷取几幅最具有代表性的历史场景，对100多年来的中国历史作了回溯式的描述，讴歌了取得辉煌成就的当代中国，表达了诗人对祖国对人民的深沉的爱。

这首诗结构简洁，语言明朗，排比句式的运用令诗作气势恢宏，情韵流贯。全诗没有刻意设韵，然“中国”反复出现在各节句末，自然形成了全诗统一的韵律，情绪由沉郁顿挫渐至激越轩昂，读之令人振奋。

【延伸阅读】

不朽

欧震

那个夜晚
我在台灯下
读着抗战英雄的故事
我为那些英雄的事迹而感动着、震撼着
我仿佛看见了
记忆里的一片无边无际的鲜红

我看见了
那些倒下的战友
血染的军装、泥土、山岗
以及无名的野花
和弥漫着硝烟的晚霞

我还看见了另外一个人
他来自地图上方的那个国家
来自《红河谷》的故乡
他的名字叫
诺尔曼·白求恩
他离别得是这样匆忙
就像故乡枝头的一片红枫叶
飘落在中国的土地上

那个夜晚
我更看见了一种精神
一种让侵略者胆寒的精神
看见了一面旗帜
一面被战火撕裂的红旗
依然牢牢握在他们的手中
他们正冒着敌人的炮火前进、前进

那个夜晚
我难以入眠
我在想着他们
那些有名的
还有更多无名的英雄
他们之中
有的已经跨过了万水千山
却最终没能淌过死亡的河流
有的刚刚加入抗战的队伍
却被无情的战火
折断了生命的翅膀……

当密集的枪炮声远去
当胜利的消息传来
当中国在经历漫漫长夜之后
迎来了新的黎明
那是他们最光荣的时刻呵
可是，他们
却再也不能欢呼雀跃
只能用头颅绽放成鲜艳的花朵
在大地上
无声地歌唱

今天，当鸽子
在蓝天上快乐地飞翔
当幸福的歌声
像风一样地在春天的指间流淌
我们站在四月的阳光里
站在高高的纪念碑下
默默地想象着
他们模糊的背影、青春的面孔
想象着他们的眼睛
在关闭之前的那一瞬格外明亮的憧憬

还有永远定格的他们嘴角的笑容
虽然我们已经说不出他们的名字了
但我们知道
他们共同的名字叫英雄

他们的躯体不朽
已长成了满山的翠竹青松
他们的灵魂不朽
依然在我们的血液里奔流

【点评】

《不朽》以读抗战故事开篇，由战士血染山河写到白求恩牺牲于中国，并升华为一种为国家民族而战、为和平正义而献身的精神。作者读到的历史，正是诸多无名的民族英雄和国际主义战士抛头颅、洒热血，换来新中国的黎明的历史。诗人运用军装、泥土、野花、晚霞、红枫叶、红旗、翠竹青松等意象，勾画了一幅幅具体的历史场景，点染并歌颂英雄不朽的灵魂，展现了当代青年人历史阅读的宽度与生命思考的深度。诗作散文化的句式也为诵读带来自然流畅的表达力。

生死不离

王平久

王平久(1971—)，大型活动专家、新主流词作家。出生于湖北荆州市。1999年至北京电视台工作，2004年初调入北京奥组委。现任北京奥运城市发展促进会秘书长助理。词作《生死不离》《北京欢迎你》《国家》《城市》等多次获奖。

生死不离，你的梦落在哪里?
想着生活继续，
天空失去美丽，你却等待明天站起。
无论你在哪里，我都要找到你。
血脉能创造奇迹，
你的呼喊就刻在我的血液里。

生死不离，我数秒等你消息，
相信生命不息。
我看不到你，你却牵挂在我心里。
无论你在哪里，我都要找到你。
血脉能创造奇迹，
搭起双手筑成你回家的路基。

生死不离，全世界都被沉寂。
痛苦也不哭泣，
爱是你的传奇，彩虹在风雨后升起。
无论你在哪里，我都要找到你。
血脉能创造奇迹，
你一丝希望是我全部的动力。

必读理由

这是一首伤痛的诗，它抒发了对地震灾区罹难者和失踪人员的强烈牵挂之情，让人们感受到“大我”的爱和信念的力量。

【赏析】

2008年5月12日汶川地震，举国同悲。地球一声震动，数以万计的鲜活生命顷刻被埋在废墟之中,灾难之惨烈震撼了亿万民众的心灵。在各种媒体即时报道之际,国人将哀痛和悲悼的情绪化作了一首首诗歌,来抚慰大众受伤的灵魂,抒发悲悯的情怀。《生死不离》就是其中的一首。5月14日,作者王平久看了电视报道后,哀痛的心情不能平息,在手机上写下这首诗,并把它传给好几个朋友,白岩松当天便在电视直播中念了这首诗,著名作曲家舒楠连夜谱曲,次日,国际影坛巨星成龙特地赶到北京演唱和录制了这支歌。它之所以引起强烈的反响,是因为它以简洁质朴的语言,抒发了对地震中失散的亲人们强烈的牵挂和焦虑之情,表达了一种基于人道主义的温暖情怀,救助了国人震惊并伤痛着的心灵,同时也礼赞了从全国各方奔赴灾区救援的人们高尚的灵魂,表现出对民族未来的坚定信念。

作者运用三个排比段来结构全诗,以"你"和"我"的对话表达受困者的危急情状和救援者的顽强意志,"你的呼喊就刻在我的血液里"表达了中华民族血脉相连、休戚与共的承担;"无论你在哪里,我都要找到你"在诗中三次出现,反复咏叹,表达了发自国人肺腑的救助生命、永不言弃的坚定信念,成为经典的"废墟上的誓言"。

【延伸阅读】

孩子,快,抓紧妈妈的手

佚名

孩子,快,抓紧妈妈的手,
去天堂的路太黑了,
妈妈怕你碰了头。
快,抓紧妈妈的手,
让妈妈陪你走。

妈妈,怕,天堂的路太黑,
我看不见你的手。
自从倒塌的墙把阳光夺走,
我再也看不见你柔情的眸。

孩子,你走吧,
前面的路再也没有忧愁,
没有读不完的课本和爸爸的拳头。
你要记住我和爸爸的模样,
来生还要一起走。

妈妈，别担忧，
天堂的路有些挤，
有很多同学朋友，
我们说，不哭，
哪一个人的妈妈都是我们的妈妈，
哪一个孩子都是妈妈的孩子，
没有我的日子，
你把爱给活的孩子吧。

妈妈，妈妈，你别哭，
泪光照亮不了我们的路，
让我们自己慢慢的走。
妈妈，我会记住你和爸爸的模样，
记住我们的约定，
来生一起走。

【点评】

这是汶川诗歌中最能让人记住的一首。它的作者已不可确考，因为它在网络上已几经修改完善。它的文字质朴如话，不过一段母子对白，却深深触动读者伤痛的情怀，拨响我们心中最柔弱的那根弦，让我们无法忘怀。另一首应和的诗很快出现了："妈妈，别哭，我去了天堂，/漫天的星星可都是你的泪光，/黑夜里我不是孤独的流浪，/同学们手牵手嘶哑地歌唱。/妈妈，别哭，我去了天堂，/老师说那边再没有鸟语花香，/所以我恋恋不舍回头张望，/绿水青山却是一片苍凉。"它同样催人泪下，感人至深。因为在触目惊心的灾难面前，一切藻饰都成了多余，最动人心魄的是心灵的力量，情感的深度。

温馨提示

为了提高读者的人文素养,激发读者诵读经典的热情,我们编选本教材,选用了中华古今诗歌经典作品100首,并辅以一部分延伸阅读篇目。我们与收入本教材作品的作者进行了广泛的联系,得到了大力支持,非常感谢!有部分作者因地址不详尚未联系上,敬请诸位有著作权的作者联系我们。谨致谢忱!

联系人:安徽师范大学出版社
邮　编:241000
电　话:0553-3883579